门在楼梯口

〔美〕洛丽·摩尔—著
张晓晔—译

人民文学出版社

著作权合同登记号　图字 01-2017-0801

A Gate At The Stairs

by Lorrie Moore
© 2009 by Lorrie Moore

图书在版编目(CIP)数据

门在楼梯口/(美)洛丽·摩尔著;张晓晔译. —
北京:人民文学出版社,2017
ISBN 978-7-02-012305-6

Ⅰ. ①门… Ⅱ. ①洛… ②张… Ⅲ. ①长篇小说-美国-现代　Ⅳ. ①I712.45

中国版本图书馆 CIP 数据核字(2016)第 020326 号

责任编辑:甘　慧　潘爱娟
封面设计:李　佳

出版发行	人民文学出版社
社　　址	北京市朝内大街 166 号
邮政编码	100705
网　　址	http://www.RW-cn.com
印　　制	山东德州新华印务有限责任公司
经　　销	全国新华书店等
字　　数	260 千字
开　　本	889 毫米×1194 毫米　1/32
印　　张	9.75
版　　次	2017 年 5 月北京第 1 版
印　　次	2017 年 5 月第 1 次印刷
书　　号	978-7-02-012305-6
定　　价	48.00 元

如有印装质量问题,请与本社图书销售中心调换。电话:010-65233595

谨以此书献给
维琪·威尔逊和米兰妮·杰克逊

至于生活，应当让仆人替我们过。
——维利耶·德·利尔亚当《阿克塞尔》

铃木！
——《蝴蝶夫人》

所有座位均提供平等观赏宇宙的角度。
——海顿天文馆导览手册

I

那年秋天冷得较迟，令鸣鸟们猝不及防。风雪真正开始肆虐之时，太多的鸟已不得不滞留于此，它们未能飞往南方，只得蜷缩在人家的院子里，膨起羽毛以求一丝温暖。我当时正在寻找工作。我是名学生，需要找个替人照看小孩的活，故而才走在那些优美然而萧瑟的小区里，从一个面试走向另一个面试，多得可怖的灰褐色鸠鸟成群啄着冻土，显得惊恐无助——不过，即便在最好的情形下，又有什么鸟不显得有那么一丝无助呢——令人诧异的是，待一周将尽，找工作进行到尾声时，那些鸟消失了。我不愿细想它们到底怎么了。不过那只是一种说辞——出于礼貌，一种虚饰的委婉——因为实际上我一直在想着它们：想象着它们死去，在城外某片致命的玉米地里堆积成山，令人瞠目，或是从空中仨俩掉落，沿伊利诺伊州州界绵延数英里。

那是在十二月，我要找份一月开学时开始的工作。我已经考完试，回复着学生公告栏里那些需要"儿童看护"的广告。我喜欢孩子——真的！——好吧，其实也还好。有时候他们很好玩。我羡慕他们的精力和童言无忌。我跟他们也很合得来，因为我会对小宝宝做有趣的鬼脸，大孩子我则会教他们玩牌的伎俩，还会用讥讽的戏剧腔说话，令他们佩服得五体投地。不过我并不特别善于长时间照看孩子。我会觉得无聊，这点也许像我自己的母亲。跟他们玩得久了，我的大脑就会感到饥饿，渴望一头栽进自己背包里的某本书中。我总是希望他们能早点上床，或是午睡得久一些。

我来自古老的佩里维尔公路边上的一个小农场，从德拉克罗斯中心中学来到特洛伊这座被誉为"中西部的雅典"的大学城，仿佛刚从某个洞穴里钻出来一样，好似我在《文化人类学》上读到的哥伦比亚某部落的童祭司，那个在黑暗中度过大部分童年时光因而变得神秘的男孩，对于外面的世界只有故事可了解——没有体验。一旦被带入光亮之中，他就会处于一种永远令他目眩神迷的神奇境地；没有任何故事能等同于事情本身。而我亦是如此。没有什么能让我真正做好准备。不管是餐厅里的大学资金储蓄罐、祖父母的储蓄公债，抑或是那套用旧了的配有国际小麦产量的漂亮彩色插图和总统出生地图片的世界百科全书。我父母的农场，那个没有猪没有马的单调绿色世界——它的沉闷，它的蝇虫，它每日被机器的烟雾和尖锐声音撕裂的平静——盘旋着退去了，取而代之的是由书籍、电影和风趣的朋友们构成的绚烂的城市生活。有人替我点亮了灯。有人把我带出了佩里维尔公路的洞穴。我的大脑因乔叟、西尔维亚·普拉斯与西蒙·波伏娃而火花四溢。一位名叫萨德的年轻教授穿着牛仔裤系着领带每周两次站在满教室如我一般目瞪口呆的乡下孩子面前侃侃而谈，大谈亨利·詹姆斯对逗号的亵渎。我为之着迷。我以前从没见过牛仔裤配领带穿着的男人。

当然，古老的洞穴造就了一个神秘主义者；而我的童年只造就了我。

走廊里，学生们争论着巴赫、贝克、巴尔干化以及细菌战。外省的学生跟我说着这样的话："你是乡下来的。是不是吃了熊肝真的会死？"他们问："认识对奶牛干那事的人吗？"或是"是不是真有猪不吃香蕉这回事？"我所知道的只是山羊不会真的吃下锡罐：山羊只不过喜欢舔标签上的糨糊而已。但从没有人问起这个。

在我们看来，那个学期，就是发生九月的事件的那个学期——我们还没有称之为"9·11"——似乎既远又近。政治学专业的学生在四方草坪和步行区游行，反复喊着"恶有恶报！恶有恶报！"当我终于能思索这些的时候——关于恶、关于报——我仿佛置身于个个伸长脖子的人群，如同我从《艺术史》里知道的那些在卢浮宫隔着一层玻璃凝视着《蒙娜丽莎》的人们：蒙娜丽莎！其名字本身宛如一条蛇，它狡黠、局促的微笑被远远地封存供起，却又被自命不凡的电影研究着。它正如九月，是一只嘴里塞满金丝鸟的猫。我的室友墨芙——一个戴鼻环歪门牙的迪比克金发女孩，总是用黑色香皂和黑色牙线，她的尖牙利齿总是令人侧目（她把迪比克念成"迪-巴-克"），有一次她说在所有的文学人物中自己最仰慕的是《冷血》里面的迪克·希柯克，把她的英文老师们吓坏了——她是在九月十号遇见她的男友的，在他的住处醒来后，她又害怕又开心地给我拨了电话，电视的声音震天响。"我知道，我知道。"她说，声音扭着身子似的传进话筒。"这是为爱付出的可怕代价，不过，这一关总归是要过的。"

我提高嗓门，变成揶揄的叫喊。"你这个不要脸的变态！有人死了。而你想的尽是你自己的乐子。"随即我们都陷入一种歇斯底里——一种我从未在年逾三十的女人身上见过的惊惶、负疚、无望的大笑。

"好吧。"我叹了口气，知道打此以后大概不太能经常见到她了。"但愿只是逢场——不是做戏。"

"是啊，"她说，"要是做戏，总归会带来眼泪，会把逢场毁了的。"我会想念她的。

电影院关闭了两晚，而且连我们的瑜伽老师都竖了一个礼拜的美国国旗，取莲花姿坐在它前面，闭着眼说："现在让我们深呼吸，向我们伟大的祖国致意。"（我抓狂地四下张望，永远也调整不对呼吸。）令人惊奇的是，我们的谈话总是会百折不挠地滑到别的话题：艾瑞莎·弗兰克林的后备歌手，或者哪家韩国人开的中国菜馆最好吃。来特洛伊之前我从没吃过中国菜。不过现在，离我公寓两个街区远的那家修鞋店隔壁叫做北京咖啡馆的是我去得最勤的，去吃罗汉斋。收银台边的小盒里有破了的签语饼打折出售。"破的只是饼，不是运气。"标签上这么写道。我发誓总有一天要买下一整盒，看看大批量出现的忠告会是什么样——含糊也好玄乎也好功利也罢，好歹是儒家的！而在那段时间里，我只是一张一张地收集着，每个饼里都有一张，有时我还没吃完，它就已经轻快高效地落在我的账单上了。我是吃星期五的炸鱼饼和奶油青豆长大的（很多年来我妈都告诉我说麦淇淋被视为舶来品，只有跨越州界，在公路旁仓促建起的"油"站才买得到——招牌上写着停车购帕凯[①]——就在刚过伊利诺伊州州长欢迎牌的地方，农民们嘀咕着说只有犹太人才上那里买东西）。因而现在，这些稀奇的中国蔬菜——淋着棕褐色酱汁的菌菇和箴言——对我来说具有一种冒险式的或宗教仪式般的力量，值得细细品尝。在老家德拉克罗斯，饮食被分为两种，一种叫"便饭"，意思是说你要么站着吃完要么带走，而高级的则被称为"坐着吃"。在维豪合家欢餐厅，我们常去坐着吃的地方，座位都是红色人造革的，墙上覆盖着富有本地色彩的令人舒适的格调：深色木板、俗气的相框画，大眼睛的牧羊女和小丑之类。早餐的菜单上写着"您早"，酱汁叫"肉卤"。晚餐菜单主打的是干酪凝块肉糕及"根据您的喜好烹制的"牛排。星期五有炸鱼饼，或是"律师"煮（江鳕或山鳕鱼），之所以这么叫是因为它们的良心长在屁股上。（它们是从本地的湖里钓来的，那里所有的野餐处都有

[①] 帕凯（Parkay），奶制品品牌。

写着禁止扔鱼内脏的垃圾箱。)星期天不仅有蜀葵糖和酒浸樱桃做的色拉和一种叫"祖母果冻"的东西,还有"原汁上等肋排",对法语的精确理解——乃至对英语,甚或食用色素——并非该餐馆的强项。按菜单点菜表示汤或沙拉;正餐表示汤和沙拉。罗克福尔干酪调料被称为"罗克福特调料"。店酒——红的、白的和桃红的——全都带有必备的香气:玫瑰、肥皂、石墨、一缕干草或一丝胡特村①的气息,而酒单对此则毫无提及,只明确无误地标识着色调。淡麦啤和敦克尔酒也有售。甜品则通常是一份格鲁克斯曼兹派,看上去很酥松,厚厚的雪堆一般。每次用完餐,睡意就随之而来。

不过现在,离开家人自己生活,在棕褐色酱汁的引诱和腌渍下,我感觉自己变得苗条起来,充满活力。亚洲店主任由我逗留看书,想待多久就待多久:"慢慢看!不着急!"他们一边友好地说着,一边往旁边的桌上喷着杀虫剂。我吃着芒果和木瓜,用肉桂牙签将木质果肉丝从齿间剔除。我拿到一个形状优美的签语饼——耳朵似的饼里藏着一小片纸质神经。我用无耳杯喝着并不新鲜的热茶,是从餐厅的那只大得可以走进人的冰柜的桶里倒出来再加热的。

我会使劲扯出被饼死死卡住的纸条,留着做书签。我的书全都有签语从书页之间探出,像一条条小尾巴。你是生活这盘沙拉里的脆面。你是你自己命运的主宰。墨芙总是会在每个签语饼的签文后面加上一句"在床上",于是我也会那样默念:你是你自己命运的主宰。在床上。好吧,说得没错。债务是个诱人的骗子。在床上。还有翻译得没那么好的:你的命运会如繁花盛开。

还有个狡猾的聪明人:你的未来将发生令人耳目一新的变化。

---

① 胡特村(Hooterville),上世纪六七十年代美国几部肥皂剧中的虚构小镇。

有时候，我会更戏谑地加上：不过不是在床上。

你很快就会发财。或：财富是聪明女人的男人。

不过不是在床上。

那么我需要一份工作。为了钱我已经捐过好几次血浆了，不过上一次去捐的时候，诊所拒绝了，说我的血浆浑浊，因为我前一晚吃了奶酪。浑浊血浆乐队！我要当里面的贝斯手！不吃奶酪实在太难了。就连那种被我们贬为"填塞奶酪"的（因为这种奶酪甚至能用来密封窗户、替瓷砖填缝）泡沫奶酪或涂抹奶酪也有某种慰藉的魅力。我每天早要看招聘信息。招儿童看护的大有人在：我交了期末论文就去应聘了。

一个又一个四十来岁的孕妇挂好我的外套，请我在客厅坐下，接着摇摇摆摆走到厨房给我拿茶，又摇摇摆摆地回来，手叉着腰，放下茶杯时茶水泼溅在碟子上，然后开始提问。"要是我们的小宝宝哭起来没完你会怎么做？""你晚上有时间吗？""你认为对小孩来说什么是有益的教育活动？"我不知道。我从未在如此短的时间内见过这么多的孕妇——五个。这让我警觉。她们并没有显出容光焕发的样子。她们因为血压高而面色潮红，很害怕的样子。"我会把他放进推车带他出去转转。"我说。我知道我母亲从没向任何人问过这样的问题。"娃娃，"她有一次对我说："只要这地方的消防措施大体上过得去，我把你放哪儿都行。"

"过得去？"我表示质疑。她很少叫我的本名塔西。她叫我娃娃、洋娃娃、乖娃娃或乖塔莎。

"我没打算烦心去对你管头管脚。"我认识的犹太女人里面只有她这么想。不过她是个嫁给一个名叫伯的路德教派农民的女人，也许正因如此才拥有跟我朋友们的母亲同样淡定的矜持。童年过半时我开始猜想她是不是已经半瞎了。只有这样才能解释她为什么总是连自己的厚镜片眼镜都找不到。要么是她眼睛里万花筒似的血管爆裂了，牵牛花一般，猩红的血丝布满了眼白，完全是由于过度疲劳引起的；或是她自己手不小心撞了一下。这正好可以解释我俩说话时她从不怎么看着我的古怪样子，她要么盯着桌子，要么盯着地上的一块瓷砖，仿佛是在懒洋洋地盘算着怎么替它们消毒，而与此同时，我极少能控制住的怒火化作句子从我嘴里飞出来，我希望它们，也许当时没有，也许过后能像刀子一样飞向她的大脑。

"圣诞假期你会在城里吗？"母亲们问。

我抿了口茶。"不，我要回家。不过我一月份会回来。"

"一月什么时候？"

我把工作经历的书面小结和推荐人信息给了她们。我的经历实在不多——只有老家的皮特斯凯和舒尔茨。不过要说经验，有一次我曾整整一周背了完全仿照婴儿的体重和感觉制成的面粉袋，这是我们人类生育课的内容之一。我替它裹蜡烛包，抱它，把它放在安全有软垫的地方睡午觉，不过有一次在没人看见的时候，我把它塞进了我的背包，里面有很多削尖的铅笔，结果它被戳破了。整个学期我那带有面粉白的书本成了全班的笑料。不过，我把这个从简历上隐去了。

但其他的我都打印了出来。为了装门面，就像我爸有时说的那样，我穿着一件百货公司所谓的"职业上装"，也许这些女人会喜欢它的专业感。她们本身都是专业人士。两位是律师，一位是新闻记者，一名医生，一名高中教师。那丈夫们都在哪里？"噢，在上班。"女人们全都含糊地说。除了那位新闻记者，她说："问得好！"

最后的那家是幢刷着灰泥外墙的灰色草原式住宅，烟囱被枯萎的常春藤包裹着。本周的头两天我曾经过这幢房子——它偏居一隅，我曾在那儿见到那么多的鸟。现在那里只是白茫茫一大片。围绕着这白色的是矮矮的廓尔莱恩木栅栏，我推开上面的木门时，它已有点松滑；一个铰链松了，掉了枚钉子。我只好把门往上提一提，重新插上门闩。这个办法，不管哪次使用，都能给我一种满足感——干净利落、会修复、神奇的我！——而其实它说明的却是别的：难以掩饰的颓败、物件没有得到恰当的爱护，总是以一种凑合的方式反复修补、不可或缺的东西从它们的主人身边逃离。很快这扇门就不得不靠一根行李绳来维系了，就像我父亲有次搞定我们谷仓的门一样。

两级互不搭调的石阶通往一条石板路，一切都覆盖着一层薄雪，草也是——我踩下了当天的第一串脚印；也许前门很少有人用。门廊的花盆里还留着些干枯的菊花。干脆的花朵上结起了冰霜。靠墙放着一把铲子和耙子，角落里塞着的两本电话簿仍包着塑料薄膜。

屋里的女人开了门。她皮肤白皙，身材结实，胸部依然饱满，腹部平坦，亚麻色的皮肤在骨架上绷得紧紧的。她两颊的凹陷处施了深色的粉，像虎百合上的花粉。她的头发剪得短短的，染成时髦的瓢虫似的亮红褐色。纽扣耳环是最深的橙色，暗红色紧身裤，铁锈红毛衣，嘴唇则带点暗红的褐色。她看上去好似一项高度控制的氧化实验。"请进。"她说道，我走了进去，悄无声息，并且，一如既往地带着歉意，好像我迟到了似的，尽管我没有。在我生命中的那个阶段，我从未迟到过。就在那一年之后，我才突然变得难以具备任何时间感，总是让朋友们等个半小时。时间会不为察觉或荒谬地从我身边溜走——或是可笑地，在我笑得出来的时候——以一种我无力测算或遵循的数量。

可是那一年，我二十岁，我像牧师一般准时。牧师们准时吗？在洞穴中长大，他们身上的神圣让人眩晕，我想他们是准时的。

女人在我身后关上了沉重的橡木门,我在一直踩着的编织地毯上跺了跺脚,抖去上面的雪。然后我开始脱鞋。"噢,你不用脱鞋。"她说,"本城一板一眼的日本风气太厉害了。把泥带进来吧。"她微笑着——灿烂、夸张、有点疯狂。我已经忘了她的名字,希望她能尽快说起;不然的话,她可能根本就不会说及了。

"我是塔西·柯尔津。"我说着,真诚地伸出手。

她握了握,端详起我的脸。"是啊。"她心不在焉地缓缓说道,仔细查看我的每一只眼睛,叫人紧张。她的目光在我的鼻子和嘴巴那里缓缓兜了个圈。"我是莎拉·布林克。"她终于说道。我很不习惯被这么近距离地看着,也不习惯我所看的东西也看着我。我母亲当然从来没有这么看过我,而通常我的脸上那种光滑圆润的蠢相也不值得这个世界细细打量。我总是感觉自己如一枚浆果上的花萼那般隐蔽,像签语饼里蜷缩的签纸那样胎儿般隐秘,而这种隐蔽并非没有好处,它充满自负,也不乏为赋新诗强作愁的意思。

"来,我替你拿外套。"莎拉·布林克终于说道,而直到此时,当她从我这里拿走外套朝玄关走去并将它挂在衣帽架上时,我才发现她瘦得像枚钉子,完全没有身孕。

她带我走进客厅,先在宽大的后窗前停了停。我跟在她身后,也随她停了停。院子里,一棵被雷劈过的大橡树大部分已经被砍下堆在车库旁作柴火用。在老树桩边上,又种了一棵新的树——纤细、幼小,有点像鸡尾酒搅棒,四周用支架支撑着。不过莎拉在看的不是树。"噢,可敬的上帝,瞧瞧这些可怜的狗。"她说道。我们站在那里,看着。隔壁家的狗被一道无形的电网关在院子里。其中一只德国牧羊犬明白有这网,可另一只小小的梗犬不知道。德国牧羊犬会在院子里到处跑,把梗犬引到电网前就突然停住，让梗犬飞速向前一头撞上电网，以此取乐。目瞪口呆的梗犬就会回头狂奔，痛苦地尖叫。这让德国牧羊犬觉得好玩，它不停地这么干，而那头受惊的梗犬玩心太重，会忘了痛重新开始，结果又一头撞上电墙，哀嚎不已。"这样都已经好几个礼拜了。"莎拉说。

"这让我想起约会。"我说道，莎拉飞快地扭过头，又打量起我来。现在我发现她比我至少高两英寸，我能由下而上看到她的鼻孔，细细交错的鼻毛像树的根部盘根错节。她笑了，两颊鼓了出来，令颧骨下的腮红显得阴暗而荒谬。我的脸庞蓦地发热。约会？我对此知道些什么？都是我的室友墨芙在约会，基本上把我给丢下了，这样她现在才能每晚和她遇见的这个新男友睡在一起。她把她的震动按摩器留给了我，一个会嗡嗡打旋的古怪玩意，当设至高档时，犹如某人无聊的粗手指兴奋地在空中打转一样。这模仿的会是谁的家伙？某个在马戏团干过的，可能！也许是《空中飞人》里的伯特·兰卡斯特。我把它放在厨房操作台上，就在墨芙当时留给我的地方，有时我会用它来搅拌我的巧克力牛奶。我曾经真正约会过一次——去年——为了迎接它，我在一家内衣店鬼迷心窍地买了个中国台湾生产的四十五美元的黑色文胸，衬着水油衬垫，带钢丝线托，触感逼真，不需要任何佩戴者，它本身就已是个完整的胸部。而戴在我的胸前时，它如同一头被缚的深色小兽有待哺育一样。穿着它，我感觉飘飘欲仙；我感觉浑身发热，做好了献祭的准备，因此我猜它改善了我在这个世界上的机遇，我自己真实的胸部则被落在了德拉克罗斯图书馆地下室的柱基上（我有次开玩笑这么说），为的是更好地解放我的脊椎以便直立行走。

一切的准备只是一只蝇虫徒劳的精心打扮：我可怜的约会对象清了清喉咙告诉我他是同性恋。我们躺在我的床上，衣服只脱了一半，我们的黑色内衣错误地张扬着我们的经历。他背上长满了红色的粉刺："痤疮，"他这么称呼的。我用指尖抚摸过他的背，它如同某种盲文，所传递的信息具有活物的能量与忧虑。"跟迪克的帽带一样怪！"他对着房间宣布，坦率——或者假装坦率——是对希望最廉价亦最有效的攻击（这种希望，我不得不承认，借用我爸的话，是已经替自己的老鼠胆镀了金变成了期待）。"迪克的帽带？"我盯着天花板重复道。我不知道那是什么意思。我心惊胆战地默默想着迪克·希柯克可能戴的帽子上的帽带。在他坦白后我们躺了一个小时，俩人都打着战，眼泪汪汪，随后我们起了床，不知怎的决定做个蛋糕。我们本想来场性爱，结果却烤了个蛋糕？"我真的，真的非常喜欢你。"蛋糕烤完了我说。而他没有回答什么，一种坚硬固执的沉默进入房间，发出回响，好像它是种声音似的。我窘迫地说："这里有回声吗？"

他同情地看看我，说："嗯，我希望有，可是没有。"接着他走进浴室，出来的时候脸上全是我的彩妆，这不知怎的让我觉得他说自己是同性恋是在撒谎。"你知道，"我试探地说道，不过主要是恳求，"要是你集中精力，你可以做回正常男人。我肯定。只要放松，时不时闭上眼睛，只管做就行。异性恋——瞧，很需要集中精力！"我说道，口气里带着乞求，"大家都是这样！"

"可能我的不够多。"他说。我替他泡了咖啡——他要了奶，又要了冷霜，接着是纸巾——然后他走了，带了片热蛋糕走的。我再也没见过他，除了一次，走路去上课时在路对面看到过，时间很短。他已经剃了光头，穿着厚厚的紫色靴子，下着雨，他没穿雨衣。他走起路来很有弹性，一歪一扭，好像在躲狙击手的枪火似的。他和一个女人在一起，她身高超过六英尺，喉结有小拳头那么大。一条长围巾——是谁的？我说不清楚；那时看来似乎是他俩共同的——有如风筝尾巴在他们身后肆意飘扬着。

现在莎拉又转向窗外。"这家邻居刚装上隐形围栏。"她说。"十一月。我肯定它会引起多发性硬化症什么的。"

"他们是谁?"我问。"我是说,邻居们。"我得对邻里表现出一些人类学式的关注。我面试过的人家还没人给我回电。也许她们需要一个活泼主动型的,而我则显得迟钝、慢热。我已经开始担心要是自己不当心,温顺就会成为一种习惯,一种口头禅,一种内置装置,我的习性就会继续在我生命中蔓延,完全无视我的努力——如同一个酒鬼,他就算上了车,还是会像酒鬼一样摇摇晃晃咕咕哝哝。

"邻居们?"莎拉·布林克的脸做大放光彩状,眼睛睁得大大的。她的声音变得平缓而装腔作势,"好吧,在那幢狗宅里住着凯瑟琳·韦尔伯恩和她的丈夫斯图尔特,以及斯图尔特的情人迈克尔·巴特。韦尔伯恩与巴特一家。谁能编得出这样的名字?"

"那么——迈克尔是同性恋?"我说道,也许现在我表现得关心过头了。

"嗯,是的。"莎拉说道。"关于迈克尔是同性恋这事已经得到了极大的关注。'迈克尔是同性恋,'邻居们悄悄说。'迈克尔是同性恋。迈克尔是同性恋。'哈,好吧,迈克尔是同性恋。不过,事实上,斯图尔特是同性恋。"莎拉的眼睛显得明亮而欢快——有如廉价蹩脚的圣诞节装饰品,亮晶晶,疯狂而又欣喜。

我清了清嗓子。"那凯瑟琳对这事怎么想呢?"我大胆问道。我努力挤出微笑。

"凯瑟琳。"莎拉叹了口气,从窗户旁走开,"凯瑟琳,凯瑟琳。好吧,凯瑟琳很多时间都在自己房间里,听埃里克·萨蒂。胡子总是最后一个才知道的,这可怜的家伙。不过你瞧。"她现在想要转换话题,切入正题了。"请坐。那么说正事吧。"她极其突然地一挥胳膊比划了一下。"儿童看护。"她似乎刚开了个头,可又打住了,仿佛那就已经足够了。

我在一张条纹粗棉布面的小沙发上坐了下来,是,儿童看护,跟健康护理一样,已经成了一个名词。我会成为它的实施者。我打开背包在里面摸索着找我的简历。莎拉在我对面另一张放着亚麻布枕垫的沙发上坐了下来,她的模样鲜亮得好像能给靠垫上色似的。她盘起腿,让人看上去有种错觉,似乎一条小腿是从另一条大腿上冒出来一般,好像她有着像鹤那样的后凸的膝关节似的。她清了清嗓子,于是我停止摸索,把背包放在一边。

"我已经吃到这冬天的冷风了。"她说。她别过头又大声咳了几下,用那种医生称为"干咳"的方式。她拍了拍平坦的小腹。"事情是这样的。"她又说道,"我们要领养。"

"领养?"

"一个宝宝。我们两周内要领养一个宝宝。所以我们才登了找保姆的广告。我们希望提前联系好人,把时间定下来。"

我对于领养一无所知。我只在我的少女时代认识一个被领养的女孩,她叫贝吉·苏士洛克,娇气又漂亮,十六岁时跟一个不修边幅的英俊教师谈起了师生恋,我自己也很迷恋那个老师。总的来说,我对领养的看法一如我对生活中大部分事情的看法:不容易。领养似乎集残忍的玩笑与可爱的白日梦于一身——一种逃避分娩的血泪之痛的好办法,或者从一个孩子的角度来说,是自己的父母其实不是亲生父母这一幻想变成现实。你的基因会在空中举起胳膊上下舞动。耶!你其实和他们没有关系!奇怪的是,我最近在邮局的邮票贩卖机里买到了最新发行的领养邮票——领养孩子,组建家庭,创造世界——我兴高采烈地把它们贴在了寄给母亲的信上。这就好像我被赋予了权利去做的一场恶作剧。它不张扬,容易抵赖。

"恭喜你。"此刻我低声对莎拉说道。这么说没错吧?

莎拉的脸色灿烂起来,充满感激,似乎此事还没有一个人对她说过鼓励的片言只语。"哇,谢谢!我在饭店里太忙了,所以听我说起这事的人反应都很奇怪,不声不响,莫名其妙替我担心。他们说,'真的!'然后所有的紧张都从他们嘴中涌出来。他们觉得我太老了。"

我不小心点了点头。我不知道我们的谈话进行到了哪里。我努力搜寻一种能用以交谈的语言,哪怕是八行诗也行,我发现自己总是不得不如此。我想知道她有多大年纪了。

"我是小磨坊的店主。"莎拉·布林克补充道。

小磨坊。我有所耳闻。那是市中心那些昂贵的餐厅之一,每道菜都配有毛茸茸的新鲜莳萝叶,每道汤和甜点都如珍贵的波洛克画一般滴制而成,菲力牛排和炸肉饼上撒着一度为小精灵们所有的薰衣草粉,是那种学生们从不光顾的餐馆,除非你刚和兄弟会的男生定情,或和某个副系主任约会,又或是要款待从郊区前来探访的爱子心切的父母。我知道小磨坊出品的菜名有如仪器——模制鼓形夹心烤馅饼、克奈尔丸子——上帝才知道它们到底是什么。我有一次曾在店门口研究橱窗里的菜单,看着那些词,一种被流放了似的刺痛模糊了我的眼睛。很有可能这是家我父亲提供土豆的餐厅,尽管我父亲可能吃不起。正餐的最低价格是二十二美金,而最高的要四十五。四十五!这个价钱你可以买一副水垫文胸了!

我又在包里摸着找简历,发现它被折起来了,不太平整,不过还是递给了莎拉。我说:"我父亲为这里的几家餐厅供应蔬菜。是几年前了,我想。"

莎拉·布林克看着我的简历。"你跟伯·柯尔津有关系吗——柯尔津土豆?"

听到父亲的土豆品牌我吓了一跳——肯纳贝克、诺兰、庞蒂亚克、金育空,有的跟弹珠一样大小,有的像葡萄柚,根据天气旱涝、采挖时间以及甲虫的情况而不同——这一切都在她的客厅里得以被总结并娓娓道来。"那是我爸爸。"我说。

"啊,我对你父亲的印象很深。他的克拉马斯珍珠很出名。还有黄色小不点。还有他的紫色秘鲁和玫瑰芬兰是最早用蒙着网的小果篮卖的,像珠宝一样。还有那些他叫做'柯尔津鸭蛋'的新土豆。我对此有一套总结说词。"

我点点头,父亲和母亲在英国度完蜜月回来时,其实偷运了一枚多芽眼皇家泽西土豆回来,直接通过芝加哥海关,一回到德拉克罗斯就种上了,冬天种在花盆和谷仓的食槽里,春天种在地里,作为"鸭蛋"卖给餐厅。

"我早上六点就会冲到菜场去买了。等四月份到了,我得再把它们放回菜单上。"她变得有些梦幻。不过,听到别人说父亲的好话总是好的。他在家乡作为农民可并没有得到尊重:他是个业余爱好者,一个卡车农夫,没有多少土地,只有一些鸭子(每年秋天它们都野蛮地互相强奸,对此我们永远也没法习惯)、一条狗、一辆拖拉机、一个网址(一个网址,老天!),还有两头装饰性的花斑脑袋奶量可疑的奶牛。(根据我父亲的说法,她们名叫贝丝和盖丝,或是牛奶和粪肥。他不许她们踩踏溪岸,而我们身边的大部分农民都任他们的牛随便踩踏。有一次我曾给贝丝挤过奶,我事先仔细地剪了指甲,免得弄痛她;她布满紫色血管的毛茸茸的乳房的暧昧感觉差点让我吐出来。"好吧,你以后不必再做了。"我父亲说。我算什么样的农夫女儿呀?我将前额靠在贝丝的身上以求站稳一些,这突然的温暖伴随着我自己的眩晕让我感觉我爱她。)曾经我们还有过一头热情洋溢的猪叫海伦,你一叫她的名字,她就会跑过来,你跟她讲话时她会像海豚一样微笑。而后来有好几天我们都没有看到她,一天早上吃腌肉和鸡蛋时,我弟弟说:"这是海伦吗?"我扔下叉子哭了:"这是海伦?这是海伦吗?!"我母亲也停下不吃了,狠狠地盯着我父亲质问:"伯,这是海伦吗?"接下来的那头猪我们不曾跟它碰过面,它的名字叫 WK3746 号。后来我们养了一头可爱而好动的山羊,名叫露西,她有时会和我们的狗布罗特一起在院子里四处乱逛,像鸟一样自由。

我爸在法姆弗利特卖场颇受非议,因为他只有几件农具,他的农场充其量不过是个厨房花园,且有点打理不善——只是那么一点。他没有把他的谷仓漆成乡下那种堪比鲜血的廉价红色(这在绿色的田野和灌木丛的衬托下太容易让我母亲想起圣诞节了),而是漆成天空一样的蓝白两色,乡间饲料店里总有人谈起这有多蠢。(不过这些颜色颇得我母亲欢心,我猜它们让她想起光明节和以色列,尽管她声称两样都瞧不起。我母亲快乐的能力是一根小汤骨,却需要配一大锅汤调味。)况且,我们的农舍就当地标准来说太高级了——奶白色的墙砖与芝加哥砖混合拼出暗金色玫瑰的图案,盖着富裕农夫的芒萨尔屋顶,尽管我父亲并不富有。他有时把梁底的齿板刷成褐色或橙色,有时是耀眼的紫罗兰色——每年夏天他都会换个颜色。他是干什么的,"明尼苏达芭蕾舞团的基佬?"他有时装聋作哑,继续发挥着自己的幽默感捌饬着。他亲手加盖了一间家庭活动室,绿色环保,县内首创,他自己用泥土和了灰泥,用瓦刀抹在填充于横梁之间的大包金属丝捆绑着的干草上。乡邻们可不叫好:"真是活见鬼了。伯搭了个泥草棚,还搭在他见鬼的房子上。"窗台是石灰石的,不过是复原而成,因此是灌浇的。他很少打退堂鼓。他热爱自己的蓝色老牛奶棚,以及里面那些永远不会扔掉的生锈的桶,还有旁边那条仍能用来冰镇牛奶的流向小鱼塘的小溪。他有一小片树林,几块可耕的土地。其实这就是简单的山地耕作，可在当地人眼里他是个有些可鄙的角色，在那里相当不入流。他的特异性在他人看来已经超越了社会真实性，进入了上帝、人与存在的问题范畴。我父亲尽量不用杂交种籽——甚至连不带刺的黄瓜都不愿意种——所以他的生菜总是很早就开花变老了。这也许显得很可笑——包括少量的土地，甚至更少参加教堂晚餐和郡里的集市，外加一个古怪的种族不明的配偶，对于农妇来说她起得太晚，做家务也不够勤快。（我母亲在花坛背后装了两面全身镜，这样纵使她的园艺数量不能翻倍，看上去可多了一倍。）比照书种地更糟的是，我父亲似乎是照着某篇杂志文章来种地的：人参种植户都比他更受尊敬。不过，他还是尽量依着自己的性子来——种一小块用作诱饵的地，可以松活土壤，还能把邻居苜蓿地里的害虫引诱过来，替他们缓解一下虫害。他轮作庄稼，不只是为了土壤，也是迷惑敌人的一种有趣游戏：要是你这一年在土豆地里种麦子，在大豆地里种土豆，就很少会有蛀虫。或者有的只是感到腻味的蛀虫——它们无法保持追逐美味所必需的激动劲儿。我们的土地看着如巧克力一般，并且如红酒般富有层次，而邻居们使用了除草剂的土地往往是一堆干巴巴的灰土。父亲是乡土的、绿色的、有机的并且有着正确的缓慢节奏，不过很多年前他拒绝被任何收购菜园的有机合作商收购。这只能让他愈发孤立。他被叫做豆腐汤姆，或是豆腐王子伯，有时就干脆是"豆腐伯"，尽管他种的是土豆。

"是啊，他的土豆挺有名气——至少在某些地方是。"我急忙加了一句。"就连我的母亲对他都很景仰，她可是很难取悦的。她有一次说它们是'上天派来的'，经常管它们叫'天地之果'。"现在我显然说得太多了。

"真有趣。"莎拉说。

"是啊。她觉得没有什么现成的名字能准确地形容它们。"

"她大概是对的。那很有意思。"

我担心莎拉是那种用"真有趣"表示大笑，用"有意思"表示微笑，或是用"嗯，我觉得这可没那么简单"表示"你是个蠢到家的白痴"的女人。我向来不知道该怎么对待这种人，尤其是那些喜欢在你讲完之后神秘地说上一句"我懂了"的人。通常我会保持沉默。

"你知道，圣女贞德的父亲是种土豆的。"这时莎拉说道，"她最先是在她父亲的土豆地里听到声音的。颇具传奇性的土豆。"

"我能理解。我自己也曾在我父亲的地里听到过声音。"我说，"不过，那通常只是我弟弟绑在拖拉机后面的手提收音机。"

莎拉点点头。我没法逗她笑。大概我实在不好笑。"你父亲种过地瓜吗？"她问。

地瓜！它们的小老鼠尾巴，它们在当代艺术中的可耻位置，关于这个我去年刚读到。"没有。"我说。随着面试进行下去，我担心自己是在进行自由落体运动了。我不知道我们为什么在谈论这些。"土豆是从其他土豆的芽眼上长出来的。"我说道，天晓得为什么。

"对。"莎拉探究地看着我。

"其实我和我弟弟冬天总是把它们跟鞭炮一起放在管子里玩射击。"我补充道，现在我完全是任意发挥了。"土豆枪。我们小时候这是个大消遣。用地窖里冷藏的土豆和 PVC 管。我们会组织小军队，展开战斗。"

现在轮到莎拉任意发挥了。"我像你这么大时在法国念过一个学期的书，我住在一家当地人家里。我对那家和我同年级的女儿玛丽珍说：'有趣的是在加拿大法语中人们说"土豆"，而在法国人们说"马铃薯"'，她说：'噢，我们也说"土豆"'。可后来我向她父亲提起这事时,他变得很严厉,说:'玛丽珍说"土豆"?她不可以说"土豆"!'"

我笑了起来,不知道为何要笑,不过又似乎隐约明白。一段遥远的回忆飞入脑海:七年级的时候,一个恶劣的男生传了张纸条给我。少笑笑,上面命令道。

莎拉微微一笑。"你父亲看起来是个好人。我不记得你妈妈。"

"她几乎从不来特洛伊。"

"是吗?"

"唔,有时她带着她的金鱼草去赶集。还有唐菖蒲。这里的人管它们叫'菖兰',这让她恼火。"

"是啊,"莎拉说道,微笑着,"我也不喜欢。"我们处于一种礼貌的、无条件一致的模式。

我继续说道:"她种花,用橡皮筋把它们捆起来。差不多一美元一束。"实际上,我母亲对这些花颇为自豪,她用湖藻覆在它们根部作肥料。而我父亲对他的土豆则更引以为傲,连湖藻都不肯用。重金属太多了,他说。"有个摇滚乐队有一次在那湖里失事坠机了。"他开玩笑说。确实有架飞机坠毁了,但那个乐队是蓝调风格的。不过,关于水说得一点没错:由于北部上游在采石膏,说得再好听也是浑浊了。

想到这个叫莎拉的女人认识我父亲,我感觉很奇怪。

"你和他们一起进过城吗?"她问。

我有些焦躁不安。得这么借用往事是我没料到的,而要将它召唤到我身边像是要哄一个不情不愿的东西。"不是很多。我想我和我弟跟他们一起去过一两次,结果我们净在那里到处乱跑,惹别人生气。还有一次我记得我坐在我父母晃晃悠悠的货摊下看书。可能还有一次我只是待在卡车上。"那也可能是在密尔沃基。

我记不清了。

"他们还在种地吗?早市上再也看不到他了。"

"噢,不怎么种了。"我说。"他们把很多地都卖给了阿米绪人,现在他们貌似退休了。"我喜欢说貌似。我现在说得很多,而不说有点儿,或像是,它已经成了口头禅。"我貌似要走了。"我会宣布。或者:"我今天感觉有点貌似。"墨芙叫我"貌似莫多",或"貌似卡米",或"貌似野丫头"。

"或貌似别的什么。"我说。我父亲真正的状态不是貌似退休,而是貌似酒鬼。他还不老,但他表现得像个老人——疯老头。他经常自娱自乐,开着他的联合收割机驶上马路,故意拖慢交通。"我堵住了十七辆车。"有一次他向我妈吹嘘。

"十七可是个团伙了。"我妈说,"你最好小心点。"

"你爸爸多大年纪了?"莎拉·布林克问道。

"四十五。"

"四十五!哇,我也四十五。那意味着我老得够当你的……"她吸了口气,还在继续着她的惊异。

"当我爸?"我说道。

是个玩笑。我这么说并非暗示她缺少女性气质。就算这不是个成功的笑话,它也是个赞美,因为我哪怕只是在想象中也不愿将这个优雅的女人同我的母亲混为一谈,哪怕只是一秒钟。我母亲是个那么节俭无知的女人,有一次她把她在烘干机里缩了水的黑色弹力蕾丝内衣给我——送给我!让我晓得!让我穿!尽管我那时只有十岁。

莎拉·布林克笑了起来,一个貌似的笑,一个社交性质的笑——一组预先指定的音符,就像门铃声。

"那么工作职责是这样的。"笑完了她说道。

走回去时，我经过一只被汽车撞了的松鼠。它柔软猩红的内脏从嘴里溅了出来，有如文字泡泡，风轻轻地吹动它尾巴上的茸毛，好像它还活着似的。我努力记住莎拉·布林克刚才跟我说的话。回公寓有一英里路，于是我回放着她话语的长长片段，虽说冷冽的空气足以让任何步行者的脑瓜冻僵。对我们来说，这是个无比重要的职位，尽管我们是在最后一刻才请人。要是我们请了你，我们希望你什么事情都能和我们在一起，从第一天开始。我们希望你能感觉自己是我们中的一分子，因为你当然会成为其中一员。我努力琢磨着莎拉·布林克让我想起了谁，虽然我不确定是不是某个我认识的人。她大概让我想起了几年前看过的一部电视剧里的人物。不过不是主角。肯定不是主角。更像是主角那爱整洁的室友，或是主角来自克利夫兰的怪里怪气的表亲。我知道，就算她有了孩子，她的母性中也永远摆脱不了那种梅姆婶婶①气质。还有比这更糟的，我猜。

天空中光线稀薄，正在渐渐消失。暮色已经降临，尽管才下午三点。太阳在圣诞节前的这些天里总是最早下山——"一年中最短的白昼"，指的只是最黑暗的——这让回家的路变得孤单。我的公寓位于某幢靠近校园的那些老结构的房屋里，在紧挨着体育馆的学生贫民窟中。那是幢角屋，我和墨芙共用的一楼公寓朝南，在走上楼梯进门廊的左手边。墨芙的本名伊丽莎白·墨菲·克鲁格与我的名字一起用闪亮的蓝色胶水粘在索引卡上，装饰着我们的邮箱。街对面体育馆灰色的混凝土墙比周围任何建筑都要高出三倍，野蛮地将邻区笼罩得惨淡无光。春秋两季，集合于此的军乐队总是用他们震耳的大号和响弦鼓把我们的窗户震得

---

① 梅姆婶婶（Auntie Mame），帕特里克·丹尼斯写于1955年的小说《梅姆婶婶》中的主人公，书中的梅姆婶婶脾气古怪。

咯咯响。仅在太阳当头的时候——五月的正午——阳光才会到达我们的房间；或是在某个冬天的早晨，被暴风雪中偶尔飘过的雪花折射进来；或是在下午，当它落山时角度刚好从厨房的后窗折射进来。当地板上出现一片慷慨的阳光时，单单站在上面就已是一种快乐。（我对这样的快乐来说是太老还是太年轻了？但肯定不是合适的年纪。）暴雨过后，或是冬天融雪时，路过体育馆时可以听到里面水从顶层的座位流下来，一排一排地滴至底层，一个分度完美的瀑布，尽管在体育馆的混凝土建筑包围和放大之下，这声音有时会变成咆哮的嗖嗖声。人们经常会在人行道上停下来，指着体育馆外墙说："体育馆不是空着的吗？那是什么声音？"

"那是革命。"墨芙喜欢这么说。对她来说，体育馆是暴动分子被枪杀的地方，这令她对住得离它那么近感觉五味杂陈，更别提她对主场橄榄球赛的感情了，人行道上几乎没有空间，城外来的车停满了我们的街道，他们在看台上发出的呼喊如呼啸的风刮过城里，他们成千上万的红色汗衫有如闪亮的虫子入侵。星期天的早晨，球赛后的那天，人行道上到处都是被乱扔的纸板牌子，上面写着求票。

墨芙仅是我字面上的室友，因为她大多时候跟她的新男友，一个大六老生，住在一英里外的分租公寓里。我总是会忘掉这点——等着告诉她什么事情，想着我们晚饭要煮什么，期待着看到她在那里沉思，毛衣搭在肩上，袖子绕在脖子上，她这个样子很优雅，可到我身上只会让我显得愚蠢。等我到了家会再一次发现只有我在。她会留下泄漏内情的丢弃物品、匆忙换下的衣服、潦草写就的纸条。嘿，塔西，我把最后一点牛奶喝了——抱歉。于是我陷于一种矛盾状态，孤独地支付我独自支付不起的房租。这并不痛苦——我常常毫不想念她。但有时，当我走进门发现她不在的时候，会骤然而生一种失落的痛苦。然而，有两次看到她在的时候，我也有同样的失落感。

我们前门干腐的多孔台阶仍能承受重量——六个苗条的租客，一字纵队——但每次踩上去我都担心这会是我的最后一步：下一步我的脚肯定会踩穿它，我就得被楼上高度警惕的凯打电话叫来的救护队从一堆碎片废墟里捞上来。我们的房东维特斯滕先生是个典型的缺席者，尽管他崇尚好锅炉，在学校开学的时候他并不吝啬暖气，也许是害怕父母们起诉他。你一天能洗好几次澡，或是临到最后一刻才洗：你的头发会被暖气片迅速烘干。有时我的公寓会热得过头，指甲都干裂了，在手套里断裂，碎片留在羊毛缝里。此刻，当我打开门锁推开门，水管正在哐当做响，内部发出小小的爆裂声；还没有管道爆裂过，不过锅炉晚上突然开始运转时，产生的动静能把你从睡梦中惊醒。这会使你感觉有时就像住在工厂里面。住着那套最大的公寓里的凯已到中年，是唯一的非学生租户；她总是跟房东就房子问题发生争执。"他不知道自己是在跟谁斗，像他这样对房子放任不管。"凯有次对我说，"这里要有什么坏了，我就没法想别的事了。我是说，我没有别的生活。我可以把这变成我的生活。他不理解他面对的是什么。他面对的是一个没有生活的人。"于是我们都让凯去负责解决房子的麻烦事。她已经在这里住了十几年了。墨芙有时把这幢房子的房客称为克拉特一家①，我猜测——我希望，我祈祷——她指的是他们的杂乱东西。

我穿过前厅，把东西扔在沙发上，自相矛盾的旧地板试探地大声吱哑着——所有的湿气都从这里逃离后更是如此。虽说管道

---

① 克拉特一家（Clutter Family），美国作家杜鲁门·卡波特的非虚构作品《冷血》一书中遇害的家庭，clutter 一词有杂乱的意思。

和地板忙碌地发出抱怨的噼啪声响，房间里还是有一种冬日的孤独。我们的壁炉是冰冷的，因为怕出安全事故没有使用——不冒被烧死的危险怎能希冀舒服呢？我们该冒险吗？要，我有次乞求，要！——我们仅把它用作CD储藏角。角落里靠墙放着我的电贝斯和放大器，它们渴求着我练上一段，可我视而不见。我有一把透明的丹·阿姆斯特朗有机玻璃贝斯，就像奶油乐队的杰克·布鲁斯那样，我设法学习一般不以贝斯弹奏的零星过门：我会一些谦逊耗子乐团的、一些暴力妖姬的，还会点斯莱特-基尼乐队的（那不是纽约的癌症医院吗？我弟弟有一次问我），还有，古老一些的，吉米·亨德里克斯、《里程碑》《芭芭拉·安》《芭芭拉·艾伦》《我钟爱的东西》和《生日快乐》（就像是亨德里克斯在弹一样，不过是用一把贝斯！）有一次，在德拉克罗斯，我答应开一场真正的音乐会——我穿着苏格兰短裙弹了《苏格兰风铃草》。苏格兰短裙和一把透明电吉他！听上去还挺像风笛。由于音乐会是郡集市的一部分，他们给了我一条绿丝带，上面写着抒情少女。在我看来，那个蠢集市上的每个人都是脑袋长在屁股上，包括我在内，后来我再也没在那儿表演过。

公寓过道里电话机的灯在一闪一闪地亮着，我按下了播放键，调大音量，然后进了卧室，一头栽倒在床上，在冰原般的下午薄暮中，敞着门，听着一个又一个女人的声音，听着她们不同的欲望和需求。

先是墨芙的妹妹。"嗨，我是琳。你不在，我知道，不过等你在了给我电话。"接着是我母亲。"喂，塔西？我是妈妈。"随即是砰地挂断的声音。她是不小心把电话弄掉了，还是说这只是她古怪的个性的又一例证？随后是我的辅导员，也是女生训导主任。"喂，我是训导主任安德森，我找塔西·珍·柯尔津。"我总是忘了我们对外的留言里没有关于电话主人的信息。只有墨芙的尖叫声（我们觉得这样超好笑）："要是你觉得有必要，嘀声过后留下你的口信！我们真的不在家！"安德森主任的声音温柔而又有力，这种组合是我年轻时会花上好几个小时努力学习的，虽说还不如学波斯语强。"塔西，你能在埃利斯厅的信箱里留一份你的春季注册表吗？非常感谢。我需要签字批准，我想我还没有，不知道为什么。假期愉快。"最后一条口信前有一长段不确定的沉默。"嗯，你好，我是莎拉·布林克，我找塔西·柯尔津。"又是一长段不确定的沉默。我坐了起来，听听还有没有别的。"她能否今晚什么时候给我回个电话？非常感谢。357-7649。"

我先给我妈打了电话。她没有什么语音信箱，于是我让铃声响了十下，然后挂断。接着我又让答录机回放了莎拉·布林克的口信。我在害怕什么？我不清楚。但我决定等到早上再回她电话。我穿上睡袍，做了个烤芝士三明治，沏了点薄荷茶，把它们带回卧室，在床上吃了起来。在面包屑和油脂、报纸和一本书的包围下，我终于睡着了。

我在一片刺目的白色日光中醒来。我忘了拉上窗帘，夜里下了雪；清晨的阳光被雪反射到窗台和邻近的低矮屋顶上，日光将房间点燃。我尽量不去想我的人生。我对它没有任何好的长期规划——也没有坏的规划，完全没有规划——而这种迷惘，跟我朋友们思路清晰的雄心壮志比起来（结婚、孩子、读法学院），有时令我感到羞愧。而又有些时候，我会在心里为这种情况辩护，认为它在道德和智力上都更高一层——我的人生是开放、灵活而自由的——可这并不能让它少孤独一些。我起了床，光脚踩过冰冷的地板，用咖啡色的梅丽塔塑料滤杯和纸巾煮了杯咖啡，滴在印着麋鹿木屋的瓷马克杯里。墨芙去过那里一次，和她的新男友度周末。

电话铃又响了,咖啡还没来得及发挥作用,我还没想好说什么;不过,我还是拿起了听筒。

"嗨,是塔西吗?"这个新熟悉的声音说道。

"对,是的。"我使劲吞下咖啡。现在几点?电话未免太早了。

"我是莎拉·布林克。我吵醒你了吗?对不起。我的电话打得太早了,是吗?"

"哦,不。"我说,生怕她以为我是个懒虫。我情愿是个撒谎的坏蛋。

"我不知道我有没有在这个电话机上留下口信。我希望能在你接受别的工作前尽快与你取得联络。"她对实情知道的实在不多。"我已经和我先生商量过了,我们希望能请你做这份工作。"

她难道打过我罗列的那些推荐人的电话?她有足够的时间吗?

"噢,谢谢。"我说。

"我们先给你十美元一小时,以后还有加薪的空间。"

"好的。"我喝了一小口咖啡,努力让大脑清醒起来。让咖啡说话!

"有个问题。工作今天就得开始。"

"今天?"我又喝了一口。

"对,很抱歉。我们要去克罗楠基与孩子生母见面,我们希望你能和我们一起去。"

"嗯,好的,我想可以。"

"那你接受这个工作了?"

"是的,我想是这样。"

"你接受了?你不会知道你让我有多高兴。"

"真的?"我问道,同时想着,新员工第一天的迎新介绍会呢?"你选择了一个出色的地方工作"的幻灯片演示呢?咖啡开始发挥作用了,不过对我没有什么帮助。

"噢,是,真的。"她说,"你能中午前过来吗?"

与孩子生母的约会定在下午两点,地点在克罗楠基的珀金斯餐厅,离这里一小时车程,它那半德语半印第安语的名字总让我觉得那是"贝壳串珠"的意思。领养机构的社工将在那里与孩子生母一起和我们见面,大家可以愉快地互相做出评估。我走了半个小时才来到莎拉·布林克的家里,接着等了二十分钟,等她争分夺秒地做着事情、飞快地给餐厅打着电话——"米斯卡,康科德紫葡萄酱汁可不只是葡萄果酱!"——或是拼命四处寻找她的墨镜("我讨厌两车道马路上的积雪强光!")一边从隔壁房间里对我表示歉意。出发上路了,我坐在车的副驾驶座位上,在她身旁,因为她的丈夫爱德华不能从这个或那个会议中抽身出来,显然是叫莎拉自己去,奇怪的是,我至今还没见过他。

"婚姻。"莎拉叹了口气。好像我对此会懂得什么似的。然而他不和她一起去确实显得很怪,而由我代替他去似乎显得更怪。

不过我点了点头。"他一定很忙。"我说,尽量把爱德华往好处想,尽管我已经开始觉得爱德华可能是一个,嗯,混球。我侧头看看莎拉,她没戴帽子,一条长长的越橘色围巾在脖子上绕了两圈。阳光照在她亮闪闪的不自然的头发上,也照在她双排扣厚呢上衣几缕翘起的白色绒毛上。不过,她还是显得很有魅力,尤其是冬天戴着墨镜——这我以前很少看到。我不太习惯和成年人说话,所以觉得不和她讲话挺自在,没多久她打开了古典音乐电台,我们一路都听着穆索尔斯基的《画展之画》和《荒山之夜》。"他们跟我说孩子生母非常漂亮。"某一刻,莎拉说道。而我什么也没说,因为不知道该说什么。

我们在珀金斯的第二个卡座里等着,我和莎拉坐在同一侧,把对面的座位全都留给我们等待的那两位。莎拉替我俩点了咖啡,我坐着,一边浏览着珀金斯加塑封的菜单,上面有小幅的图片,金黄色的炸薯条躺在青翠卷边的生菜叶上,旁边的番茄片有小闹钟那么大。我该点什么呢?有面包碗沙拉、哈特兰煎蛋,还有各种"无限量"饮料供贪食口渴之辈选择——我恐怕自己两者都是。莎拉替全桌点了珀金斯的无限量咖啡,女服务生走开去取了。

"噢,瞧,她们来了。"莎拉低声说道。我抬头看见一个穿着粉色派克大衣化着浓妆的中年女人,挽着一个大概跟我差不多年纪,可能更年轻些的女孩的胳膊。女孩肚子很大,非常漂亮,尽管隔得那么远,她朝我们微笑的时候我能看到她几乎一颗牙也没有。我们站起来朝她们走去。女孩的手上戴着一只电子腕带,不过她显然丝毫不觉得难为情,因为她打招呼时热情地把手从袖口伸了出来。我握了握她的手。"嗨。"她对我说。我想着她都干过些什么,腕带为什么不在她的脚踝上。也许她曾经劣迹斑斑,手上脚上都有。

"嗨。"我答道,尽量友好地微笑,不去盯着她的肚子看。

"这位是妈妈,这儿,"粉色派克大衣女人指着莎拉对怀孕的女孩说,"莎拉·布林克?琥珀·鲍尔斯。"

"嗨——见到你们真是太好了。"莎拉热情地抓住了琥珀的手,握得太久了一点。琥珀不停地扭头满含希望地看着我,好像和这些神秘的中年女人在一起她与我一样感到困惑似的。

"我是塔西·柯尔津。"我连忙说道,又握了握琥珀受惩的手。她纤细的腕骨与她优雅的手指跟她空空的牙床以及硬邦邦的塑料假释腕带形成了奇怪的对比。"我会替莎拉工作,照看小孩。"

"我是莉蒂希娅·格尔里奇。"领养机构的女人说道,握了握我的手,不过仍没松开琥珀的外套衣袖,好像生怕她会逃跑似的。琥珀确实长着一张可能已经不止一次突然转身逃跑的脸,尽管她这种身材不允许她这样做。

"嘿,莉蒂希娅。"莎拉说着伸出双臂抱了抱她,好像她们是老朋友似的,然而莉蒂希娅的身体僵了僵。"来,过来坐吧。"她补充道,"服务生马上就上咖啡了。"

之后,一切既快速又尴尬地进行着,犹如某件既坚固又破碎了的物体。我们挂起外套;我们点菜;我们吃饭;我们闲聊着食物和雪。"噢,那是我的假释官。"琥珀说道,咯咯笑着,脸色明亮起来,好像对他颇为迷恋似的。"我想他看到我们了。他就坐在靠窗那儿。"我们抬头看那位假释官,他还穿着他的蓝色外套,他那杯无限量健怡可乐里面堆着冰块。一个穿着风衣老相渐露的帅哥:似乎满世界都是他们。我们都看着他,只不过是为了拖延时间,我想,为了避免真正问及琥珀犯的罪。

莉蒂希娅开始代表琥珀对莎拉说话。"琥珀很高兴和莎拉以及你,塔西见面。"这时琥珀看着我,转动起了眼珠,好像我们是两个与令人难堪的母亲大人一起出来的姑娘似的。我一直观察着琥珀的脸,跟传说中一样可爱,然而也很精明,有种奇特的电流令它生动,而缺了牙齿的她看上去像是个稍微受过些教育的山里人,或是个婴儿怪物。她的头发是姜黄色的,齐肩长,像马尾一样笔直粗糙。"当然,琥珀在考虑你们对于宝宝在宗教方面的打算。她很希望宝宝能受天主教的洗礼,是吗,琥珀?"

"哦,是啊。"琥珀说,"这是一切的关键所在。"她把弹力毛衣凸起的前襟往前拉着,又让它弹了回去。

"当然,她也希望你们能让孩子受坚信礼,等到了年纪的时候。"

"我们可以。我们肯定可以。"莎拉表示赞同。

"你是信天主教长大的吗?"

"呃,这个,不是,不过我表亲是。"莎拉说道,好像这足以解决一切问题似的。

莉蒂希娅对于事情棘手的部分有点紧张,她轻快地说:"孩子生父是白人。我跟你提到过,不是吗?"

莎拉没说什么,她的脸色让人一时难以看透。她拿起一根服务生还没清理掉的冷薯条,嚼了起来。

莉蒂希娅继续道:"高个子,好看,跟琥珀一样。"

琥珀愉快地微笑着。"我们分手了。"她耸耸肩说。

"不过你有他的照片吗?给莎拉看看?"莉蒂希娅在推销英俊白人父亲的概念。

"我想我连一张该死的照片都没有。"琥珀摇着头说道。这时她看着我,咧嘴一笑。"除了在脑子里。我的脑子是一个常年展。"这句话奇怪地令人想起我们刚在车上听的穆索尔斯基。而她的嘴巴就她的声音而言似乎是个奇怪的居所,里面寥寥几颗歪牙如同牙龈暗礁上被淹没的小片贝壳,她富于机智与幽默的话语叫人渐渐生奇。现在是一小段间歇。琥珀突然往后靠,身体觉得不舒服。"那么,你老公在哪里?"她问莎拉。

我研究着莎拉的脸,寻找她受责备后的生硬神情。"他,噢,他在开会,他的实验室和大学开的会。我自己在城里开了间餐厅,这样我就能根据会议情况做自己的安排。不过,嗯,他也要听从别人的安排和召唤——至少今天就是这样。"

"你觉得自己真有时间养个孩子吗,要开饭店还有别的事要做?"琥珀并不羞怯。要是她羞怯的话,此刻我们中间就不会有人在珀金斯这里了。

莎拉不会失去方寸。这种话她已经听过十几遍了。不过在她开口前，莉蒂希娅替她说了。"所以塔西才会在这里。塔西是后备力量。不过莎拉一直会在左右。她是妈妈。她很多工作都可以在家里完成——不是吗，莎拉？"

莎拉有什么工作是能在家里做的？朝米斯卡嚷嚷关于酱汁的事？

"绝对如此。"莎拉说。"噢，我忘了。我给你带了个礼物，琥珀。"她从手袋里拿出一张CD。"这是我喜欢的古典音乐的合辑。"

琥珀拿过去飞快地瞄了一眼就塞进了包里。也许她已经吃过无数次这类午餐，用来收集东西，之后可以在eBay上卖掉。"我也有礼物给你。"她说着，从桌上的碗里挑了块锡纸包着的黄油递给莎拉。"是包装过的！"琥珀说道，顽皮地微笑着。CD可没有包过。琥珀一脸的尖锐大胆，随后面带一种负疚感，之后则转为一脸茫然，犹如点唱机里的歌名被不加选择地快速翻过。

"谢谢！"莎拉很有准备地说。你不得不佩服她。她打开黄油，像唇彩似的抹在嘴唇上。"能预防嘴唇干裂。"

"不客气。"琥珀说道。

我们都朝停车场走去，假释官跟在我们后面。国旗在珀金斯的招牌旁喧闹地飘扬着，空中又起了风雪。假释官走向他的车，钻了进去，但并没有启动。琥珀的脸整个明媚起来。我看得出她已经深深爱上他了。她的注意力完全不在我们任何人身上，这有点惹恼了莎拉。

"好吧。"她说道，细细地打量着琥珀，牵强地微笑着。

"是啊，好吧。"琥珀说道。

"好吧，那么。"莉蒂希娅说道。

"我能给你一些建议吗，琥珀？"莎拉站在那里问道，而莉蒂希娅则将琥珀抓得更紧了。莉蒂希娅因为手里有个白人生母高兴坏了，何况还是个炉子里烘着白色小面包的，她可不想让竞争对手把她抢走——至少莎拉后来是这么说的。穿风衣的假释官挥了挥手，把车开走了。

"什么？"琥珀对莎拉说道，不过她微笑着对我说，"他肯定在留意我。"

"我像你这么大的时候，有过一些叛逆的念头。"莎拉继续向琥珀提出不请自来的忠告，"我时不时地遇上麻烦，这里或那里，但我意识到这是因为我在做我完全不擅长的事。瞧瞧这个。"她用戴着手套的食指拍拍琥珀的电子腕带。"你十八岁。别卖毒品。你不擅长。做点你擅长的事。"

莎拉这番苦口婆心的说教是充满同情的，我能看出来，但琥珀的脸因为羞辱而涨得通红，随即变得阴沉。"这正是我努力要做的。"她气愤地说道，挣脱了莉蒂希娅的手，朝显然是莉蒂希娅的车走去，坐上了副驾驶位置。

宝贝，这听起来可是责骂。要是墨芙在这儿她会这么说。

"我们以后再谈。"莉蒂希娅对莎拉喊道，挥手道别，一边匆忙赶向琥珀。珀金斯的旗帜在飘雪的风中大声拍打着。

"好吧，"我们都上了车后莎拉说道，"无论从哪方面看，这都是场彻底的灾难。"

她发动了引擎。"你知道吗？"她继续说着，"我总是做错。我错得那么多，以至于我真正做对的时候我记得那么清楚，以至于忘了我总是做错。"

我们几乎一路无语地开回家，莎拉给了我口香糖，又给我润喉糖，我都要了，并谢了她。我偶尔看她一眼，这次她没戴着墨镜开车，围巾现在像老婆婆头巾一样包在头上，她看上去眼泪汪汪的，深深地走着神。我在想，一个可爱迷人的姑娘——因为来时的路上她的脸平静而若有所思，她的头发在阳光中闪着光，我以为自己从中看到了我想象中她的少女模样——这样的一个姑娘是怎么变成一个头上包着破布的孤独女人模样的,不管这是怎样。经过了渴望长大成人的童年,我的渴望已经过去。无法预期的命运开始攫取了我的注意。这些中年女人在我看来十分疲惫,似乎她们的希望已经被绞干,取而代之的是一种死亡般的梦游。

莎拉的手机响起了《弦乐小夜曲》的开头部分,充满活力的弦乐声不会不像羽管键琴,所以对莫扎特精神来说也并非完全不敬,自从电子音乐到来后,他可能不必像他的诸多同行一样不得不在坟墓里摇来滚去。

莎拉把手机从包里拿出来,一边稍稍放慢了车速。"对不起,"她对我说。"喂?"她对着手机说道。尽管她车后的保险杠贴纸上写着:把手机塞屁股边,你可能会开得更好。另外还有一张写着:要是上帝通过燃烧的灌木说话,让我们烧了布什听听上帝说些什么①。我觉得很有趣,车上贴着这种暴力语言的女人是怎么通过领养机构的筛选程序的,不管那是怎样的程序。她还有第三张保险杠贴纸,写着:第一次就要生好——尽管带给她孩子的可能会是手机和基督教。她的第四张也没有更满带希望:每一位成功的女人后面都是她自己。

我不知道自己为什么听得这么清楚——也许莎拉有点耳背,把一切的音量都调到最高了。

"莎拉,嗨,我是莉蒂希娅。"我听到。

"嗨,莉蒂希娅。"我想我不该听,于是看向窗外黯淡的雪景;太阳低垂无力,如一粒柠檬糖似的苍白地溶化。我们经过的每个镇上都有一家冰雪皇后,顾客排起了队,哪怕是在冬天。我扭头看莎拉时,看到她施过粉而日渐变薄的皮肤如同薄煎饼,浅

---

① 此处取的是灌木(bushes)与布什(Bush)的单词样的讽刺意味。

浅的雀斑也像薄煎饼。她关节突起的手，因为剁菜而得了关节炎的手穿过她钉子似的红褐色头发，将围巾一把捋到后面。她笔挺的头发是如何抵抗重力、乃至围巾的额外重量的呢？我自己的头发为什么总是软塌塌地躺着，被各种大气物理击败，即便使用了广告做得最多的发胶也无济于事？教育未能完全解决我对生活的忧虑。甚至也没能帮助我分析这些忧虑，尽管我能寄望的不过如此。我的童年才刚结束不久。我的大脑潜意识最深处仍是个装满童话的橱柜，我想我相信要是一个漂亮女人不再漂亮，她一定是干了什么坏事遭了报应。我有小姑娘的信念，以为这种负面的衰老永远不会发生在我身上。死亡会降临于我——我通过阅读英国诗歌了解到这点。但是变得干枯、驼背、苍白、跛瘸、黯淡、肥胖、瘦削、迟缓？我可不会让这些发生在本人身上。

莎拉换了一边耳朵听电话，这样我不容易听见了，不过随即她又换了回来，放慢车速让一队卡车经过。我能听到莉蒂希娅的声音。"要是琥珀这里不行的话，国际市场上还有很多孩子。我们在南美洲运气很好。巴拉圭又再度放开了，还有其他国家也是。而且他们那里也不全是褐色人种。有很多德国势力，有些孩子很漂亮，标准的金发或是碧眼，或是兼而有之。"

"好吧，谢谢你的消息。"莎拉粗鲁地说，"琥珀有消息再和我联络。"莉蒂希娅又说了些什么我听不清楚，莎拉迅速说道："得挂了——前面有片流冰区。"便飞快地挂断了电话。

"纳粹的孩子。"莎拉摇着头说道，"他们是鹰派纳粹的孩子。优等种族。难以置信。"她又用手指耙过她明亮的沙漠干草似的头发。我没问她一个小宝宝怎么可能会是纳粹。我懂什么呢？也许有这可能。"蓝眼睛！"她喊道，"人类走到现在可真是路漫漫其修远兮！"她又摇起了头，这一次厌恶地从鼻孔喷出了粗气。"我在烹饪学校认识一个蓝眼睛的犹太人。他说他的精子在当地的精子库很吃香，他赚了很多富余的钱。他一开始是个好笑的故事，后来成了我们都爱用的表达法：'像精子库里的蓝眼睛犹太人一样挺过去'。"

"是吧。"我迟钝地说道。

"要明白这些你可能还太年轻了，不过你环顾四周最终会发现：纳粹永远是笑到最后的。"

随后我们无语地穿过泰尔诺瓦赫和方杜马海小镇，都是法国皮毛商离奇古怪地命名的，而后来斯堪的纳维亚农民们扁平的发音令这些名字变得更荒诞："泰诺尔"和"方的莫来"。"你会发现我百分之八十九的想法都会说出来。"莎拉说道，"另外的百分之十一呢？我靠桑拿逼出来。"她在播放器里放了张CD。"巴赫的第一法国组曲。你知道吗？"

一阵咔嗒声和静音之后，音乐响了起来，庄严而忧伤。"我想是的。"我说，其实根本不清楚。我的朋友们都已经开始撒谎了，虚张声势假装成熟，他们感觉在十秒钟的虚张声势之后他们就会真正拥有。可我不仅不太倾向于此，也更缺少技巧。"不过，也许不知道。"我加了一句，接着转移话题说，"等等，在敲钟呢。"

"噢，这是最美妙的了。"她说，"尤其是这位钢琴家演奏的。"是某人在轻声哼唱着巴赫的挽歌。后来我才拥有了所能买到的每一张疯癫的格伦·古尔德唱片，不过当时和莎拉在车上是我第一次听到他演奏。那段乐曲犹如缠绕的纱线构成的优雅审问，一个衣着考究躺在棺材里的男人发出的疑问，他尚未死去。乐曲缓慢地进行，如一个谨慎的等式，而后又不断否定：如果$x=y$，如果大调＝小调，如果死亡等于生命的一部分，而生命等于死亡的一部分，那么这段乐句无穷音符的总和到底是什么？它提问，回答，再提问，它忧郁的疑问是对勉强或厌恶的提纯。我从没听过类似这样的旋律。

"你住在体育馆附近,对吗?"莎拉问。我们已经回到了特洛伊。她把车驶上校园大道,朝我住的布里克赫斯特小路开去。由于圣诞放假,大学附近的社区基本已空空荡荡,不过在非学生住宅的屋子,屋檐底下总是挂着灯,被照亮的檐槽似乎在兴高采烈地大喊:"我们在这里!我们在这里!"

"我住在布里克赫斯特街201号。"我说。

"布里克赫斯特?"我猜她是那种外省人,搬来有一阵子了,但对于本市仅有些拼凑的了解,仅限于在需要了解的基础上组合而成的大脑地图。不过不到一分钟她就将车开到了我住的公寓。

她把车停好。她拍拍我的肩,她的手顺着我的外套衣袖滑下。"谢谢。"她说,"你过了圣诞回来后给我电话。"她的脸显得无比忧伤。

"行。"我说,不知道还能说些别的什么。"那好。"这是中西部女孩对一切的回答。

II

圣诞节的早上我睡到很晚。我弟弟也是如此，前一天晚上他开着父亲的卡车来德拉克罗斯公共汽车站接我，车后面装饰着"吃土豆，爱愈久"的家徽。他穿着褐色派克大衣，没戴帽子，站在停车场等我下了大巴，看来很高兴见到我，似乎有什么事要和我讲，不过我料他其实也不会说什么：他很少跟我讲他的事。他帮我拿行李箱和电贝斯（我随身带着），都竖在卡车后面，这次他没像往常一样说什么只有男孩子才玩贝斯。电吉他是在离本地五十英里的地方发明的！我总是准备好了反驳之辞，不定是朝什么人，罗伯特其实和我一样对关于莱斯·保罗的传说醉心不已。我在家中的卧室里还有一把低音提琴，琴腹上系着一个装满琴弓的袋子。它看上去像个肥胖的弓箭手被遗弃在角落，一只装满箭积着灰的箭囊。"老鲍伯"，罗伯特这么叫它，把它跟他和老爸归为一类，"好歹你没拖上老鲍伯。"

我时常觉得，罗伯特不够努力——音乐上或学习上。也许有个姐姐对他有所妨碍。他知道我暗地里对自己的吉他很迷恋。我们身上犹太人的部分对此都有所了解：信奉上帝即意味着舍弃那些小玩意——而我们热爱小玩意（我的乐器是上了大笔保险的）——可情况并非总是如此：有时候上帝附着于某些具体、物质和世俗的东西，于是对于小玩意的拥有者和旁观者而言一切都变得有些扑朔迷离。不过在这些方面弟弟对我很好；事实上，当我回想起我们在一起的那些年月，他基本上总是对我很好，虽说我们开出停车场的时候他的油门确实踩得猛了点儿。他的朋友都叫他机关枪，我父母讨厌这个名字。

回家的路上他告诉我他混得如何，不过我不得不问了两次。有时他会有点结巴，这让他不太愿意说话——我想他肯定觉得稍带梗阻、混淆的话语无法准确地反映他的思想，不过谁知道呢，说不定这也可以。有时你会发现他说话时努力加快速度，速度掩饰了一切，令他更快到达终点。机关枪，的确。

在大巴上我只吃了点从超市买的寿司，塑料盘子里还剩下一半，在我包里。饥饿令我更饥渴地倾听着，每个字似乎都是一口珍馐。他读高中最后一年了，他讨厌它。这个学期他有四门不及格，一门得了 D。说起这些，他脸上并没有气馁之色。我父亲并不总是扮演有益的严父角色，看来他看着成绩报告单是这么说的："好吧，罗伯特，我能说什么呢。四门不及格，一门 D：看来你在一门课上花的时间太多了！"弟弟一边讲一边偷笑着。接着我们都陷入了沉默，车缓缓向家驶去，从我们身旁闪过的树枝在阴暗中伸向玉米糊似的夜空，如鹬鹈的脚，或是衬着棉里的盒子里一枚尖钉状的胸针那样尖锐。我们经过了第一卫理公会教堂还有聚光灯照射下的胶合板基督诞生像，那些昏昏欲睡的绵羊的表情是画面上显得最不弱智的。正前方的一块指示牌上写着圣诞布道的标题：爱你的敌人；他们是你造就的。我们经过了范马尔家的老农庄，他们又将前院随意地打扮成节日场景：企鹅、棕榈树、鹅和甘蔗的褐色轮廓全都被照亮了，仿佛它们是失散已久的老友重逢一样。别人对圣诞节的反应，他们不可名状的作品，不管那是艺术或只是华而不实，我还是不能不受影响。奇思异想跟小题大做依旧很能吸引我。

我拿出寿司啃了起来。"想来点吗？"我问罗伯特。

"才不。"他说。

我们经过了漂流①客栈，招牌上的 D 字没了，变成了裂缝②客栈。雄鹿保龄球馆的停车场因为某个白痴锦标赛挤得满满当当。我们驶过德拉克罗斯的大街，两旁林立着平房门面，平房门外满是斜列的停车位。拉里的旧货店、特里的动物标本剥制店（老早是迪克的取鹿内脏的店）以及沃特的蚯蚓店排成一溜，我们直接驶过了它们。我一边嚼着，一边专心看着，好像我是个自己一直自以为的那个陌生人似的，一边研究着跨越瓦哈帕河的桥上的金属波纹花饰。我们经过了通往小镇垃圾场的那条路，转弯经过了垃圾场的看护小屋，主人自豪地用从垃圾场里搜集来的东西将它装扮起来，蔚为可观。一头断了角的大驯鹿招摇地耸立在他的屋顶上。

我放下寿司，说："要是你吃了熊肝，会死吗？"

罗伯特笑了起来。"我不知道，"接着他又加了一句，"我只知道如果你是只松鼠，就该远离滚烫的电箱，不然你会被电得连牙齿都熔化，跟身体化为一体。"他把这令人毛骨悚然的东西指给我看，就在路两旁的输电线上，离我们自家的砾石车道不远。

"老妈怎样？"进屋前我问道。卡车的灯打在车道上，应该已经宣告了我们的到来。

"老妈有点情绪化。也就是说，老样子。"他说着，再次替我拿起了包和贝斯，大学里的男生很少会这样做。我父母养了个很善良的农村小伙子，虽说我疑心他们不见得了解这一点。这并非他们的自觉主动意图。我跟在他身后，可他做了个手势表示我该走在前面。我爬上门廊台阶，敲了敲铝合金的防风门，然后打开门，朝里面大喊了声你好。我母亲从来不是热衷于过圣诞夜的人，所以节日回家时我得到的欢迎总像一个星期天上完教堂后路

---

①② 原文分别为 Drift、Rift。

过的邻居，一个她成天看见不过不想对她不敬的邻居。

"噢，"她说，"你好啊。"今年空气里有烤生姜的味道。我再一次被家里的温暖随意与考究的贫穷触动——磨损的希契科克椅，没人当心，从来没有被当做一件古董来对待，而仅是一件服务于人的家什，必须艰难地在这个星球上挣得一席之地：在咱们家，对家具而言是某种磨难之家。

我母亲赶紧起身去拿蛋奶酒，还有些白兰地，父亲已经上床睡觉了，不过她、罗伯特和我坐了有二十来分钟，直到我们都累得装不下去了，壁炉里慢慢燃着一根咖啡木，炉架上有盘薄脆姜饼。咖啡木是我母亲的最爱，不过在我闻起来倒不像咖啡，更像烧焦的鞋子。"我会去点烛台。"母亲说。"不过还记得去年窗帘着火的事吧。"当时窗帘燃起熊熊大火，我们把一大盆蛋奶酒泼了上去，熄灭了火苗，蛋奶酒嗞嗞作响，滋进了织物里，直到整幢房子闻起来像是小餐馆里在煎蛋饼。

"没关系。"我说，"明天我替你点。"尽管我总会忘了点。每年清理烛台都是我的活，用别针和叉子刮去前一年的蜡，所以我的遗忘也许是出于便利的目的。

"谢谢，亲爱的。"我母亲说，她从来不叫我"亲爱的"。几乎从来没有过。电视开着，窃窃低语，闪动着色彩。我妈恼火地把它关掉。"一个偷走圣诞节的扫兴家伙？"她说，"这世道已经这样了我们还得忍受那个？"

早晨我和弟弟相隔十分钟先后下了楼。今年的圣诞树——或光明节铁杉——是事先配好灯的网购货。麦克莱伦家的圣诞树林场最近已经倒闭，于是我父母采取了颇为环保的手段，向哈马克尔·史莱默家订了棵塑料松树。蓝色的鱼儿和缠着丝带缀着丁香花的橙子都挤在中间一圈。不成对的旧耳环晃晃荡荡地挂在纤细些的树枝上。母亲在顶端放了一颗大大的金箔六角星，吊儿郎当的，有如一道几何题。很有可能在近午的日光下，这正是反讽的表现方式。

爸妈正在厨房餐桌前吃冷麦片粥，不过他们提出替我们做土豆烙饼配苹果酱，或者通常的煎饼，或是两样都做，这是节日传统。"我昨天就把土豆和洋葱切好了。"母亲说。我知道，很快她就会支起油锅，或是热起烤盘，屋子里就会充满油腻的洋葱味，像主街上那家油腻的苍蝇馆子一样，渗透我们的衣服和头发。

"谢谢，要么过会儿？"我带着我们这代人认为表示礼貌然而却令我们的父母困惑的疑问口气建议道。外头晨光明亮。我喜欢它的圣洁与欢乐：童年时代的众多灰色圣诞节令我沮丧。显然不单是我：有一年我母亲寄出的圣诞卡是我和弟弟的一张照片，标题是：孩子们。在枯叶中。

屋后田野上、谷仓与屋子之间的院子里覆盖着的薄雪已经开始在朝阳下融化。赭色的草成片地冒出了头。远处斜坡上的土地——我父亲去年卖了个"好价钱，或者并不算好价钱，但是个很有个性的价钱"——已被阿米绪人转卖给了别人，开发成名曰高地庄园的东西。天气如此暖和，建造工作一直持续到了十二月。两部黄色的挖土机反铲伸向天空。会是硕大的房子，母亲说，有不种树的空地、假假的凉亭、塔楼和露台，都会无声谴责地看着我们。

"他们不喜欢树，因为松鼠会爬上树然后跑进他们的阁楼，啃那些不再使用的健身器材。现在，没了树呢，松鼠们会跑到别的地方去，阁楼里会到处都是蛾子和鼹鼠。"这让人暗自感激没这么干的阿米绪人，而当他们把地卖给这么干的人时又不公平地对他们恼火。不过，阿米绪人通常还是如往常一样购买农场，在自己的客厅里举行仪式，虽说在德拉克罗斯有人忿忿地说他们的马车和马蹄把路给踩烂了，说他们把家当教堂使是为了避税，说他们像兔子一样能生,穿得跟蝙蝠似的。

"去看融雪?"我问弟弟。

"好啊,我是说,这是什么鬼天气啊?"罗伯特问道,不停地看着外面的天空。云朵开始迅速膨胀开来,仿佛一场盛会就要开始似的。

"你的用词。"母亲说道。

"我用的是英语。"弟弟说。

"看起来一切都不似圣诞,"我唱道,"不管我走到哪里。"

"好嗓子。"弟弟说道,听起来挺真心,这让我吃惊。不过接着他悄声补充道:"废话,废话,全他妈是废话。"

"屋里的交谈需要照明,"我又试着唱起来,"因为气候变化令人吃惊!"

"全球变暖。"父亲说。"他们已经在霍托莫瓦河那么北的地方发现了仙人掌。而且今年连科斯托克家也开始在窗户上喷假霜花了。"

我裹紧浴袍。有父亲在真好。以前过节时他常常忙着给芝加哥的高级餐厅供应蔬菜——可不是冷藏的土豆这么简单,而是小小的紫茄子和青葱;假日里给它们供货意味着在雪天将卡车一路开到伊利诺伊,他永远也没法赶回来吃晚饭。本地的农业,跟艺术一样,或多或少总是为有钱人服务。我知道,路尽头的乳牛场将城里的医生、律师和部长们作为私人客户,把自己最好的优质黄油卖给他们。余下的黄油——叫做德拉克罗斯油脂——流向四方。而本地奶酪生产商则处于某种古怪的反转境地。有家老奶酪厂破产后变成了学校。而一所老学校则变成了奶酪厂。不过是手工奶酪厂,制作丁点大的针管奶酪和素食者凝乳。这是最有可能成功的奶酪厂——雅皮士的食物——正如我父亲的精致土豆,按色调排放在紫色网兜里。这些奶酪生产商给他们的奶酪安上了稀奇古怪的名字，比如"不插电"和"清洗矮人"：怪人吃怪东西，我弟弟不屑地说。生产传统奶酪的厂家则忙着让州长在日本寻找市场空白。

在早晨的阳光下，我父母身上顽固的农场污泥似乎被清除了。他们显得透明，甚至比秋天要更虚弱些，那时他们指甲里嵌着的黑色土豆污垢以及鞋子和衣服上的泥巴似乎要将他们牢牢地钉在土地里。现在，在我看来，他们似乎能——而且可能——在一束光中升天。我几乎认不出他们，他们在自己发着微光的全息景象中仿佛仅有着极其微弱的生命。过去他们的土地温暖，塑造着他们。如今他们甚至不像是玻璃制成的塑像，而是透明的糖做的。相形之下，我感觉自己生龙活虎热血沸腾，就连隔着浴袍都能感觉到自己火热丰厚的肉体。我们都穿着浴袍，这让我觉得好笑。也许在拆礼物之前我们都会穿戴整齐，在放着大碗的菲逗①爆米花的咖啡桌旁。今年我送出的礼物不过是3×5英寸的卡片，画着我想送但没时间买要等日后再买的东西。这是我们的传统玩笑。今年我给他们画的全是跑车，这是对传统残酷的添油加醋，因为这意味着我根本没怎么上心，多半什么也不会给他们买。甚至我连3×5英寸的卡片都用完了，用了张4×6英寸大小的给我弟，上面画了一辆更大的车——因而是个更大的玩笑谎言。不过可以说，这比起那个倒霉的年头要好些，按说当时我已经十二岁不至于玩这个了，可我还是在一个糖果盒里装满了我们的狗狗布罗特的便便，然后包装好送给罗伯特，上面贴着一个小纸条写着：嗯……好吃。来自布罗特的圣诞问候。"瞧瞧那狗屎做了什么。"当时我研究着他的反应说道。这仍是一个无语的谜。

母亲现在抽起了烟。"我该做早饭了吗？"她又问道。父亲

---

① 原文为 Fiddle Faddle。

昨晚太累了没说上话,现在他说道:"对!做早饭!我和罗伯特想让塔西坐下来,让她跟我们讲讲大学的事。"

"对,是啊。"罗伯特说。他踱步走出了厨房。"我要去洗个澡。"他回头喊着,霸占了我们唯一的浴室。

"那么……"爸爸朝我微笑着,"大学怎么样?"

"噢,还行。"我含糊地说道,不过我想我爸真正想听的是以他能信任的温和口气讲述的积极的事情。我妈热起了油,将冷藏的土豆烙饼原料拿了出来,撕去了碗上面的保鲜膜。我开始给她打下手,将它们捏成大大的一团团,手上都是泥浆似的油和蛋白。

"有男朋友了吗?"爸爸的眉毛轻蔑而戏谑地上下运动着,这让我知道我不需要回答。不过我妈还是瞪了他一眼。"伯。"她那样叫他的名字以提醒他犯错了。她声称自己私底下叫他罗伯特,她向来不喜欢他这个小名,只不过在家里需要区分大罗伯特和小罗伯特。

我喜欢我爸。他行事从不让我讨厌,哪怕他最近喝上了酒,不管怎么说这通常要到傍晚才开始。然而我毫无芥蒂的爱还是无法阻止我偶尔因他感到羞愧。"你爸是个农夫?他是种什么的?"在特洛伊的熟人有时会问。在德拉克罗斯他很少被当做农夫。"没什么,"我有时会回答,"他什么也不种。达达主义农业。"

"哦,我明白了。"拿着一杯靴子玻璃杯啤酒的东岸男孩可能会说,或者某个戴着像我妈的旧密纹唱片上的娜娜·穆斯库莉那样的深色窄边眼镜的女孩会说。

我不清楚这种细微、带着些许鞭笞、并不特别扭曲的羞愧从何而来。然而我就是学会了羞愧,也许早在德拉克罗斯中心中学的时候,按说在那里有个农民父亲根本不该是丢人的事,而且尽管我父亲的农场很迷你,也并不丢人。大家知道他的产品很受青睐。而在孩子中间，更为下流的笑话是留给种人参的农民的。不过我记得在七年级的时候，有一次我们的点名老师在教室里转着圈问我们的父亲是做什么的。当她点到艾琳·雷利的时候，艾琳脸红着说："我还是不说了。"我惊呆了，因为她父亲是个英俊迷人的销售员，在大街上的家庭储蓄鞋店工作——卖鞋的斯坦，我母亲充满爱意地这么称呼他。可他的女儿却感受到一种失望——他的，或是她妈妈的——并且不愿意谈起他是如何挣钱的。

也许正是那一刻我领会了这是一种羞愧的根源，或者说是明白了其可能性。

"那么你的课呢？"我爸说道，"在这个美妙的圣诞节早晨坐下来告诉你老爸你选了些什么课，回去后又打算选些什么。那门哲学课读得怎么样？"

"你知道亚历山大大帝把他所有的钱都留给了亚里士多德吗？"我愉快地问道。

"那正是他名字的由来。"我爸说。"亚里士多德给他题的名！之前他只不过是亚历山大中帝。"

"伯！嘘！"我妈摇起了头。

烤盘里传来咝咝的响声，她正在倒油。我们有台老式的炉子，烤盘是内置的。你得用抹布和纸巾清洁它，或是用烧烤叉将它撬出来，然后用钢丝球和水对付它。热气腾腾的滚烫土豆烙饼现在闻起来很香，也掩盖了厨房常年有的轻微老鼠臭。我妈又搅拌起了煎饼面糊。

"你坐着帮忙没事。"我妈对我说，"不过记着土豆烙饼不是汉堡包。别把它们捏得那么厚。"

我没理她，继续捏着我的厚烙饼跟老爸说话。

"下学期呢？"他问。

"我又报了一门文学研究课——1830—1930英国文学，还有苏非主义导读、品酒入门、一门名为'战争电影原声带'的音乐欣赏课，还有叫做'与岩石约会'的地理课。"苏非主义没难倒他。

"与岩石约会？"

"我需要学习！"我说道，笑了起来。

"别让它们吻你。"他说道，没有笑容。我选的课五花八门，听起来缺少严肃的方向。我略过了体育必修课，我报的是一门人文与普拉提双重课程——执拗的身体／端正盆骨。我不想惹他发火。

不过我还是嘟囔着，像是自怜："它们不亲吻。所以它们才叫做岩石。"

"品酒？"他扬起眉毛。听上去有点钱被乱花了的意思。

"我需要一门容易的课，好把别的课念得好些。"我说，"我上个学期没选这种课，所以读得太紧张了。"

"可你不是还没到法定年纪吗？"

"字面上是，我想。不过这是一门课，所以我猜这是允许的。"

"你还能上学院院长的优秀学生名单吗？"母亲问道。

"有可能吧。"我说。

"嗯，你可得注意是哪个院长，"我爸说道，"你可不想上错了名单！"

"而且，我下学期要打工了。"

"你有工作了？"

"你有工作了？"

"这里产生回音吗？"我说。

"好了，告诉我们吧。"我妈说，"别光晓得顶嘴。"

"还没正式开始呢。是照看宝宝的工作。不过眼下还没有宝宝。"

"噢,是啊,那种活儿。"我爸说道,觉得好笑。

"你什么意思,还没有宝宝?"母亲问道,显得很疑惑。我爸咧大了嘴巴笑着,好像在说:那么这才是尴尬事。

"会有的。应该会。在一月份。"我解释说。

"妈妈怀孕了?"

"唔,生母怀孕了,雇我的那个女人打算领养那个孩子。"

全部沉默,连我爸也是,好像这是个需要考虑其各方面深刻可悲之处的情况似的。

"这是件好事。"我补充道,"这个姑娘——她永远也不可能成为一个好妈妈。而这位雇我的女士呢?她干净得体。她人好,又漂亮,在城里有家高级餐厅。"

"所以她才需要你。"母亲关切地说道,"她忙得养不了小孩。"

我正要替莎拉辩解,我爸很感兴趣地问道:"什么餐厅?"

"小磨坊。"我说。

我妈转过头来摆出一副明了的表情。"美食家为美食家们开的地方。"

我爸露出了灿烂的笑容。"噢,我记得她。非常好的女士。"我妈回过头背对着我们,快速翻动着煎饼,又把土豆烙饼糊扔进热油,拒绝消除她对整件事情的怀疑。我爸继续说道:"她会过来查看土豆,好像它们是钻石似的。不过有时她还是会拿走已经有点发烂的,懂得只要切掉烂的地方,剩下的土豆会特别甜美。聪明的女人。"

"她为什么不自己生孩子呢?"母亲问道,继续表达她的疑问。

"妈,我不知道。我不能问。我几乎都不认识她。"

II 47

"那她丈夫呢?"

"那她丈夫呢?"

"他是谁?"

就连我自己也觉得有点奇怪,我对他知道的那么少。"我想他大概是教授什么的,不过我不确定。"

"唔。"我妈说。"学术界。"现在她开始嘟嘟囔囔,"他们全都用屁股说话。而屁股总是坐在椅子上。"

"你说什么啊?"我爸问。

"没什么。"我妈说。"保持安全的距离永远也不能禁止别人的看法,就是如此。不许狗参加赛跑不能阻止人们用特别大个的猫。"接着她又加了一句,"把你们的座位拉到桌子前来。饭好了。"

我爸比我妈更有幽默感。"我听力差,"他现在笑眯眯地对她说道,"可不代表你不在嘀咕!"不过多年前,是他的冒险精神令她不得不相随,出于好脾气,也出于犹疑的爱,而他则将她带上了某种旅程,来到乡下这座农场。不过她也敢做敢当。至少一开始如此。

"噢,好吧,也许哪天我也会开家饭店。"她说道,愉快地叹了口气,几乎是她最愉快的样子了——一个带着光亮的叹息。这时她补充了一句典型的令我无比讨厌她的话:"你知道,在新年到来之际,我意识到过去几十年里什么也没干,净是拼命为别人服务了。所以,接下来?我打算开始关注自己了。"

"好吧,在你开始之前,亲爱的,"我爸说,"能递一下糖浆吗?"

小时候,父亲曾经种过十公顷玉米和黑麦,后来到了仲夏,他单把黑麦割去,在起伏的田野里制造出丝带效果的图形。"这在空中看效果最棒。"我爸说。他务农的全部理由就在于他觉得这会很好玩。于是他雇了一个从明尼阿波利斯来的家伙航拍了一张照片，我们用小小的土豆磁贴把它贴在冰箱上。它看上去很美——刈过的金色黑麦与绿色玉米相间，绵延荡漾，如一对表演中的海豚爱侣。我假装这是我父母的结婚照。母亲曾以为她嫁了个大学校长的儿子，结果却得到了一位业余农夫，不过她还是跟随着他。不管他们要去什么样该死的地方，她都和他在一起。她像一条被搁浅在内陆的刺鱼，冰川消退了，河流——通往海洋的唯一路途——消失了。她必须将就在这片爱情的内陆湖里。我知道，她有时会提起，她本来以为他们会有钱——他是在有柱子的房子里长大的——不过她还没意识到其实不然：那房子是归大学所有的。甚至在她和父亲来到德拉克罗斯买下我们这幢棚屋和谷仓摇摇欲坠、花坛里的三色堇和凤仙花却绚烂盛开的老砖房时，她还不明白这些花是一年生植物，于是她等待着它们第二年再开，结果它们没有。她沮丧不已，感觉受到了背叛。又一个海市蜃楼！不过最终她学会了自己种。有一阵她堪称专家。直到她厌倦为止。正是那时她在花坛里安上了镜子，自己也渐渐学会了海市蜃楼的艺术。

吃过晚早饭，外面刮起了风，很快就来了场雷雨，天空发黄，云层不断地被闪电吱吱嘎嘎割裂。光秃秃的树木显得脆弱而惊讶。突如其来的大雨让地上的积雪全都消融了，而由于乡间道路的排水功能很差，水积成了水渠，闪闪发光，等下午气温降低，随时会成冰。也的确如此。

当天我们真正的圣诞仪式，除了早餐，实在是平常得要死——没有三角哈曼饼，没有番佛努斯香酥球，没有拉辛的香酥圈饼——我不知道我们何必多此一举。也许母亲作为仪式的守护者已经对这种显然相当圣诞的习俗失去了兴趣，反正我们已经长大了，而父亲又实在不知道该如何接手。火鸡在哪里？它那塞在屁股的小袋里可以拽出来的心呢？另一方面，母亲给了我一份精心包装的礼物：一条珍珠项链。她噙着眼泪看着我打开。"每个女人都该有条珍珠项链。"她说，"我像你这么大时得到了一条。"是父亲给她的，我知道。而现在，我生命中还没有男人，她便成为了将这份女性工艺品、这个成年仪式、这个女性圈套赋予我的人，虽说我才二十岁。她大概永远想不到我其实可能永远没有机会戴这个东西，或者戴了会像是个相当糟糕的共和党员。我想她把这视为一张离开农场进入外面世界的票子，不管那个世界是在哪里。

"谢谢，妈妈。"我说着亲了亲她的脸颊，既是粉质的，又是潮湿的。我把装着珍珠的天鹅绒盒子举得高高的，如同祝酒一般。"敬耶稣。"我说。

我妈隔着遥远而关切的距离看着我。他们给罗伯特的礼物是一台手持快速星座识别器。

又一片雷云从头顶飘过，冰雹在我们的屋顶敲落，落下烟囱，在壁炉里噼啪作响，好似在模仿火的声音似的，接着又从炉台弹出掉在木地板上。就好像是我扯断了母亲的珍珠项链撒了一地一般。

随后我们坐下来看电视。圣诞节我只记得我们去过一次教堂——镇上的挪威路德教堂。父亲用他黄蜂似的眼睛看了看彩色玻璃窗和它们凝胶似的明亮图案与场景，也许是回忆起了自己经常去教堂的过往，或是在与祖先传下的某种清教徒自尊做斗争，他咕哝道："我想那是克什克农原产的窗子。或者，等等，让我看看，也许不是——"而母亲爱怜地用气声低语："面对现实吧，伯，你对异教徒一无所知。"

"全国到处都是奇怪的天气。"此刻我爸说道，坐下来加入了我们。

"你指什么啊?"我问道,有点担心。像个孩子似的,我依然相信他无所不知。

"嗯,在奇怪的地方下了很多暴雨,还有大风,"——他放慢语速呈上自己的黑色报告——"以及古怪的平静……"

"古怪的平静?"我问。

"在基诺沙城外有段意味深长的停顿,把他们的裤子都吓掉了。"

"爸!"我笑了起来,为了让他高兴。

四点钟,太阳正要落山,我和弟弟出去散步,我们的鞋子踩在新结的冰上,滑溜溜的。中午之前日头够好,我妈便把衣服都晾了出去,现在微风下它们在晾衣绳上飘来荡去,像北极捕鲸船的船帆一样将冰从线上噼啪崩裂。我们有几个圣诞节是不用穿着靴子出门的呢?为数不多。

"老爸和老妈怎么样?"我问弟弟。

"噢,不错,我猜。"罗伯特说道,"他们还是唇枪舌剑,不过我已经学会不去太在意了。这其实完全不算什么。总比把矛头对准我好。啊呀!"

"他们追着你问学校的事?"

"哦,是啊。"他用鞋将一块石头踢过冰面。"我有次考试搞砸了一道题,被叫到校长室去了。"

"什么意思?"

"我说甘地是一头鹿。"

"一头鹿?"

"我把甘地跟斑比搞起来了。"

"什么?"他很聪明,所以他遇事较急,不太有耐心。他常会口无遮拦。要是他脑中空白他就会飞快地说过了事。有时候会很荒唐。有次他把痔疮①说成小行星②，让我把脸埋进了臂弯。

"我也不知道——一个词总是让我想起别的词。就像人质③让我想起香肠④。我也不知道为什么。我告诉你，我就是痛恨这堆烂事。不过别担心，我不会气炸了肺去杀人什么的。"我们在效率低下地小步前行，为了不至于滑倒几乎都不抬起腿来。"我的成绩不够好，而大学申请必须在月初先提交。我可能就去参军算了。"

"为什么？"我的喉咙发出惊讶的声音。

"现在是和平时期。我不会被杀或哪样——"

"怎样。"

"怎样。两年后政府就会出部分大学学费，爸妈就不会盯着我了。"

"政府只出部分学费？"

"好吧，显然有不同的合约，看你签多久。有个征兵的来过我们学校。"

"征兵的来过你们中学？这合法吗？"

罗伯特哼了一声。"这是在德拉克罗斯中心中学。"

"天！"

"是啊，我提起这事时老妈很难过。她威胁说要给招募官在比弗丹的家里打电话让他晓得她的厉害。"

"她还剩了点厉害，真神奇。不过是这样——我想她还有。"

"她想让我干吗？去DDD驾校？"

"但愿不是。"

---

① 原文为 hemorrhoids。
② 原文为 asteroids，和痔疮（hemorrhoids）词尾相近。
③ 原文为 hostage。
④ 原文为 sausage。

德拉克罗斯柴油车辆驾驶学校是可怖的 B 计划——也被戏谑为 D 计划——专为学业无成的孩子们而设。"我为了挣体育课学分已经上瑜伽课了。"

"真的?"世事变化得真快,让你头晕目眩。瑜伽已经进入了德拉克罗斯中心中学的走道,不过军队招募官同样如此。

"是啊。深呼吸:一个我对我的胜利。"

"噢嗬。你有自己的瑜伽垫吗?"

"我有。"

这时他抬头无比诚恳地看着我,他的眼睛在请求我尽可能专注地聆听他。"我坐在黑暗的体育馆里,"他说,"只是思考。应征入伍看来是唯一的路。要么是它,要么是驾校。"

"不过现在并非真是和平时期。有阿富汗。"我说。那些闯入我们意识的遥远国家显得很古怪。六十年前为了法国这个我们听说过的国家奔赴前线似乎是一回事,然而现在的战争——或许在阿富汗这样的地方——又意味着什么?特洛伊的学生们很热衷于找出答案,伊斯兰教导读课的春季班已经人满为患,因而我才会去选更冷门据说也更宽松的苏非主义①导读。我们会阅读鲁米和多丽丝·莱辛。

"阿富汗已经结束了。"

"是吗?"我曾为了期末考试研究过。

"不晓得。"他又踢了块石子。"是啊,我想是的。"

"是啊,好吧,没有战争的士兵会变得无聊,有时他们会驻扎在又热又偏远的地方,于是就想来一场战争。不然他们不知道自己在那儿是干吗。而要是没有开战,他们就会开始朝天空开

---

① 苏非主义(Sufism),伊斯兰的密契主义(神秘主义),其诠释《古兰经》的方式有别于一般穆斯林,显著特色是他们对诵经的执迷和禁欲主义。

枪,然后朝彼此开。"

"你怎么会知道这么多?"

"电影。"

"哈!"然后他严肃地,过于严肃地补充道,"要是我回不来,你知道,不能活着回来,别让他们把我用劳什子大棺材埋起来。我不想占地方。"

"好吧,"我说,"我猜这是你练瑜伽的原因:这样我们就能把你挤进饼干盒里了!我们都会宣称'噢,他肯定会想要这样!'"

"谢谢。"他露出了笑容。

"我不确定自己是否喜欢永久自由这个概念。"

"那让自由响彻云霄如何?"

"那也不行。难道自由不就该是自由吗?为什么非得让它干点什么呢?那样就意味着它是被封锁起来再强加于人的东西。"

"你喜欢大学,不是吗?"

高高的树枝上,隐蔽了整个夏天的松鼠窝像肿瘤般暴露着——由树的部分组成却仍互相嫉妒。"疑似有点儿。你今年去打过猎吗?"他从来不是个热心的猎人。他怎么在军队里混呢?

"没有。"

"不进行动物数量控制了?"狩猎的表面理由总是让我嗤笑。

"不,实际上今年我参加的是给鹿分发安全套的活动。"

"出色!"我本想制出比平日愉快的呵呵更强烈一点的笑声,结果却发出一声爆响,以羊叫似的声音告终。

我们继续沿冰冻的路走着,经过了一片白桦树,远远看去它们如同母亲几乎还没怎么吸过的香烟头插在泥土里。弟弟的男生生活在我看来孤单而艰苦。他那颗歪牙在微笑时仍会露出来。那是因为家里的钱只够我们一个人做牙齿矫正,于是就让女儿做了，女儿的相貌比较重要（在我身上算是浪费了！我肯定一个没有笑容的姑娘是没有男人会喜欢的——不会非常喜欢）。我得到了牙箍。他得到了杂务。对于他在农场上替我父亲帮忙的期望比对我的高得太多，所以我能看出来他的生活比我的要艰苦一些，尽管他是个帅气的男孩，总的来说又挺聪明，有很多朋友。作为一个小孩子，他的计划是很有进取心的。很多年前，他曾拟了份连锁酒店的设计草图，并认为他的最大竞争对手将是假日酒店，他决定以针锋相对的竞争精神替它命名：平日。平日酒店。

然而，他身上有和我一样的孤独，尽管他一直是我妈的宠儿。这让他怎么样了呢？我母亲的爱是徒劳的。

我们推开领地尽头的门，走了出去，走上奶牛踩出的一条半冻的老路，老树根和石头依稀形成台阶。一只小苍蝇嗡嗡飞过我耳畔，复而消失。我以前从未在圣诞节见过苍蝇，我挥手去拍它，感觉到两件熟悉的事物出乎意料地出现在一起时那种超现实主义的感觉，正如我们在艺术 102 课上学习体会的那样。这将是未来。

我们走过梧桐树和橡树的矮树林（小时候，我们表演某种休眠的城市恐惧，曾发疯似的尖叫着"矮树林！矮树林！①"飞快地跑过灌木丛，为自己凭空捏造、毫无害怕之感的恐惧刺激不已）。现在我和罗伯特在臭榆树林中穿梭着向老鱼塘走去，老早前冬天我们会在上面滑冰；这从前是座十九世纪磨坊的池塘，早已往昔不再，不过一座老桨轮还靠在一棵树上，上面积着一层松鼠屎。有时我们会踩着雪橇沿着积雪的小径一路滑到鱼塘，而现在根本没有雪，只有缠结的干草和泥土，以及白芷、马利筋、香蜂草结着冰的株茎。弟弟有时喜欢在鱼塘钓鱼，哪怕是冬天，有

---

① 矮树林（copse）与尸体（corpse）音形相似。

时甚至在小河里钓,即便现在只剩下杂鱼了,即便在小河里冰钓很傻。不过这条小路上的夏天一直是我钟爱的,蚊虫不多的时候我有时会陪他一起去,和他坐在半人高的川蔓藻中,四下是粉粉的松果菊。我会跟他讲某部电影的情节,比如说山姆·佩金帕的一部电影,我从没看过,但有一次在《德拉克罗斯周日星报》上读到过通过媒体辛迪加①发表的文章。拇指大小的蟋蟀在草丛里甜蜜单调地唱着歌。有时会有只蝴蝶,如此美丽绝伦,如同你想要别在头发上的派对发夹。我们四周和头顶的绿叶上润泽地闪动着落日的光。在这片葱翠幽秘的草地,我讲述了整部《稻草狗》的故事。

不过臭虫会驱赶我们回去。鸭子那么大的苍蝇!我们总这么说。蚊子则有着虎皮斑纹的身体、鸢尾花的羽毛状胡须,它们的翅膀和腿如同男孩没剃过的暗褐色成缕头发,细长的腿如兰花的卷须、土地神雪橇上的刀片。它们的可怕模样与飞行困扰着我,是尤为令我厌恶的:如运动雕塑般蓄势待发,或像喷气式飞机般俯冲直下,它们具有邪恶的构造;它们热爱色彩;它们受困于最可悲的动物剧本。有一次我看到罗伯特的背上有只硕大的蚊子,猛拍了一下,结果拍死了五只,全都在他的衬衣下面,血淋淋的。

此刻我们站在冰冷的河流旁,往里面扔着石块,听着它扑通一声沉没的声音。我想说:"记得那时……"可当我们比照起童年的故事时,往往对不上号。我会说起某次旅行、某顿饭、某个表亲来访或是其间发生的事情,而罗伯特看着我的样子就好像我说的是某支阿尔巴尼亚摇滚乐队的奇遇似的。于是我和他待着,不说什么。这是一起长大的人轻而易举就能做到的。有时这比聊

---

① 将文章或节目出售给多家媒体。

天更好，而聊天也是毫不费事的。

我们找到了更多的石块，扔着。"一块石头不会溺水。"我弟弟最后说道，"它已经被淹死了。"

"你在背诵诗歌？"我冲他微笑。

"我只是在思考。"

"是件危险的事情。"

"一点点不要紧。"

"一点点是件危险的事情。不过许多也是如此。没有也一样。"我顿了顿，"全都是地雷阵。"

"你嗨了？"我弟问。

我差点漏过了一块石头。它想要。我能感觉到，这块石头的欲望。"我倒想啊。"我叹了口气。我将石头扔向远处，越过老鱼塘往左扔向网球场草坪。我们的领地里的确有块老的网球场，是房子原来的主人修建的。它早已被细长的杂草割裂，几乎完全成了专门的草场，不过要是你走过去，脚下还是会有碎裂的水泥块，两边还有两根斑驳的挂球网的白柱子。我活到现在还没见有人在这里打过网球。它仿佛是对曾经保护着这块地方的古老富裕势力幽灵般的一瞥，对抗着附着于附近大部分农场与住宅之上的古老贫穷的标志——露天厕所、管式水泵。

我又扔了块石头。然后我们回头朝家里走去。新的雪花静默地从天空落下，直到一阵上升气流呼啸而至，将雪花往上卷，有如被摇晃过的雪景玻璃球。罗伯特去年夏天做过一阵营地指导，现在他唱了起来。"我知道有首歌让每个人都讨厌，每个人都讨厌，每个人都讨厌。我知道有首歌让每个人都讨厌，它是这么唱的：我知道有首歌让每个人都讨厌……"我们浑身湿嗒嗒地回到家，在玄关的镜子里显得粉扑扑的，不过镜子上贴着母亲用来提醒的花瓣形即时贴，这让我们的脸有一瞬显得像是儿童戏剧里的花朵。母亲已经烤好了面条布丁,还做了圣诞牛胸脯肉代替火鸡,我们都坐下吃了起来。她将热牛肉盛在一个大浅盘里从厨房拿了出来,站在我身旁把它一下子放到桌上,差点砸到我的脑袋。"闪开。"她这么做的时候一边命令着我,我把头侧向一边。

"那是什么?"弟弟问道。

我无奈地盯着他。

"你是一个犹太母亲的儿子,"我爸说,"却不认得牛胸?"

"我当然认识牛胸。"他说,"不过我以为她说这是鸭肉①。"

我们全都笑了个够。牛胸本身加了番茄酱和太多的洋葱调料汤包——也许我妈没发现已经放过一包了——很咸,不是她做得最好的。我们全都往上面堆着调味品——越橘酱和我们称作"玉米地鱼子酱"的素食调料——那晚后来我们喝了很多水。

在德拉克罗斯的家中,我的大学、特洛伊和成人伊始的世界溶解了,我变成了以往推推搡搡的各个自己的丑陋集合。我的话音中带着不耐烦,或者低落的情绪会让我把自己关起来好几个小时。下午到来时,我尽量出去散散步——到下午两点时你一定得出门去,母亲曾经这么建议——有时我会带上布罗特,尽管有次我们碰上了还在清路的垃圾卡车。布罗特痛恨垃圾车,我想,他感到那些男人把本该属于他的东西拿走了,就算这些东西并不属于狗类。他狂吠着,好似在说,你们这些混账,我们会找到你们住的地方把你们的垃圾全都带走让你们尝尝这个滋味!我通常两点半回家,回自己房间,直到吃晚饭。我会下楼去,并不给母亲帮忙,然后发现一锅翻腾着泡沫的炖菜像维苏威火山似的溢了出

---

① 鸭肉(duck),在英语中另一个意思是躲开,即前文母亲所说的"闪开"。

来，因为以她的视力她把苏打粉当做生粉放进去了，或是，有一次我发现她做了小份的沙拉放进了陶瓷狗盘。

"妈，这些是狗盘。"我指着上面印着的小狗脑袋说道。

她的脸部肌肉因愤怒而紧张，不过她什么也没说。

有一次她冲我大喊，我只得下楼去看出了什么事。

"你和你的高级食品。"她说道。她把我坐大巴带回家的寿司放在操作台上了，又不小心把芥末弄翻在地板上。而布罗特自然把它全舔光了，这种感官刺激他只能理解为痛苦与火辣，吓得又吼又撕满屋乱跑。他那么急切地冲向他的水盆，结果把它也打翻了，于是我把他带到外面，他吃起了雪——虽然所余寥寥——又从一个水坑里喝起了水。他花了一个小时才消停下来。然而，关于高级食品的评论却逗留得更久。我有一次和母亲一起出去吃饭，点了一瓶赤霞珠，她没有因我不够年龄而反对，只是说："噢，高级，高级。"

我在自己的旧房间里横躺在床上看书，粉红色的墙面和白色的饰边有如薄荷糖果子宫令人安慰，而外面的雪终于开始堆积起来。暴风雪中，偶尔又会有闪电划过。这是哪座星球？天空发紫，而咆哮的闪光将雪点燃了一般，仿佛某个行星上的晦暗风景。树枝向湿羊毛般的天空伸出爪子。我仍是那个受制于天气的讨人厌的大学女生，我的生活中充斥着书籍，它们是逃生的兔子洞。楼下的收音机十二天里天天播放的圣诞音乐飘了上来："喜悦，喜悦"，听起来像是"读乔伊斯，读乔伊斯"——于是我读了，提前开始了我的英国文学课程。"伊曼纽尔……"，我读着《纯粹理性批判》。有些日子变得如此平淡乏味，我发现自己看起了贺拉斯，不过看完一本我会打开电贝斯，戴上耳机，花上一个小时编些重复的小乐段，实验着混响装置。简简单单四根弦所能实现的总能令我惊奇。我很小的时候是从学大提琴开始的，后来

II 59

降级了。老鲍伯坐在角落里眨着眼,我相信。弹吉他实在是轻松多了。好比女生小便,甚至都不必站着。你可以躺在地板上,用一根指头去弹它,就像詹姆斯·詹默森[1]的神奇手指一样。你可以假装是雅克·帕斯托里斯播天气预报——尤其是在这种天气。以下是我的报告!或是雅克演奏《旅途》。以下是我的旅途!或是麦舍尔·奈吉切罗,她的低音我能模仿但模仿不好。

一天结束,复而开始,有如沉闷的反复练习。暖气开,暖气关。

我没打算去见高中时代所剩无几的朋友,他们在我的脑海里不过是乏味的陌生人。秋天我曾给其中一个写过纸条,我的朋友克里斯托·邦贝莉,我们毫无来由地(只是无心的预言)总是叫她克里斯托·贝莉·邦。她父亲一辈子都在卫生纸厂工作,退休时他得到的不仅有终生免费享用的卫生纸,还有结肠癌的诊断。后来他接受了结肠造口手术。"切除生锈的排水管",克里斯托自己是这么说的。她曾写信给我问我是否需要卫生纸——他们现在当然要把它分发掉。于是我写信给她表达了我的哀思,虽说她父亲并没有过世。去年我曾参加过一个朋友的婚礼,玛丽安娜·斯特奇的;她穿了件带亮片的露肩婚纱,而让她的伴娘们穿着可能适合色情挤奶女工穿的亮丽花裙子:低胸、腰部系着鞋带似的东西。"斯嘉丽·奥哈拉可能会用浴帘这么穿,要是她打算勾引管道工的话。"母亲说,视力糟糕的她透过朦胧的视线还是察觉到了这衣服张扬的丑陋。我们的鞋子是白色漆皮的,玛丽安娜称之为"拍皮",我也不知道她究竟是有心还是无意。不单是服装,这场在华美达租借的大厅里举行的婚礼整个让人感觉花哨俗气,难堪不已;三十分钟之后,我发现自己再也不想结婚了。新娘捧

---

[1] 詹姆斯·詹默森(James Jamerson,1936—1983),美国低音歌手。

着一束貌似粉红和金色的唐菖蒲，其实只是三根黄色和桃色的权杖似的花茎；看到它们让我想到我母亲，不禁头晕眼花。事后我根本提不起精神给玛丽安娜打电话——她和她丈夫布伦丹·布莱兹纳去了奥兰多和坎昆度蜜月，忙碌的五天四夜邮轮游——而我们的道路不再有交集，尤其是我回家了总跟个病人似的待在家里。

这里每个人都像是陌生人，就算不是完完全全的外国人。在我出生以前，德拉克罗斯镇曾被荒唐地命名为展翅小鹰，那是一位被政府民兵穷追不舍的当地印第安武士的名字，先是变成了一座高尔夫球场的名字，接着是汽车旅店，最后成了整座镇的名字——关于此地一切从一开始就是一种滑稽的诅咒。待村里的议员们将它改为德拉克罗斯时，他们还决定将它重新打造为一个外星旅游景点。关于偏远玉米地里的太空飞船、夜空中漂浮的着火似的黄铜色的东西、甚至还有一两名肥胖的展翅小鹰家庭主妇（有时是过路的卡车司机）遭遇陌生黑衣生物探测的事件传闻，帮助营造了神秘氛围。这让德拉克罗斯变成了自封的"世界外星之都"。（"别又再来次肛门探测"，母亲开始喜欢看着《德拉克罗斯信使报》这么说。或是有一次，她相当气愤地对父亲说："他们干吗不直截了当管这里叫：操蛋，美国呢！""盖尔！"父亲责备道。"悠着点！"）大街的路灯贴上了纸制的小小的外星人脑袋，人们卖起了金星香草圣代配火星碎片。一开始大家希望全国各地的人们都过来露营驻扎，等着看可能会在路边公园和城外田野里出现的太空飞船和外星人。大张旗鼓的商业活动和全国性推广持续了不到一年，随后就消失了，有如太空飞船和外星人本身。大伙说议会已经把一切都打包进了火箭把它送回自己的星球了，只留下了一些失散人员。

我感觉这些失散人员就是我自己的朋友们，现在他们在我看来跟火星人一样。他们直接就着瓶口灌下白兰地，周末弄点感冒药水喝着玩，跟喝棕榈酒一样（不过，说实话，我自己也还那样干）。他们穿着印有"德拉克罗斯：只是张门票"的T恤，因为这里现在已经被蒙上了骗局的恶名。介词令人困惑。几乎所有人说"意外"①时都用"on"而不是"by"。他们说"我腻味了"或是"想一道吗"？他们说"milk"②时跟"elk"③一个韵脚，"milieu"④念成"miloo"，听着像连读的"我的厕所"——如果他们说起这个词的话。而且他们会用"我曾想"这种时态。比如"我曾想那么做可是后来一直没干。"这是假设条件过去时，时间与意图表达得如此间接而微妙，我几乎无法确切理解，直到它像爱因斯坦的相对论一般，时而如彗星跃入我的视野，又嗖地远离，超越我的理解范畴。"我曾想那么干"似乎活在语法的时空连续统一体的某个孤立角落，那里使用的语言是某种纳瓦霍语，或是老之又老的法语。这种语言的时态如此乡俗气，构造如此古怪，我肯定有一句是表示"见鬼，是的，要是我有时间机器的话！"这里的人们会从头到尾用过去完成时来叙述一件平常的事情："我曾开车去商店，我曾下了车，她曾走向我，我曾说……"从未抵达其他时态。全都是前传。全都是前言。过去是割裂的序，且仅作为序而道出。世上还有谁会这样说话？他们会看看我脚踝上的文身，一个和平标志，然后既不加评判也不发表意见，说："嗯，很不一般。"他们对我的电贝斯也如是说。哪怕是低音提琴——很不一般！——而且说的时候都会发出跟"mitten"⑤、"kitten"⑥一样的喉塞音。

---

① 意外，英文应为by accident。
②③ 分别为牛奶、麋鹿。
④ 环境、背景。
⑤⑥ 分别为露指手套、小猫。

而且他们变得肥胖，特别是男生，据说是因为空调。不再有炎热的夏季空间来攫取他们的胃口、令他们流汗消瘦——餐厅、住宅甚至连拖拉机里都新安了空调。越来越难认出别人。我开始用我母亲时而使用的讥讽词儿去想他们——"可怜虫和没问题"——表示假装好意的土包子，或是藏着掖着什么计划的乡巴佬。对我来说，他们越来越具备令人厌恶的特质，有如传说生活在北方深湖中的古老怪兽，或是谣传至今仍在非洲广袤内陆漫游的恐龙，世界已匆匆奔往并无他们存在的未来。于是，我想象着，当冰川消退，居住于德拉克罗斯的毫无方向感的笨瓜们受困于此，被时间遗忘。要么他们全都是来自外太空的小人物，忘了回到太空飞船上，于是飞船丢下他们离开了。故意的！德拉克罗斯具备被众多飞船遗弃的特质。它似乎是外太空的外太空。

更何况还有我自己对怪异事物异常灵敏的感觉。我稍小些时，据说街上游荡着古怪的陌生人，也许是外星人来寻找自然资源。或者他们是寻找外星人的游客？又或是寻找被遗弃的殖民者与祖先的外星人？也许一切并非戏言。也许盗尸者或僵尸或其他星球的生物是真的，确有其事地打算来到本镇在我们中间生活。我高中的老朋友们看来已是充分的证据：可能本来是意欲在年轻人身上孵化的邪恶机器人，现在却只是试图冒充真正人类的无能加无聊的冒牌货。他们会在这座星球上逛荡一阵，直到被召唤回去，被解码、扔进垃圾堆，他们僵尸饼干般的脸最终会失去错误配置的面部表情，他们的乏味经历全都储存在皮下数据处理芯片上。

我们并不孤单。不过，见鬼，我们当然希望我们是。

我能够进行这样的小小谋杀。回到德拉克罗斯后，我的脑子里尽是这些。这令小镇变得生动起来，如同讣告短暂地将死者带回。在某个社区笑话里，人们嚷嚷说这是座跳跃的小镇，因为每个人的脚趾头都被冻伤了！不过对一座充斥着德拉克罗斯柴油机动车驾驶学校毕业生的小镇来说，对一座只不过是本州地图上成千上万如被遗忘的罂粟籽般散落各处的镇子之一的小镇来说，这完全不算什么。披萨饼底烤焦的玉米粉颗粒。一千个黑洞。各有其名的针孔。新年前一晚，我待在家里，没陪弟弟加入那帮吵闹的邻居们去佩里维尔公路和县干道交叉处的聚会。我不想听到有哪个声音说："嗨，塔西，大学怎么样？"或是"你一直在看书？看些什么？"

"噢，我在看贺拉斯！"

每年的烟火都会愈演愈烈，新年前夜前好几天就开始了，每年它们都依然合法。我能听到它们的呼啸和爆裂声，金属弹丸的阵雨。他们再不是我童年的烟花——简单的手指饼似的鞭炮像肉肠一样被塞进挂在圣诞树上的橘子或干的山羊尿泡里，然后猛地往高空崩飞，如雪仗中的雪球般在田野划出一道弧线。（你会和你的朋友们一起这么干，干掉敌人。谁是敌人？你的朋友们。除了他们还有谁会让你希望一个橘子在他们脚边炸开呢？）当冬天变得越来越暖和，雪越来越少，烟火变得愈发高档。它们现在已经从顶多能给你烫个水泡的普通手榴弹，演变成了通常在军事训练中使用的战争级别的樱桃炸弹和 M-8os[①]。去年一场烟花的残渣让一片沼泽着了火——在冬天。

外面，爆炸的间歇伴随着孩子和成人们脚踢锡罐和高声大叫的声音。那是些要是有雪就会开摩托雪橇的人。要是湖面结冰了，他们就会把他们的皮卡开上去，一家接一家泡酒吧，将车整晚停在上面。他们会冰钓，在他们的简陋棚屋里——"我那儿有

[①] 美国大火力烟花的一种，也被称为"礼炮"，由 20 世纪初美军研制，用来增强炸弹或炮弹的火力。

个洞!"鱼竿一倾斜或是鱼一咬钩,他们便会低声咕哝着表达喜悦之情。可现在只有另一轮让心脏打咯愣的轰隆声,那战争带来的欢快的砰啪声——然而不是为我。噢,当你需要艾拉·格什温的时候,在你需要他来首真正的歌,一首全民抗议之歌,而不是什么钢琴吧的幽怨哀叹调时,他在哪里?我担心哪年有人会利用这个场合毫无预警地偷偷开真枪,我只希望那不会是我。那是个苍白的冷笑话,是我自己跟自己讲的。还有我弟弟。不过还是。

元旦的傍晚,莎拉·布林特往我家里打了电话。电话是我母亲接听的,说:"是,她在。"然后把听筒交给我。

"嗨,塔西。"莎拉说道,听起来有些气喘吁吁,"只是打电话问问你有没有可能稍微提前一点回城。"

我望着窗外变紫变绿的雪。父亲和弟弟在隔壁,谈论着铲雪机。"大概什么时候?"我问。

"噢,大概……"她停了停,似乎是出于紧张,而不是思考,她拖长声音说出的话听着像是国歌的开头:"我不想催你。不过三号怎么样?"

"一月份?"

于是她笑了起来,我也笑了,我们似乎都在含糊地笑着对方,也在笑着自己,并没有佐以任何面部表情。

III

第二天我坐大巴回去了,新年的第二天。用我弟的话说,出来时的路上"挤得跟蜂窝似的",而现在寒假期间的大巴空荡、干净、阴郁。特洛伊的薄暮下,一块块分割的灰色雪地犹如干衣机里的绒毛。我屋子里的热气没被关掉——那样会把管道冻住——而是被调低至冰冷的五十五度①。学生在的时候房东很大方,而现在知道他们都回家去了,便不会让屋子保持足够暖和的温度了。不会只为了凯如此。我不在的时候地板已经重新调节过,产生了新的裂缝。踏进自己的客厅感觉像是进了别人的屋子。窗玻璃的里层悄悄结起了霜,墨芙老早以前相赠的震动按摩器/可入水搅拌器仍旧躺在台面上。(她是在一家叫做"女人的抚摸"的店里买的,当时她物色时我和她一起去的。"来吧,一道吧。"她恳求我。我很想对这种东西持开放态度,然而却总是大门紧闭。"女人的抚摸?"进去的时候我曾问她。"我们想要的不是男人的抚摸吗?"那家店是座小巧的阴茎教堂,各色各样具有阴茎意象的家伙如同鞋店的鞋子一般陈列着,只不过没有试穿所需的班尼克和特制椅子。柜台后面两个愉快的大个子女人安装着电池,她们微笑着让我们有需要尽管跟她们讲,如有需要可以用素色牛皮纸包装送货。这一切一开始让我觉得好笑,转而让我压抑。不过,好几天我都想着独自回那里去,让她们把不那么机动化的、更可亲近些的版本——粉色、柔韧的——邮寄给我。)

---

① 书中出现的温度均为华氏温度。

由于公寓里冷得离谱,我特地跑去咖啡店取暖。在学期中间,课间休息时我会交替光顾两家咖啡店:杯型尺寸专制的星巴克——"中杯"表示"小"!——和法学院附近一家叫以何为据的,那里的"中杯"表示"中",除了咖啡还有各种茶叶,装在玻璃罐里,五颜六色的小纸袋有如五彩纸屑那么漂亮。不过有一次我点了一杯,便听店员对里面的人大喊:"嘿,山姆。柠檬香草是有虫的那个吗?"从此以后,我几乎总是点咖啡——开始是意式特浓,装在我来特洛伊之前从没见过的过家家似的小杯子里,后来改喝玻璃马克杯装的拿铁,可以暖手。他们有时有曲奇饼,通常是巧克力碎屑饼或燕麦提子饼,单数,据说是因为每片饼干里面只有一粒提子或一片巧克力屑。有时我会去隔壁的B宝墨西哥卷饼店——估计是以店主的孩子命名的,不过据说B宝也是某种缩略语:屁股大小的墨西哥卷饼。反正墨芙是这么说的。再过去两个街区是披萨和奶昔店,橱窗里的招牌上写着:永不恐惧,永不退缩,请进。还有一家印度自助餐店:一美元任意吃。不过要是你吃得太多或待得太久,他们就会开始给你放他们老家村子的幻灯片,让你感觉特别糟糕。

假期里我不小心把香蕉留在桌面上变黑了,尽管我用塑料薄膜纸包好了,尽管气温很低,从星巴克回来时公寓里已经暖和了一些——暖气片像火车一样冒着蒸汽;房东发现我回来了?——我看见果蝇已经在水槽边聚集起来。不知从哪里冒出来的面粉蛾子如同最小的天使拍打着翅膀——谁知道呢?吃剩下的几盒麦片?面粉蛾子,然而没有面粉。我像个疯子似的徒手在空中抓着它们。冰箱里的墨西哥草莓也已经长出了圣诞老人那智慧而欢快的胡子,秘鲁生梨则已覆上了一层霉斑。奶油芝士成了一罐暗绿色的黏土。跟我回家时那田园牧歌似的雪花相比,这地方似乎是某座邋遢、超现实、混乱的学生生活的雪窟，于是我关上了灯。墨芙在她房间里留着灯，包括她指导性地挂在床头的"跳出盒子思考"的时髦霓虹灯。于是我拔掉了它的插头。然后穿上汗衫和长睡裤上了床，期许明天一早新年能展开它的新貌：到目前为止，它在我内心的旧淤泥里仍不过是老调调。

电话早早地响了。莎拉的声音嘹亮而亢奋。"我会让出租车十一点钟过来接你。我们要飞向包装工队之城。"她宣布。

"我们？"我都还没醒呢。看来我得变成一个生物学意义上的新人，只是为了和她交往。

"你不介意吧？只需准备一个过夜的小包，我们明天就回来。我们刚接到电话，关于那里的一个宝宝，我们要去和生母见面。"

又一个生母。这得持续多久？不过只要莎拉付我钱，有什么关系呢？

"行，好的。"我说。我以前从没乘过飞机，我从没乘过出租车，不过我不敢告诉她。

我也没有什么过夜的包。我有个背包，我把睡衣、内衣和另一件T恤放了进去。不然，我会穿现在身上穿着的。我放了本书进去——《禅诗集》，是去年一个转学去了加州一间小佛学院的朋友给我的。"那么，你现在要去禅之州了。"我和墨芙曾说，他给了我们这本书来改造我们，让我们噤声。里面有类似这样的诗："世界是尾波/消失在/黎明远去的船之后。"

好吧……就让佛教徒们离开世界，减轻他们的绝望吧。不过，我还是不觉得早早离开派对回家梦游是更睿智的选择。我更喜欢西尔维亚·普拉斯的病态，她的语言不寻求启迪，不寻求安慰，她的语言一无所求，只是刻画一声哭泣。一片漆黑之中的匠心刻画。

噢，要是她能和兰斯顿·休斯结婚该多好！

我曾在一张即时贴上写下我钟爱的诗句，仿佛是要嘲弄我母亲爱列清单的习惯："我并不比一朵云更像你的母亲/一朵将镜子冷凝的云，映照自己/缓慢消失于风之手。"然后我把它贴在——噢是啊，噢好吧——在我的镜框上。

我们像墙一般茫然地站着。

雷达或辐射般的母性熠熠生辉。

我在窗口看见了出租车，走下门廊台阶时出租车司机跳下车替我打开后备厢放包。"嗨，"他微笑着说。他多大？三十？他学的是什么？法国文学？本城的出租车司机们似乎都拥有法学学位、博士学位或者正在写着关于古希腊陶艺或凡尔赛宫之霸权式界限的论文。他脸上的一丝雄辩之色使我将他归为法学学位类型——他们在这里铺天盖地，因为法学院学生若留在本城可不必参加律师考试，于是很早以前城里的律师就已人满为患，其中很多人现在都在开着公共车、联邦快递面包车或出租车。我坐进后排座位，莎拉在车里，笑容灿烂。她没穿双排扣厚呢外套，穿的是件长长的羊皮大衣，也许是她的圣诞礼物。"又一次未来母亲大历险！"她喊道。

"对。"我边说边想，这听起来像是墨芙会就某次疏忽大意的一夜放纵所说的话。我发现自己又开始纳闷莎拉的丈夫在哪儿。

她好像看出了我的心思，说："爱德华会在那里跟我们碰头。他要从洛杉矶的研讨会飞回来，经过奥哈尔机场，要是航班准时的话，我们能在绿湾机场和他碰头。我们会租部车，到时一起开回去。"

"我会见到他。"我愚蠢地说道。

"是啊，当然。"她说，"或者，你可以像很多人选择的那样做：只是装装样子。"她发出一声飞快而含糊的笑声。

我想那个出租车司机已经讨厌上她了，计价器跳到了二十一，她给了他车钱，又找不出小面额钞票付小费，抱歉地从口袋里掏了枚二十五美分的硬币出来，而他递还给她。"女士，你比我更需要它。"

她立刻从他身边转身走开。他弹开后盖厢，没有下车，我们把自己的包拿了出来，匆匆走进机场。"我真的是个给小费很大方的人，通常是！我真的是！"她说，"我的大方是出了名的！"我点点头。我相信她，尽管她还没付过我一分钱。我想起了我那素来节俭的父亲常说的一句话：我只喜欢在绝对必要的时候才无偿服务。

"中西部再也没有礼貌可言。"莎拉说道，"你得去南方。不过就算那里也已经世风日下了。"

在售票处他们检查了我们的身份证，莎拉把她的稍稍挡住不给我看到，好像不喜欢自己的照片似的。她把它飞快地塞回她深棕色手袋众多拉链小口袋里的某一格。"这个拎包分隔太多，很难记得清把东西放哪了。"她说。"赛过智力测验。"我只听过一个人像这样说拎包，而不是手袋：我母亲。"不过这很神奇，有那么多空间。你可以一直往里面放，结果发现那么多不记得放进去过的东西！就像大众车上不停冒出来的小丑！不过，要是我是我母亲？我会给每个拉链贴上标签。"

对我来说，莎拉就像一辆不停地驱逐小丑的大众车。"你有母亲？"我说，"我是说，你母亲还在世？"

"对。"她说。

"赞。"我说，我知道，这是我们这一代人的独特方式，一切事物要么"烂透了"，要么"超赞"。我们说赞就像英国人说出色一样：随时随地都可以用上。也许，正如对英国人那样，这是一种抗抑郁剂：夸张的修辞是为了不让可怜的真相靠近。

"我父母是真正的恋人。"她说。

"哦，他们结婚了嘛。"

"谁都能结婚。他们可是在恋爱！"

"你父母喜欢你的餐厅吗？"

"我父亲还没看到就过世了。不过他向来不喜欢在外面吃饭。有一次我带他去新泽西的一家红花铁板烧，结果滋啦作响的日本小炭炉桌搞得他心惊肉跳。我想它勾起了关于战争和轰炸东京的回忆。从此以后他拒绝和我出去吃饭。他会说：'过来看我们吧！你母亲做了很棒的面条布丁！'他是个害怕烤肉声响的有钱老头。"

"他很有钱？"

"嗯，还算吧。你爸爸有钱吗？"她耸起眉毛，瞪起眼睛。我们所谈的是言辞之外的东西。至少我希望如此。

"别人以为我们有，可我们没有。"我说。其实，我不清楚。我是在复述传统观点。"农民们没钱。他们有土地，但是没钱。"实际上，我父亲连土地都不多。他有一次曾站在门廊上张开双臂说："孩子们，有一天，这一切都会是你们的。"可他的指关节都碰到门柱了。连门廊都没多大。

"农民们死了才有钱。"我补充道。

"可能是。"莎拉说，"我从不把死人当做有钱人。我觉得死亡是你能得到的最贫乏的东西了。"

"二号门，在楼上。"柜台后的女人说道，递给我们登机牌。我们只有随身行李，便直接上了楼，不过莎拉看到下行的电梯上没有人，决定从那里上去。"瞧着。"她对我说道。"登机前可以进行一下这样的健身运动。"她快步走上运行的电梯，把它当成跑步机踩，一边在中间朝我滑稽地挥着手，好像她是露西尔·鲍尔[1]似的。"女士,您乘错电梯了。"另一侧上行的人说道,由于莎拉得费好久才能走到上面,又有个上行的人说:"你知道你是在爬下行的电梯吗?"没人理解她在干什么,所以没有人微笑。

"锻炼!"莎拉喊道。看得出她对这种古怪的心血来潮习以为常,且无法抗拒。我想这种任性我从没在任何年纪的人身上看到过。我自己乘上往上的扶梯,看着她黄羚般飞跃着跳离下行的扶梯,手里还提着自己的随身行李,羊皮大衣在她身后飘了起来,其实只要稍稍没把握好时机,就会受伤。这没引起保安人员的注意真是令人欣慰。

"对一个老家伙来说不太差,呵?"莎拉说道,气喘吁吁地咧嘴笑着,双颊红扑扑的。我露出了某种笑容——我不知道是哪种——随即我们快步走向特意拉起警戒线的安检队伍,一个肌肉发达脸肿肿的男人拿走了我们的指甲钳和莎拉的眉镊。"女生再也没法打扮了!"她对我说。为了让她高兴,我咯咯笑了几声。她身上翻腾着一种焦虑的能量,而笑——她的,别人的——似乎能消解它。

至于我,紧张攫住了我的脖子。我分不清是自己害怕飞行,抑或只是突如其来的旅行所引起的晕头转向。飞机很小,只有五十个座,几乎没法成为劫机的目标,而从我靠窗的座位看出去,灰色的机翼零件似乎是既随意又复杂地安装到一起,如同鹅的羽毛。紧急出口的门把手颜色发灰,歪斜着,很破旧的样子。这是好运气吗?一月的天很蓝,阳光在常青树上闪着光,空气如铃声般清澈;这是顶级的光线了,一月的正午有时确会如此:并不浓烈,而是如柠檬酒一般苍白剔透。机舱外,我看到几十架飞

---

[1] 露西尔·鲍尔(Lucille Ball,1911—1989),美国女演员、制作人,作品有情景喜剧《我爱露西》等。

机顺利通过网格似的跑道：这是几乎撞上而又侥幸逃脱的蜂之舞。噢，哪里，噢，花蜜在哪里？有的只是蜂群繁忙的舞蹈和穿梭。罗伯特的话——所言不虚。

然后我们突然起飞，快速驶过跑道，像狂欢节乘坐的飞船一般升入空中，这如海鸟般摇晃的飞机。在我看来这是你会在全州集市上多买趟票乘坐的飞船。我的胃部感觉到了上升，飞机左右摇摆着寻找平衡。有那么一刹，我阴郁地想象着所有的波音员工都是没有牙齿有着文身的游艺场工作人员，或者不管这架小飞机是哪里制造的（巴西！后来我会如是发现）。我们身下，地面在迅速远离——如果世界真如黎明划离的船后的尾波般消失，真会有那么糟吗？特洛伊与绿湾之间的二十五分钟变成了一张沾染着雪迹的五色棋盘：橄榄绿、土黄、金灰、坚果褐——很像星巴克在柜台旁陈列的由生到熟的咖啡豆，我有时会不自觉地盯着它们瞧，它们像是一罐罐开心果、M&M 巧克力豆或口香糖，只要你零钱正好就能从机器里把它们买回家。

正好的零钱。我现在琢磨着这个词，以及它对于莎拉的意味。她对孩子的渴望。她给出租车司机的吝啬小费。我暂且还没看到她明白什么是正好的零钱。

飞行中东西可能会挪动位置，我们被告知。这是好事还是坏事？那么不满呢？它们能不能也挪动一下呢？要是机舱缺氧让人日后一辈子都像这样不着边际胡思乱想怎么办？我们身下绵延着的绿色和褐色方块是罗斯科[①]从来未能画出的。地面点缀着斑驳的泥土和积雪，偶尔被鞋印似的闪亮湖面打破。下方是一种赭土的色调，当被阳光照耀时，有如羊皮纸灯。

"那么，这个生母的故事是这样的。"出于隐私，莎拉轻声说

[①] 罗斯科（Mark Rothko，1910—1970），抽象表现主义画家。

道，不过飞机引擎那么响，我只能让她重复几遍。生母。这是领养机构自己发明的诸多假惺惺的友善词汇之一。她讲的时候，我正研究着机翼的复杂构造。你总得把目光放在某处。原来，这位生母曾经和天主教社会服务机构合作过，他们替她的女儿寻找人家，结果过了很多个月之后，他们找的那家人突然退出了（他们祈祷时他们的上帝对他们说不。"他们的上帝，"莎拉强调道，"不是别人的。一切都私有化了，连造物主都不例外"）。于是生母换了机构，她委托的那家曾经和莉蒂希娅·格尔里奇联系过，就是我们一起在帕金斯用餐的那位。他们谈妥了分摊费用的协议。

琥珀怎样了呢？

琥珀显然已经不在考虑之列了，她违反了假释条例，对那些未来的父母也喜欢不起来。她在考虑自己养孩子。

"我有点喜欢琥珀。"我说——这是个错误。

莎拉的脸顿时变了，像打磨光滑的石头。"琥珀曾经吸可卡因，嗑兴奋剂。一样不落。"她说。琥珀已是过去时。我们用曾经的白床单盖住了她毫无生气的脸。只有她光着的脚露了出来，上面显眼地缚着监视器，也许某只小脚指头在扭动着说再见：我当初曾经有点喜欢她。

新的宝宝生母名叫邦妮，显然已经二十好几了。一个成年人！她的宝宝已经一岁多，可能都有两岁了，疲于辗转于诸多寄养家庭。"等我们拜访过他们，我们就会知道原因了，不过我想我已经知道了。"

我没出声。飞机正在降落，我的耳朵因为气压而堵塞。她对我说的一切似乎都是从水下传来的。

"宝宝是黑人。"她说，"有部分黑人血统。没人想要她。人们情愿去中国！大老远跑去中国也不愿在本州领养一个黑人孩子。"

小时候，我唯一见过的黑人孩子就是在绿湾。我们去那里购物时会看到他们：职业橄榄球队员的孩子们，住在宽敞的郊区别墅里，据说每三年搬一次家，当他们的父亲受伤或是转会的时候。"我警告我的孩子别费心去结识他们。"商店里的店员公开说道，"他们反正会搬走的。"偏见就是这样在信誓旦旦声称自己绝无歧视的人们之间传播的。

"我肯定这就是这个宝宝的问题。"莎拉说，"种族。"

我猜想着宝宝的生父有没有可能是绿湾包装工队的。那会很酷。我大一的时候寝室里有个女孩叫瑞切尔。她爸爸是黑人，妈妈是白人，于是朋友们叫她"国际瑞切尔"。她总是以笑回应。

飞机颠簸着降落，我用力吞咽着口水，好打开耳朵，让胃舒服点。我从背包里掏出口香糖，我没怎么吃过东西，加上有点头晕，口气肯定不会好闻。

下了飞机我们在机场寻找爱德华，可他不在那里。莎拉询问了芝加哥发出的航班，十五分钟前就已经抵达，所有乘客都已经下了飞机。"也许他在行李带那儿。"她说道，我拖着脚步走在她后面。我们绕行李传送带转了一圈，又走到了赫兹柜台，莎拉填好了租车的表格，然后我们在男洗手间边上等着。他就是不在。我想男厕所也应该有个写着赫兹的大大的黄色招牌。

莎拉背靠着墙往下滑，就在那块招牌下，不是写着赫兹的那块，而是洗手间写着男士的那块。她的眼睛开始起雾。她闭上眼睛，再睁开时她摇头叹了口气。"这，"她说，"就是上帝发明胎儿姿势的原因。"

我开始敬佩她。或者至少我不那么怕她了。

她又背起包，把衣服裹紧。"噢，我们还是走吧。"她说，手里拿着车钥匙和地图。她的五官本来已经垮了下去，不过我看到她又把它们一个个扶了起来，就像在大风过后你把门廊上的轻质

III 75

家具摆正那样。我猜想着她的婚姻可能会是什么情形。将就着过下去,毫无疑问。如今女人被告知不要将就,说是她们值得遇到更好的男人,不过有时候,看起来僧多粥少。她们这种情形有点像穷人,也许。假如她们的世界如此贫乏,那些被告知的东西到底能有什么意义呢?

我们找到了汽车,是一辆页岩色的福特护卫者,停在停车场的尽头。我上了车,感受着它的洁净,可能比我乘过的所有车都要干净整洁。莎拉递给我地图。"介意当导航员吗?"她问道,或者有点像是问道。

"完全不介意。"我打开地图,知道它再也不会被正确地折叠回去,至少不是被我。我有地图方面的技巧,不过不是这种。

挡风玻璃外,一座架满桥梁的繁忙工业小城回视着我。地平线上巨型体育场闪闪发光的白色屋顶,或是体育馆的大体育场,将天空占据了一大部分。我全力以赴地带着路。我记起有一次在美国小姐比赛的广播节目上,被某位评委提问的威斯康星小姐不知道"猪湾"①指什么,紧张地回答说"绿湾②?"消防栓被漆成了青柠色——在冬天看到绿色着实奇怪——而且还有绿色的电车,好像这是座供人参观绿巨人的滑稽旅游城市似的。我想肯定会有人来找,结果只找到文西·龙巴蒂,绿湾的教皇,以雕像的形式。外加一座又一座往河里倾倒废料的工厂。"不知道这里是不是癌症高发区,"莎拉大声说道,"或是畸形儿……"

"我知道这里是橄榄球高发区。"我说。远处能见到体育场的轻型屋顶,以及体育馆高高的新包厢,在一圈塔楼里,有如城堡的瞭望台。莎拉不停地拨弄着收音机,直到她找到灵歌电台,是

---

① 猪湾事件,指 1961 年在中情局的协助下逃亡美国的古巴人,在古巴西南海岸猪湾(Bay of Pigs)向卡斯特罗领导的革命政府发动的一次失败入侵。
② 绿湾(Green Bay),也译作格林贝,是美国威斯康辛州的一个城市。

《小道消息》那动静如响尾蛇的开曲。她的左脚轻叩着地板,我想我透过她的外套看到了她的肩膀在晃动。一辆车超过我们,保险杠上贴着小熊恶臭的标语。

"那指的是橄榄球队还是真的熊?"

"球队。"我说。

律师办公室在市区一间阴森森的老酒店里。我们在停车场里转着圈找车位。"找停车位时我会倾向于进入算命模式。"莎拉说,"比如我直觉到这个角落附近有个空位。不然我会切入辩护律师模式,我会跟标志牌辩论:为什么我的车不是认可车辆?我和边上那个家伙一样被认可,也跟边上那家伙一样残废,至于小时限制,好吧,在东岸,我来的地方,现在是四点钟。类似这种废话。有时我会有心灵感应,抓住规则的意图并且照办——而不是照规则本身。"

只有一辆停得很随意的黑色轿车旁有个窄窄的车位——右侧有很多空间,左侧则完全没有。不管怎样,我们在左边停了下来,却发现司机还在车里,躺倒了等人,包装工队的球帽往下拉着盖住了眉毛。他摇下车窗。"女士,你干吗不找个别的地方停呢?"他说。

莎拉咕哝着:"我到底为什么该这么做?"然后熄了火,打开我那侧的窗,喊道:"要是你能往那边移几英寸,大家就都有位置了。这是停车场里唯一的空位了。"

"是我先来的。"他气愤地喊道。

"那到底有什么差别?"

"女士,你让我很难做。我可不想看到你的车轮胎瘪掉,车身全是划痕。"

她下了车,用力关上车门。"是的,先生,我也不想看到你的四个轮胎全都漏气。"我小心地下了车,我们快步朝大楼入口走去。"租车保险会赔付的,我完全有把握。"她信心满满地对我说道,"再不然还有信用卡。有次我杀了个人,结果美国运通卡全替我赔付了。"

我笑了笑。大堂很暗,猩红和红褐色已经褪色,变得黯淡。铜质的电梯氧化变了色,吱吱呀呀慢慢摇晃着上了三楼。它的门哐啷打开时,我快步走了出去,免得这玩意儿突然改变主意叮铃哐啷飞快地冲到地下室去。"3D套房。"莎拉看着一张写着"罗贝塔·马歇尔,执业律师"的名片说道,我们很快就来到了一间阳光充足的宽敞房间,绿色与粉色为主打色调的装饰风格。橄榄绿的墙纸上,大朵大朵的百合与玫瑰开着漩涡似的花朵,膨胀、绽放、交缠、探究、错乱,不断重复,蔓延了整面墙。

"我们是来找罗贝塔·马歇尔的。"莎拉对前台说道,那是个大个子女人,头发染成暗金色,上了发胶,硬邦邦的。

"你的姓名?"前台说道。

"哦,抱歉。莎拉·布林克。"

前台拨了三个号码,听筒放在耳边等待着。她的脑袋前后晃动着,眼睛转了转,看了看表,又看了看我,朝我飞快地浅浅笑了笑,接着又看起了她的指甲,它们看来需要重新涂一下了。"莎拉·布林克来了。"她说道,"还有……,对不起,我没记住你的名字。"

可就在我说"塔西·柯尔津"时,她正对着电话重复莎拉的名字,于是我报名字的声音便被她的抹去了。"莎拉·布林克。是的。布林克。"随后她重重地挂上电话,叹了口气。"她很快就能见你们。"

我们坐下来等着。很难说我们置身何处,今夕又是何夕。可能是任何地方,任何时间。

罗贝塔·马歇尔冲出门来，可又立刻悄悄地把门在身后紧紧关上。她是个小个子黑发女人，笑容可掬，因而早早就长出了笑纹和鱼尾纹。虽说是白天，她穿着件定制的黑丝绒上装，凹凸裁剪的翻领衬得她身材很好，她大概也希望自己显得富贵。我已经成为一个迅速打量别人的女人了——我在变得典型。

我们都站了起来，握过手，然后又坐了下来。罗贝塔看看我，绽开了灿烂的笑容。"莎拉跟我说过你会过来。"她赞许道。"爱德华没来吗？"她问道，拧起眉张望着。

"下一次。"莎拉说。不过，她脸上仍有一丝愉快的期待。罗贝塔·马歇尔打开一个马尼拉纸信封。"那么这就是我们的小女孩了。"她说着，抽出几张宝丽来相片。"几乎还是个小宝宝。"她补充道，"她最近一直在天主教社会服务机构的照看下，寻求非裔美国夫妇领养。"这跟我刚听说的情形一模一样。"他们确实找到了一对，不过后来那对夫妇改变了主意：说他们向他们的上帝祈祷，而他们的上帝建议不要。于是他们拒绝了这个宝宝。然后这位生母，她是白人，最终放弃了天主教社会服务机构，来找到了我们。"

"嗯，那么，这样也好。"莎拉愉快而信心十足地说道，目光热切地投向了罗贝塔手中的照片。

"我不知道'他们的上帝'是哪个，怎么跟我们的那么不一样。"罗贝塔转着眼珠子说道，看得出来她受不了犹豫不决的人。"我曾经接过一次国际业务，那对夫妇在圣地亚哥住了两个礼拜的旅馆，最后还是空身飞了回来，他们说他们'跟宝宝无法建立纽带联系'。那么，这样也好；对，这样也好。"不知何故她仍然拿着照片。"生父是非裔，或至少是部分非裔，不过他看来已经离开本地了。在剥夺他的权利之前我们已经刊登了必要的启事。"

"什么启事？"

"通知他要么现身,要么就当没这回事。不过这事很常见。就算我们找到这些男人,我们通常能和他们在麦当劳见面,给他们买个汉堡,让他们知道放弃他们的权利是最好的。哪怕他们在监狱里,我们也会去和他们谈,尽管那要困难一些。狱中的男人什么也不肯放弃。他已经放弃太多了。"她顿了顿,似乎觉得那听起来有些粗鲁。"没有任何强迫行为。会以满怀同情合情合理的方式说服他们。一切都合乎法律。那些通常是密尔沃基或芝加哥来的小伙子,到罐装厂里找份活干,结果某个星期五多喝了几杯啤酒,要是你懂我的意思的话。"接着她又补充道,"生母是白人——我已经说过了吗?她认识孩子父亲没多久。维克多——我们这里永远只提名字不提姓。不过生母对于为人母没有什么浪漫念头:她想要重新振作起来重返学校。她受的教育不多。"她把照片递给我。我犹豫地伸手去接,不过她很快缩了回去。"对不起。"她说道,摸了摸脑袋,好像头疼似的。"你,"她对莎拉说。"我是想要给你的。莎拉。"

莎拉很乐意地接过相片。她不想节外生枝。她温柔地看着照片,好像宝宝本人就在里面似的。"哦,瞧瞧,"她开心地说,"她真美。"

"她会变黑的,当然。"罗贝塔·马歇尔飞快地说道。

"当然。那能是什么问题!"莎拉话中带有愠色。

"噢,我不是说这会是个问题。我只是觉得应该让别人了解。我自己就有个双种族的儿子。他是被我们无视种族地养大的。这是件美好的事情。他对自己的领养故事滚瓜烂熟,妈妈的肚子怎么没有用,而且他完全接受。"领养行业似乎充斥着女人"失灵的肚子"。"他十岁的时候看到格利高里·海因斯在电视上跳舞,他说:'瞧,妈妈,那个跳舞的男人是领养的。'这是最可爱不过的了。"

听起来没那么可爱。听起来很古怪。听起来像是被一把古怪谎言的利刃戳破。也许,就像我们在德拉克罗斯——这座外星人到访之城——常说的那样,她的脑袋长在屁股上了。我瞥了莎拉一眼,她抿紧了嘴唇,点着头。我总感觉她不太能容忍蠢人,而生活总是煞费苦心地教她这样去做。后来我听到她反复说:"无视种族——这可真是个极其白人的想法",不过当时她只是问:"这些照片是什么时候拍的?"

罗贝塔伸长脖子又看了它们一眼。"这些是生母前天拍的,我想。"

"她健康吧?孩子?"

"健康。对配方奶粉稍微有些过敏,一开始,不过现在都解决了。她已经吃辅食了,我很确信。我们得看看寄养的家庭怎么说。关于天主教社会服务机构的寄养照管我得提醒你们一下:那可不是菲斯特大酒店。"

"关于生父母我们还知道些什么?"

"嗯,生母你们今天能见到——一切只提名不提姓。她需要面试你们,看看你们是不是她心目中的合适的父母——合适的母亲。至于生父,嗯,我们所知不多。我想,那只是某种一时放纵吧。也许是——不,我收回。我想这不是约会强暴。"

生硬的沉默如同雪在屋内降落。

终于有人僵硬地打破静默,如同剥落冰壳。莎拉。"我们能见宝宝吗?"她问。

罗贝塔咧嘴一笑。"你们这么大老远过来。当然!不过你们得先见过邦妮。生母。"这时她压低声音,"她只会问你们几个问题。她担心的是宗教。孩子已经受过洗礼了,但邦妮想要让她受坚信礼。"说到这里,罗贝塔低下头,S 音发得嗞嗞的:"当然,这是无法强迫的。"接着她又恢复了正常的语调以及在我看来颇似律师的姿势,挺起了胸。"你们对此不会有问题吧,是吗?"

"我想不会。"莎拉说,"我入了一神论派教会,他们那里经常举行仪式——"

罗贝塔不喜欢一神论派这个词。她用无比丰沛的音量打断了莎拉。"这是位周六晚上与修女一起滑冰的生母。你让孩子受坚信礼并且在天主教堂参加初次圣餐仪式不会有任何问题。"

"呃,是,没问题。"莎拉急忙接口道。

"很好。"罗贝塔站了起来,"现在让我们见见邦妮吧。"她打开她办公室的门,朝里面的人做了个手势。"我们准备好了。"她轻声说道,敞开了门。

邦妮并不是美人儿。她穿得很正式,一套米色的针织套装、连裤袜、棕色平底鞋,我猜是想显得职业一些,眼下这还不够,不过希望某天能如此。她挺胖,可能还没从孕期恢复。她的头发浓密,是黄荚菜豆的颜色,发根则比门把手的金色略深些。她比我大,说不定已经三十了。她戴着眼镜,我能看到镜片后的眉毛剃成细细一条——上下两边的眉毛碴都已开始显现。这条细线用眉笔在尾端描长了,看上去就像她刚把眉笔贴在了上面那么自然。别人总是告诉我千万不要拔眉毛上部的杂毛,只能拔下面的,不能拔上面的,而且千万、千万不要用刀剃,而看到她站在那里,看到她乌糟糟的错误,我终于明白人们为什么要这么说了。我站起来跟她打招呼。她显得臃肿,像用过药似的。我不知道她重返校园时会感觉如何,不便地携带着这么个含讽刺意味的名字[1]——正如生父的名字,维克多[2]。我不知道她会不会感受到讽刺。反过来说,当她生活中的一切几乎都是悲伤的源泉时,又

---

[1] 邦妮(Bonnie),有美好的意思。
[2] 维克多(Victor),有胜利者的意思。

何必在意自己名字的讽刺意味呢？

她慢慢朝我们走来，连裤袜互相摩擦发出声响，接着她在我旁边的沙发上坐了下来，于是我也和她一起坐下。她生硬的姿势和面具下，飘散出一阵培根的油腻和口香糖的味道。留兰香的气味越来越重，于是我开始怀疑她嘴巴里是不是藏了一叠，好遮盖难闻的口臭。近距离看，她古怪的眉毛艺术似乎更像是疯狂之作，而并非只是计算失误。

我向她微笑，我想她的眼角余光能看到我——她确实能。她转身点点头，接着又将注意力集中在坐在我们对面的莎拉身上。

"你见过我女儿了吗？"她问莎拉。

这个提问里的每个字听起来都怪怪的。一段尴尬的沉默，于是罗贝塔跳了起来。"我去让苏珊娜给我们弄点咖啡。"她起身去找苏珊娜，而苏珊娜不知何故从前台走开，进了罗贝塔的办公室，好像她们交换了位置而谁是谁并不重要似的。这当然就是这家领养机构的全部意义：女人们交换位置。

"没有，我只看了照片。"莎拉说道，"她看上去很美。"

"是的。"邦妮说道，眼眶突然充满泪水。"她是的。"

"她看上去像一朵小小的爱尔兰玫瑰。"罗贝塔说道，她端着托盘回到房间时听到了谈话，托盘上放着两只碗，一只堆放着奶精，一只塞满了黄色纸包的甜味剂，我听朋友们说这是化学家们在重新配制杀虫剂时意外发明的。死亡与甜点、甜蜜与厄运相伴而生：我开始明白这并不罕见。这种糖，当然，是腐坏之物。而另一方面，死亡，则相当直白。我认识几个为了钱参加药物试验充当小白鼠的孩子，他们偷偷地吃甜甜圈或是嗑药而把数据搞乱。然而等他们验过血或是被观察完睡眠后，这些结果却被当做科学数据发送出去。

"我并不真的相信不同种族之间的恋爱。"邦妮说，有些面无表情地看着莎拉。

"关于可悲的黑白混血儿那档子事?"莎拉带着仿佛完全来自毫不相干的谈话的轻佻嘲弄说道。"关于孩子该怎么办的那档子事?"

"什么?"邦妮的脸扭曲了起来,仿佛很痛苦似的。她本欲因自己给予这世界的礼物得到尊重,本欲在这间屋子里掌控局面,而现在看来很明显,她的希望落空了。

罗贝塔愤怒地瞪着莎拉。"对不起。"莎拉说道。她的声音又回复到更柔和的状态。"有时候别人手机聊天的内容会跑进我的牙齿间来。"她咧嘴一笑。

"真的?"邦妮困惑地问道。

"其实,我有时也会那样。"我插嘴说,"我向上帝发誓。这非常诡异。"

莎拉试图重新接近邦妮,她已失去她了。"不过邦妮,我只是想问:宝宝是不是有一半的非裔血统?"莎拉重新架起二郎腿。她对罗贝塔的"小爱尔兰玫瑰"咧了咧嘴。看得出来她很纠结,既不想显得咄咄逼人,又想要了解此处所谈的种族主义到底属于哪一种。

"更像是四分之一,我想。我也不知道。他——孩子她爸——有一次问我要是有位有个黑人祖父母的宝宝如何。"

这听起来不像是约会强暴式的谈话,也不像是一时放纵,抑或任何种类的谈天。不过也许对于谈天我还有待学习。苏珊娜的咖啡在哪里?

"他也许是意大利人。"邦妮说。

没有人发笑,这很好。没有人笑出声来。

苏珊娜终于带着咖啡壶和杯子进来了,就在她倒着咖啡递着杯子时,外面的门开了条缝。"这里是——"一个男人说道,"哦,对，看来是这里。"门敞开了。走进来一个样貌不俗的男人：他开始谢顶，脑后白蜡色的头发长长的，带着波浪，好像包着块头巾似的。黑白相间的胡子修得很整齐。

"爱德华！"莎拉跳了起来。

"对不起，我来晚了。"他说。他的目光才落在她身上又已转向自己的咖啡纸杯，他喝了一口，好像这不仅美味而且非常紧要似的，我看得出他在向我们展示他自己，他带鹰钩鼻的侧面，他的英俊样貌，这样一分钟之内他就不必费心欣赏我们，只需沉浸在我们对他的欣赏之中即可。他已将他迅速投向莎拉并立即收回的目光一掰两断，不过看得出来这种几乎不为人察觉的强势与轻慢是他的习惯。

莎拉并没有生气，看起来反而比在我认识她的短短时间内所见过的都要高兴得多。她脸上有什么东西变得柔和而松弛了，那后面通体闪耀着青春的光。不管怎样，她爱着他。我没怎么见过爱情，而且对我这种中西部的姑娘来说，爱上这么一个明目张胆的以自我为中心、而且还这么老的男人，是不可想象的。他可能已经五十，甚至五十四了。可莎拉跑到他面前，用手拢住他的脸，在他嘴上热烈地亲了一下。他拍拍她的背，仿佛是要她冷静。他深邃的目光，他迷人的微笑——在当时我可一点也没看出来。这就是爱，我想，终有一天我会了解它。有一天它会选中我，我会明白它的魔力，或长或短，两次，或许三次，之后，它很有可能再也不会光顾了。

"出租车出了机场往普拉斯基开了，"爱德华说道，"等司机意识到开错方向时已经走了一半路程了。"

"这里我们说'普拉斯凯'。"罗贝塔飞快地说道。

"回来的时候经过了一个叫阿鲁埃的地方——这你们是怎么念的？"

看来早先的法国商人大多跟自然，尤其是水，关系欠佳，所以他们命名的一切都那么忧郁："死亡之门"、"波浪之坟"或是"魔鬼湖"——这些风景胜地的名称都是由法文翻译而来的。就连德尔顿县的"神湖"，都被当地人唤作粪湖。相比之下，"阿鲁埃"①已显得非常友好，尽管可能有些讽刺意味。

"阿尔维兹。"她说，好像那完全不是法文似的。

"爱德华·索恩伍德。"他说着朝她伸出手。

"爱德华。爱德华。对，爱德华。我是罗贝塔。"她说道，显然是想要强调这里只能提名不能提姓。透露了他的姓会不会坏事？这位生母会不会日后改变主意，想起这个而找到他，把她的宝宝要回去？我努力思考周全——或者说终于学会努力如此——以免日后懊悔，不过我看不出来以邦妮眼下的情形她怎么能做到这点。懊悔——歌剧一般，广袤无垠，深不可测——在她面前四处蔓延。不管她走上哪条路，懊悔都会弄脏她的脚，划破她的胳膊，倾盆将她浇个够，无情地，一辈子。它已然开始。

莎拉又向大家介绍了一下爱德华，这次只是"爱德华"，也许是为了帮着抹去他刚才说出的姓的记忆，他将他热情的目光与亲切的话语——见到你真是太好了，我知道这是个困难的时刻——投向了我。这显然令邦妮惶惑，她看上去更忧郁、更遥远了，因为爱德华显然以为我才是生母，我才是那位需要讨好的人。邦妮希望并要求这次会面的焦点落在她身上，纵然不是一整天。鉴于眼下的情形，她已将一切拱手相送，难道中心人物不该是她吗？哪怕只那么短，只那么一次？

"爱德华，这位，邦妮是生母。"

"噢，我很抱歉。"他说道，朝她点了点头，然而没能召集起

---

① 阿鲁埃（Allouez），法文中是给予的意思。

刚才对我的那番热情。我不知道被两次误认作妈妈人选是否预示着我的未来不那么光明。

"想再来点咖啡吗？"苏珊娜问。她举起壶跟他碰了碰杯。

"不，谢谢。"他说。于是我们又聊了会儿。爱德华是位研究员——不再挂靠大学。他研究的是眼癌。

"你是怎么对眼睛产生兴趣的？"罗贝塔愉快地问。

"好吧，"爱德华说着和莎拉在双人椅上坐了下来。他露出一个无辜、经验主义的笑容。"一开始我感兴趣的是胸。"

"多么不同寻常。"罗贝塔说。

我轻轻地笑出了声——一个错误。

邦妮只是盯着他看。

"不过，其实老鼠身上的一种眼癌能因葡萄和红酒中的某种化学物质而大大改善——它叫白藜芦醇——我对此产生了兴趣。当然没有大制药公司对此感兴趣，因为它是一种天然物质，无法获得专利，而大公司控制着研究经费——"

"不过有其他人感兴趣。"罗贝塔打圆场说道。这些生母们想要的是有钱人、有钱人、有钱人。她们希望自己的宝宝得到一切她们所没有的。这些宝宝们会如此。他们可爱；他们会很好。在我看来，最需要被领养的那个人，是邦妮。

"噢，是的。有人有兴趣。"他迅速补充道。他能像莎拉一样立刻对暗示心领神会。"不过这可不是说我发明了杀手机器人或是有那么吸引人的东西。"一片沉默，于是他继续说道，"遗憾的是，人工智能非常虚假。在我看来。"

莎拉尴尬地开口道："这就是我的专业厨房和他的实验室，而不管怎样，我们俩就是怎么也生不出来。"又是这一套：将领养的孩子当做初始默认的孩子。紧张的迎合之下，莎拉逾越了某种界限——隐私与敏感的界限，甚至可能还有诚实之界——尽管当时我并不知情。爱德华严厉地瞪了她一眼。可莎拉还是继续往下说。"家里没有一片绿叶菜。"她说道,"我的园子里连最容易串开的品种都长不出来。我有全世界最羞涩的长春花。"

拥有全世界最羞涩的长春花是什么意思?看来很可悲,但也许是必要的,好比芭蕾舞女伶年老退休。

邦妮开始在座位上坐立不安,就连她的面无表情也已经消退,如此,更无表情的无表情才好登场。

"邦妮,你有什么问题吗?"

于是她被这突然转向她的她本来似乎想要的注意力吓了一跳。她的脸涨得通红。也许自然界确实有一种能治疗眼癌、治疗泪腺的化学物质,不过我表示怀疑。我能看到她的眼睛也开始变红,里面很快就溢满了明亮闪烁的泪水,如同不见太阳的日光。她的手慢慢移向头发。她再次渐渐明白自己行为的全部意义。

"我眼下只是个医院护工。"她没用"便盆"这个词,她也不需要说。"我希望能重新上学。"

"这我们可以帮你。"莎拉说。

"呃,实际上,这在本州是不允许的。"罗贝塔说道,"不过某些小小的礼物可能可以。"

"我是说,我们能——以其他形式帮助,提些建议什么的。"莎拉表现得既满怀同情又义无反顾。令人不得不佩服。

"我只希望我的小女孩一切都好。"邦妮坚定地说。"你们会让她信天主教吗?"

"当然。"莎拉撒谎道,她的身体大幅度地前倾去拍拍邦妮的手。由于我离得更近,我用胳膊搂住了邦妮。我不知道自己是怎么了。不过看来我们是一个团队的。一个既是拯救者又是摧毁者的团队,而我是其中一员,必须完成我的任务。邦妮把脸埋在我肩上短短一会儿,随即又收拾好情绪坐直了身体。莎拉惊讶地看了我们一眼。

"好吧，邦妮，"罗贝塔说道，"你我需要回我的办公室讨论一下吗？"

"是的。"邦妮说道。她们站起身，关上了里面的门，把我们三个留在外面跟苏珊娜一起站着。她说："我在这屋里见过很多沉重的东西。"接着便忙着整理起了文件夹。

"要是这墙纸能说话的话。"爱德华说。他嘲弄地研究着它。"或许它已经能说了。"

"这墙纸不会说话。"苏珊娜说道，抬头瞟了它一眼。"它会咬人。"

我们又坐了下来，翻看着杂志。《领养之选》《被领养的孩子》和《体育画报》。一本是给父亲们看的。我看着《时代》杂志里一篇讲婴儿潮一代的文章，关于他们孤独的工作习惯与年老的宠物。

十分钟后罗贝塔和邦妮重新出现。"我有个很棒的消息！"罗贝塔说。"邦妮已经决定，她想让你们成为她孩子的父母。"

批准仪式只是走走过场——在我们来这里之前一切就已经决定好了——而正如一切过场，它暗淡而热烈、必需而单薄。

"噢，那太棒了。"莎拉说着，冲上前去抱住了邦妮。这让邦妮稍稍失去平衡，她抓住沙发背才站稳。爱德华也走上前给了邦妮一个拥抱，她的回应颇为僵硬。不过接着邦妮又转向我，这时她可能已经接纳了拥抱这个概念，或是我这个概念，因为她走过来又一次靠在我身上，无声的泪水沾湿了我的肩膀。她的背轻轻起伏——只是一下——随即她又站直了。

"嗯，我们会保持联系的，我想。"邦妮满怀希望地说，却一脸的颓败，还有一闪而过的空虚虚荣。她在聚光灯下的时刻即将告终——聚光灯本身已经转暗，而她正缓缓退场。

"每年的圣诞卡。"莎拉说,"我每个圣诞都会给你寄,告诉你孩子的近况。"

"还有照片。"邦妮用前所未有的低沉严肃的声音说。"我想要她的照片。"

莎拉说:"当然。我会寄上照片的。"她给了邦妮一个最后的拥抱,用我们都能听到的声音耳语道:"快乐一点。"

"好的。"邦妮干巴巴地说道。她最后一次转向我,而我也给了她一个最后的拥抱。邦妮在我耳边低声说:"你也要快乐。"

接着她便如魅影一般消失了。透过午后阴暗下来的玻璃窗能听见外面街上犁地的刮擦声,可真正下雪的是室内。雪下在这间房间里,在邦妮四周高高堆起,掉在她头上,积在她肩上。当然,她飞船似的庞大体形只是虚设,现在她已噼里啪啦化为乌有。她成了又扁又遥远的东西粘在墙上。我想要带她走,走向她,带她和我们一起走。她会去哪里?她会有怎样的家?转瞬间,我们就已形同陌路。我们明天要和罗贝塔在寄养家庭碰面,去那里看孩子。我朝邦妮挥挥手,我希望邦妮能将我的女王式的挥手理解为友情,不过她那头没有任何动作表示。

莎拉、爱德华和我这个有点发懵的三人组走出门外,走入这座……什么样的城市呢?一片由倒闭的工厂、职业球场和焦虑的天主教构成的冻土。我们呼出的傍晚空气如短暂的云团挂在我们面前。我自己呼出的文字泡泡说:我是怎么在这儿的?这不是一个神学问题。这是一个交通和神经学问题。

"我们去弄点炸鱼柳吃吧。"莎拉说着,愉快地挽起了爱德华的胳膊。

"遵命。"爱德华说道,在我听来像是某部庸俗老电影里的南方绅士。

我们挤进福特护卫者,旁边的黑车已经不见了,福特护卫者身上只多了一小道银色刮痕。我们四处乱开，经过体育馆时莎拉说："那么这里就是所有的天主教徒聚集起来祈祷包装工队获胜的地方。"我们最终在一间名叫隆巴迪诺的晚餐俱乐部门口停了车，那里的吧台上方有个标牌写着：比精灵长寿胜过比侏儒能喝。餐巾和餐垫甚至茶杯上都有文斯·隆巴迪①的画像；令我惊讶的是，我得告诉莎拉和爱德华到底什么是晚餐俱乐部。

"我们是从东部来的。"爱德华说，"那里根本没有这种地方。"

"那里没有吗？"这在我看来是不可想象的。

"我是说，那里有牛排馆，但那不一样。我们喜欢晚餐俱乐部，但其实不明白到底怎样才算是晚餐俱乐部。我们有点明白，但总是喜欢听到这里土生土长的人给出的确切解释。"

总是。这里的人。那么他们喜欢玩这个，游客的游戏。"嗯，晚餐俱乐部就是，嗯，里面会有像这样用一杯冰块盛着的胡萝卜和红白萝卜。"我不是很令人信服地开口道，一时找不到什么词，只有种没话找话的感觉。好比在形容我的胳膊。"而且总是会有牛排，周五有鱼，还有炸薯条什么的。有酸威士忌、血腥玛丽和查布玛丽，还有晚餐，不过这不是真正的俱乐部。我是说，没有会员制什么的。"

"查布玛丽是什么？"爱德华和莎拉几乎异口同声。

"是血腥玛丽里面伸出一条查布。"

"一条查布？"

"一种鱼。是死的。很小。一开始你只看到它的头从冰块里伸出来，不过相信我，整条都在里面。"

---

① 文斯·隆巴迪（Vinci Lombardi，1913—1970），美国橄榄球名教练，曾任绿湾包装工队主教练。

爱德华和莎拉坐在桌子对面，咧嘴笑着，好像我是最可爱的小孩似的。我感觉到嘲弄的意思，脸发烫起来。霎时我真想戳自己一下。

"他们可能正在后面呢，把东西都预热一下然后用火把烤黑。"莎拉说。

"莎拉觉得如今没什么是真正煮出来的了，无非是用丁烷打火机给上上色而已。"

"有时候确实如此。"莎拉耸耸肩。

"我们老家那里经常用焊枪手工清除杂草。"我说，"不过那是有机除草——不是烹饪。"

"对，不是。烹饪。"莎拉又微微一笑，好像我最可爱不过，但不再是她这份工作所需要的。

爱德华举起酒杯敬莎拉。"生日快乐。"他说。

"谢谢。"

"今天是你生日？"我问。

"是啊，不过，那么多事情挤作一堆，谁还有空在意呢！"

我很想问她几岁了，不过随即想起来我已经知道了。于是我说："那么，你是摩羯座的！"

"是啊。"她倦怠地说。

"跟耶稣一样！"我说。由于我的犹太母亲，我还是习惯于把耶稣当做某个名人，而不是什么救世主。

"也跟理查德·尼克松一样。"她叹了口气，不过转而又露出了笑容。"摩羯座有点闷。不过他们很稳定。而且他们非常勤奋，为最高的目标而努力。"她喝了口她的生日酒。"他们志向高远忠心耿耿地埋头苦干，结果人们却攻击他们，摧毁他们。"

"明天是我们的结婚纪念日。"爱德华说。

"没错。不过我们从来没庆祝过。"

"那个，它跟你的生日离得太近了，不过我们庆祝过。"

"有吗？"

"当然。"爱德华微笑着说，"你不记得了吗？每年的那一天你都会戴上黑臂章，然后我会去找你，在某座钟楼顶上找到你，你带着包薯片，一些健怡可乐，还有把冲锋枪。"

莎拉转向我。他们在表演。他们在向我表演他们的婚姻生活。"生日和纪念日离得那么近压力很大。这是种应激源。"她举杯敬酒。"那个精灵和侏儒的标牌是什么意思？"她问。我现在成了官方翻译官了。

"我不知道。"也许他们会突然直截了当地炒我鱿鱼。

账单来的时候，爱德华伸手去拿，钱包却没找到。"我肯定把钱包落在车上了。"他说。

莎拉已经掏出了一张信用卡。"你该搞个那种腰包戴。"她对他说。

"太像结肠造瘘袋了。"爱德华说。他俩都显得很好笑的样子，那一瞬，我相信他们是最般配的一对，这种感觉之后再也没有过。

"我该付我的那份吗？"我笨拙地问。

"绝对不用。"莎拉说着签了账单，头也没抬。

翌日早晨我在自己的套房醒来——总统套房，这是它的名字——是被莎拉的电话吵醒的。

"我们要出发去看宝宝了。"她说，"你想一道吗，用地道的中西部话说？"

这是马虎的礼貌——还是粗鲁无礼？我是否该婉言谢绝，让他们私下会面比较恰当？还是说拒绝会显得我对宝宝的事并不真正关心而被炒鱿鱼？我已经和他们这么大老远跑过来了——看来我得答"是"。这是个在漫无头绪的慌乱中做出的决定。为什么我总是反应不够灵敏呢?比如,在买卖结束,店员把我买的东西递给我说"愉快"时,我总会发现自己在纳闷:什么愉快?

"好的。"现在我说道。厚厚的窗帘幕布四周透出了阳光。我用上面的塑料棒将它们拉开,晨光炫目地洒了进来——清澈、灿烂,外面是积雪的停车场。我现在能看见天花板上有一摊玉米迷宫似的水渍,房间墙壁上有弹孔。总统套房!好吧,我想,连总统也会遭枪击。墙纸接缝的地方卷起了三角,如同一件裙子的肩部滑落,露出妓女施着厚粉的肌肤。有个假的恒温器,那种什么也不连接的恒温器。

"你半个小时内能在大堂和我们碰头吗?"莎拉怀疑地问。

"当然。"我看看房间里的咖啡壶,不知道它好不好用。

在大堂一看到他们,我就意识到了自己的错误。他们手拉着手,看看自己的手表,然后又看看表。他们抬头看我的眼神是迅速而潦草的,等我像个闷闷不乐的十几岁女儿似的钻进车后座坐下时,我看出来这不是一趟我该加入的出游。爱德华点起了烟,莎拉猛地把它拍掉了。

"怕吸二手烟?科学对此有互相矛盾的说法。"他说。

莎拉瞪了他一眼,不过没说什么。我在后排这尴尬的位置上记起了在学生报上看过的一个头条。"你们知道他们关于二手烟怎么说吗?"我说道。我是那个还在寻找着幽默的派对腔模仿别人的女生。

"怎么说?"莎拉说。

"会导致二手冷淡。"

爱德华在座位里转过身看看我。我的傻话取悦了他,他想看清楚些,看看今天的我是谁。

"你早饭吃得好吗?"他问。

"很好。"我撒了个谎。

"有时候就这么简单。"他说着又转回头去,于是我又研究了一下他的披肩发,以及那个古怪的甩发动作。

我们去的寄养人家在一个工薪阶层住宅区。那家人家姓麦考文,他们的车库门上有个大大的亮绿色塑料 M。

"你准备好噌噌了吗?"爱德华问莎拉。

"迫不及待。"她说。

爱德华向我扭过头来。"那是莎拉心目中的妈妈用语之精华:噌噌。噌噌过来。噌噌过去。每个人都得噌噌,而妈妈们则是噌噌指导。"

"没错。"莎拉说。

"好像看得出来。"我说道,听上去充满疑问,并非我想要表现的附和。莎拉熄了火,在后视镜里飞快地检查了一下自己的形象,审视了自己的牙齿,以防里面留着早餐的残余,接着打开车门。车道铲过雪了,我们全都噌噌下了车。我们一一关上车门的声音让我想起一队车停下,警察跳下车小心翼翼地摸枪。莎拉头一个到门廊,一副急切办事的模样,她按响了门铃。我跟爱德华还在她后面新手似的拖拖拉拉,她已经肩靠着打开的防风门站在门前了。她松开围巾。当麦考文家的白色木门打开时,她摘下了帽子,帽带上系着绒线球。她飞快而多余地往上吹了吹自己的头发。"嗨,我是莎拉·布林克。"她说着伸出了手,"我们是来这里看宝宝的?"

应门的女人是个大个儿,金发,似乎有点瘸,半边屁股发僵似的,而这只不过是因为她在门口换了个站姿。"没人告诉我们有人要来。"她生硬地说。

"罗贝塔·马歇尔说她约好的。"我们来到莎拉身后时她说道。

"那是谁?"

"她是领养之选的?"

"不,我们是天主教社会服务机构的寄养家庭,而且根本没人事先给我们打过电话。"

"噢,天哪。"莎拉转身看看爱德华,她的眼睛变得有点湿湿的。我产生了一种绑架者的离奇感觉,想着要么赶紧逃命去加拿大,要么闯进去抓个人出来。我还没吃早饭,我必须让思绪平静下来。

大家都站在那里呼着气,没人知道到底该怎么做。门口的女人在细细地端详我们。我不知道在她眼里我们像是什么。来自特洛伊的受教育过度、保养得当的自由党派和他们读大学的女儿;或是变态的三人同居家庭,也来自特洛伊。对本州其他地方来说,特洛伊是一切变态和矫揉造作滋生的城市。我自己也常常这么觉得。

门口的女人,麦考文夫人叹了口气,像被击败了似的。"真不知道他们怎么能被称为机构的。尽是一团乱麻。"她把门和门框之间的孔隙开大了些。"好吧,既然你们来了,不妨进来看看玛丽吧。"

"玛丽?"莎拉没有劳神去问孩子的名字——她显然自己选好了名字,并非玛丽。

"这个小女孩。你们是想要看她,不是吗?"

"噢,当然。这是我丈夫,爱德华。"莎拉匆忙说道,"还有我们的朋友,塔西。"我朝麦考文夫人点点头,她眯起眼看了看我,显然在想我到底会是什么人。

我们一起走进一间有黄色墙壁的客厅,有块绿色的地毯,一张褐色的格子布沙发。电视机正吵闹地播放着晨间节目。地板上散落着颜色鲜艳的塑料积木和廉价的动物布偶,毛茸茸的,鲜艳无比——一只毛毛虫、一只大黄蜂。后门通向没亮灯的厨房的门口处晃动着一个十几岁女孩的身影,她只是看着我们,一言不发。玛丽宝宝穿着件浅薄荷绿的连体衣,脚的地方被剪掉了,这样她好穿得下。这种衣服对她来说已经太小了。她已经不能再算是个宝宝了,看着差不多有两岁,不过她仍然待在一个带轮子的塑料学步车里面,车放在电视机前,她正看着电视。不过是无聊的谈话节目,在我看来是如此——"那么你离开他是因为他不肯服用左洛复[1]?"电视屏幕上一位发型精致的女士在问另外一位——甚至不是儿童节目。麦考文夫人走进去关掉了它。"玛丽,你看,有人来看你啦!"小女孩听到了,转过身给了我们一个张大嘴巴的微笑。她的牙齿像细小的白色贝壳。她有绸缎般的深色头发,肤色糅合了灰黄色与灰褐色,眼睛又黑又亮:她看上去像是个精明的印第安地毯商。她举起胳膊要人抱。她把她的学步车当做某个小办公室。现在她想出来了。

"嘿,宝贝。"莎拉说着抱起了玛丽,可孩子的脚卡在学步车的帆布洞里了,于是整辆学步车都被举了起来,有些狼狈,而莎拉没法把玛丽的脚弄出来,于是玛丽哭了起来。

"噢,天,那个东西把她卡住了。"莎拉说。我走上前去帮忙,而爱德华也值得表扬地上前去,我们把学步车从孩子身上拿了下来,可到了这个时候玛丽已经哭着要麦考文夫人了,在莎拉怀里扭动着想挣脱她。

"噢,玛丽,过来,孩子。"麦考文夫人说道,她从莎拉怀里抱过玛丽,安抚着她。麦考文夫人正色看看莎拉。"你有带孩子的经验吗?"

---

[1] 左洛复(Zoloft),一种抗抑郁药。

"她对那东西来说太大了。"莎拉说道,尽量不显得慌乱失措。

"你们干吗都不坐呢?"麦考文夫人说道,我们立刻坐了下来。那个暗处的少女还在那儿。莎拉坐在麦考文夫人身旁,玛丽已经平静下来坐在夫人膝盖上。爱德华坐在电视机旁的一把椅子里。我发现他对社交距离计算有误,这有损于他的魅力。他要么太近,要么太远。我曾读到过,十八英寸才是最最恰当的距离,不过他看来永远做不到,哪怕是比喻意义上的。现在总的来说他遥远而呆滞。

"你想跟你的客人问个好吗?"麦考文夫人对宝宝说道。"你想到你的新妈妈身边去吗?"

"妈妈?"小女孩说,她朝仍然徘徊在阴影处的少女转过身。这突然的动静令少女彻底消失了。至此可以明了,是那个少女在照看孩子。麦考文夫人领回补助金,而这位少女,这段虚假的母女关系可能就是她生活的全部,她将体味一种对少女而言全新的别样的心碎。"妈妈?"玛丽又哭了起来,朝阴暗的厨房方向看着。我猜少女私底下曾鼓励玛丽叫她"妈妈"。

"嘿,宝贝?"莎拉讨好地开口道,小女孩看着莎拉。

由此开始了她们对彼此试探性的接触。每次都充满趣味与爱意。莎拉靠近了她,弯起手指像蜘蛛一样爬上小女孩的胳膊。小女孩微笑起来,肩膀耸到了耳朵旁,说"脖子",表明她那里又想要又不想要被挠痒痒,于是莎拉似挠非挠,拿捏得恰到好处。很快玛丽就坐上了莎拉的膝头,玩玩她的手表,摸摸她的蛋白石耳环,而莎拉则发出滑稽的声音,用尖细讨好的声音说话,就像宝宝周围的大人们自然而然会做的那样,哪怕这挺可笑,因为你看,这很管用。

在走廊徘徊的少女似乎退开了,退到了真正吞没她的阴影里，抑或是瓷器柜里。这似乎令麦考文夫人打开了话匣子，开始展示与别的城市，甚至和特洛伊这种地方截然不同的中西部特色谈吐，在那些地方，友好的话——你好，我能帮上你吗？——也会以尖刻愤怒的韵律说出。在这里，正如我所长大的乡下，极具挑衅的话也是以无害的轻快节奏说出的。语调就是一切。礼物包装就是一切。只要包装完美，你在盒子里随便放上什么都可以。你可以放上鞭炮。你可以放上狗屎。

"那么，"麦考文夫人说，"你们见过生母了吗？"

"是的。"莎拉说。

"你们确定你们想要那个女人的孩子？"

爱德华开始咳嗽。"对不起——我能不能用下洗手间？"

"为什么这么问，关于生母？"莎拉问道。

"噢，我不知道。"麦考文夫人说，"我猜，那个，那位女士不是什么聪明角色。"

"洗手间在转角。"她对爱德华说。

爱德华站起来转过拐角，离我们而去。

"她想重返学校。"莎拉说。

"徐校[①]。"玛丽重复着。

"对，学校。"莎拉柔声说。

"是啊，学校。"麦考文夫人说着叹了口气。"她总是那么说。"

"你经常见到她吗？"

"嗯，这是天主教社会服务机构的要求，她得每个月来这里看孩子一次，创造亲子交流的机会。他们不想被指责剥夺她这个权利。这也是她改变主意的机会。不过我完全没看出来有这个可

---

① 因为玛丽口齿不清，发音不准，原文用的是 Sikhool。

能。"她顿了顿,"你相信她关于强奸的说法吗?"

"什么强奸?"

"琳内特?"麦考文夫人喊了一声,她响亮的嗓门把宝宝吓哭了。"你能来给玛丽喂点吃的吗?快要到午餐时间了。"

少女从阴影里走了出来,走向看到她破涕为笑的宝宝。

"琳内特,这是莎拉和……她的人。"她说着朝我和刚撒完尿回来的爱德华含糊地挥挥手。

"嗨。"琳内特说着从莎拉那里抱起宝宝,轻松地把她安放在自己穿着蓝色牛仔裤的臀部,带出了房间。就是如此。

"她没跟你说她是被强奸的?"麦考文夫人说。既然宝宝已经离开,这个问题颇有力度。

"没有。"莎拉说。

"唔。"麦考文夫人说道。

"也许她不是。"

"也许不是。"

"也许她只是想给自己的所作所为找个借口。"

"也许。不过,看不出来那有什么用。"麦考文夫人说道,随后就不再说什么了,她很快站了起来,走向门口,打开了门。

我们离开,去找地方吃午饭。

"让我们看看,该去哪里呢?还早得很,那样我们就能避开人流了。"莎拉打开了车上的收音机。收音机播放的是某个灵歌电台,放着一首饶舌歌曲,背景音乐是一个女声极尽能事的呻吟。"你得去做,滚、跑、上、下。得做、滚、跑、摇……"——各种各样的动词变化。爱德华鄙夷地关掉收音机。可莎拉又把它打开了。"性是这个世界给予他们的唯一一件好东西。至少听听它。"

看得出来她已准备好进入对社会新一层的理解了。这将是惺惺作态观光式的。这将是穿着游猎装为人母。不过又何妨呢？至少比有的人强，可能比大部分人都强。

我们找到一家金属镶边装潢的餐厅，走了进去，在吧台边一溜坐了下来，让外套从我们的肩膀滑落，挂在吧凳上，用我们的屁股将它们固定住。吧台刚用松木味的消毒剂擦过，我们坐的地方正对着一台老式的红色可口可乐饮料机器，仿造的是舷外发动机的外形。我坐在莎拉和爱德华中间，像个孩子似的。他们似乎喜欢这样，可这让我倒尽了胃口。我没法吃东西，仿佛进食是我们当时所能做的最不恰当最不相关甚或最令人厌恶的事似的。有一次我转身转得太快，毛衣袖口把一些薯条扫到了地板上。我小的时候能成功逃脱我不爱吃的东西，只需向我父母宣称它太贵了或是已经掉到地板上了。（后来我会把这法子用在人身上。"她太贵了。"或是"他已经掉在地上了——还能说什么呢？"）而此时此刻，我突然因自己对食物的淡漠而情绪化。我开始游离自己的身体。要是我不吃东西口气会变得酸臭，于是我努力吃了点。我点了香草奶昔，吮吸着喝了下去。爱德华和莎拉不时会越过我碰碰对方——手碰碰大腿，或是上臂，或是肩膀——然后又退入各自独立、分离的空间。大家都很安静，尽管我不确定为什么。

我们回到酒店，各自回房。我注意到年纪大的人累了之后会显得老很多，而年轻人累了时他们只是显得疲倦。莎拉和爱德华看着老了一些，我们早早的午餐并没让他们精神焕发，某种忧虑令他们嘴巴打结，使他们的五官往下垂。他们在等一个电话，他们说，他们等到了会给我电话。

"行。"我说，慢慢走回自己的房间，没脱衣服就爬上了床。我只带了一本书，那本禅诗集，结果发现它的含蓄令人疲倦，足以供人戏仿戏弄。我决定还是转而研究一下犹太教与基督教共通的官方喜剧,从床头柜抽屉里拿出了《基甸圣经》。我从头开始,从第一天上帝创造了天与地并赋予它们形状那里读起。此前没有形状。只有无定形的混沌。随后上帝说要有光,好让昼夜之间有些生机,不过月亮、星星和太阳都不是这光的生成者,而只是一种管理中层、监督者、名不副实的监护人,因为它们要在之后——第四天——才被创造出来,这跟官僚机构的情形相仿,哪怕是宇宙级别的。不过,我还是想起了所有为迟来的月亮、星星、太阳而谱写的歌曲,跟为形状写的歌曲做比较。没有一首关于形状的正经歌!有时到了一个星期的尾端才更有灵感。不过,第一天就已有了早晨和夜晚,而第四天太阳才被造出来,这种事还是很奇怪。也许直到比方说第四十七天,上帝才有了校对工,不过到了那个时候各种稀奇古怪的事情都已经发生了。也许当时完全独自为政的他真的是在捏造万物,而后又很快忘了自己造出了什么。人们垂死而又复生,生儿育女然后又不孕不育,于是他们的女仆会接手。而后我便沉入了午睡,我知道只要我想,中午的那杯奶昔便能将我带入梦乡。

我被一阵轻轻的敲门声吵醒。

"塔西?我是莎拉。我们要去医院给宝宝做体检。你想来吗?"

"好的,我来了。"我说着赶紧跑到门前去开门,门却砰地撞在铜插销上,头晕眼花的我透过它看着莎拉的一小部分,像是透过牢笼看出去似的。

我的午睡并没能有效地令我重启。莎拉穿着她的棉外套,不过我还是能看出她在里面耸了耸肩。"那家机构正在转换寄养家庭,他们在医院给我们的小女孩预约了今天下午检查。"她还戴着那顶带耳罩和系带绒球的手工编织帽。这些又重新开始流行了吗？它们曾经流行过吗？

我不得不在她面前把门完全关上，好打开锁，然后再把门打开，这次敞开着。"让我穿下鞋。"我说。

"这可该是总统套房啊。"她盯着房间墙上的弹孔说道。

"好吧，连总统也会遭枪击。"我说。

"我自己本来也要那么说呢。"她微笑着说，"不过我怕吓着你。"

我不知道这算不算有趣——我们都想着同一件可怕的事——甚至不知道是否真是如此。也许这只是修辞性的心灵感应：克雷斯金的《礼节指南》。不过就算真是如此，就算我们想说的话真的一模一样，这是否能让我们产生更深层更私密的联系？还是说这只不过是陌生人碰巧说出了显而易见的事实？两个人之间的深层生活仍有待我满怀信心地去阅读。它好似一种朦胧飘忽的文本，不断重访字母本身。一种抽丝剥茧的叙述，我的教授大概会说。关于可能的从属文本。

"抱歉这里这么破。"莎拉说道。

"没事。"

"我们的床单比你的还要吓人。"她向我泄密，"也许猎人们会在狩猎季节到这里来。我们住的是包装工队套房，金绿相间的颜色，墙纸上是橄榄球。我一直以为它们是核桃。那些球，我是说。爱德华不得不向我澄清。"

"哈！好吧，至少水压够大。"

"是啊，好吧，我们在外面车里等你。"莎拉说着，转身欲走。她有没有努力隐去话音里的烦躁？当然！我再次意识到我其实不该和他们一起去，可我却已忘了这茬，睡意蒙眬地答应了。

车上他们随意聊着刚从西尔斯公司买的车座。它就在后座上我身旁，还包着些塑料纸。"看着很安全。"我轻快地说。

Ⅲ 103

"它们现在造得好多了。"莎拉说,"把孩子们绑得更牢靠。以前小孩很快就能从里面蹦出来。"

在医院大厅里,一名新的临时寄养人员抱着玛丽宝宝,这次她戴了顶帽子,裹了件淡蓝色的滑雪服,可能是属于机构本来给男孩穿的。"嗨,我是茱莉。"那个女人说,"我是领养之选的监护人。我刚从天主教社会服务机构寄养家庭把玛丽带来——在门口可闹了一场。"她稍稍松开抱着玛丽的手,像海豹的脚蹼似的朝莎拉摆了摆。

"噢,真的吗。"莎拉说着握了握她的手,"我是莎拉。"

"是,我知道。而你一定是爱德华,你一定是塔西。"她朝我们每个人都点点头,仍然抱着玛丽。

"闹了一场?"爱德华没放过这句话,问道。

"嗯,生母已经做了决定——她换了机构——可这家寄养家庭有点不高兴。他们不愿意放孩子走,这次交接恐怕有点戏剧化。"

"真的?"莎拉显得有些担心,"出了什么状况?"

"噢,还是不跟你说了。"茱莉叹了口气,摸摸小女孩的鼻子,让她露出了笑脸。她又转向莎拉,犹豫着。"你见过他们十几岁的女儿琳内特没?"

"见过。"

"无须再说了。"茱莉说道,"想抱抱你的孩子吗?"

"让我看看她会不会过来。"莎拉说。她朝小女孩伸出手,说,"到这里来,宝贝。"小女孩平静地顺从了,莎拉高兴地把她放在自己抬起的胯上。

一位年长的非裔美国女人走过,看着我们,主要是看着抱着玛丽的莎拉。"那是你的孩子?"她怀疑地问莎拉。

"对,她是。"莎拉说道,双眼迷离地微笑着,好像她脑袋刚被兴高采烈地敲了一记似的。

女人停了下来看看玛丽，又看看莎拉。"好吧，这是我见过的最漂亮的孩子。"她说着又往前走去。

爱德华朝茉莉说："那个女人是你们领养之选雇的。"

茉莉笑了起来。"我表示怀疑。"

"你不觉得现在白人宝宝短缺，机构可能有点着急所以需要附加一点推广宣传吗？"

"爱德华。"莎拉责备道，不过她喜形于色，现在玛丽也笑容灿烂。

短缺。

玛丽确实相当漂亮。我才刚察觉。也许是户外的风令她脸色红润，或是滑雪服的浅蓝色很衬她的肤色——谁说得准呢。她是个尤物。她的笑容调皮而乖巧，深邃的深色眼睛很有气质，从法兰绒帽子下机灵地往外看着。她是个有戒心的孩子，但尽管周遭动荡，她身上仍有备受怜爱的光华。不过，那浅蓝色本身确实有映衬她的地方。这颜色在她身上像是换了种颜色——一种全世界的小女孩若看到了都会想要从男孩身上抢走的颜色，这种天使的水蓝色。在我邮购衣服的寥寥数次里——用我母亲的万事达卡——有一次订购的全是黑人模特身上穿的东西。这些织物的颜色——橙色、绿色、蓝松石色，还有象牙白——穿在模特身上显得那么好看，可等东西送来穿到我身上时，看着很蹩脚。我自己的皮肤，那上面浅红浅蓝的斑点，令我变成一种奇怪的薰衣草紫色。我看着像是个被安放在某个活物里面的死气沉沉的东西。因此，无论何时听到短缺这个词，这个听着介乎死亡与生育之间的词，也许是一次小产，或是火车残骸中的一节卧铺车厢，这种化了妆的颜色——毫无生气的紫色——就会跃入我的脑海。

"玛丽宝宝？"拿着一个大文件夹的接待员说道，茉莉指了指莎拉。"是我们。"她说。

接待员朝玛丽笑了笑，捏了捏她的脸蛋。"看来她吃了很多南瓜和胡萝卜！"她愉快地说。

这是我以为自己有所耳闻的漫长开始。

"她是双种族的非裔美国人。"茱莉说。

"噢！好吧。我这里也有生母的资料，你们可以看。当然，为尊重她的隐私，姓被隐去了。"

"好的——爱德华？你想留在这里看看资料吗？你是科学家。我和茱莉带宝宝进去。"

"当然。"他说。

于是我和爱德华留在了大厅。我终于留在后面了——不过是和爱德华以及一叠厚厚的生母病史在一起。我坐在他身旁，在一张橙色的皮革沙发上，他拍拍文件，看着我。"我们要看看里面说的吗？"他的目光越过了我。某些别的念头令我消失，他很快收回了他的目光。

"我猜是的。"我说。他把注意力转到文件上。他身上有那种用惯助手的鲁莽而亲切的特质。

观看这些关于某人身体的描述感觉完全像是在侵犯隐私，不过所有医学记录的页面上邦妮的名字都被隐去了。有时是整个名和姓，有时只是姓。家族遗传的疾病有心脏病、躁郁症（某位叔父曾自杀）、痤疮、脊椎弯曲。病人本人则有好多页流感、牛皮癣、抑郁、焦虑、带状疱疹、湿疹、高血压的病历，最后则是以剖腹产告终的怀孕史。怀孕初期曾有过饮酒，时不时地喝上一提六听装的啤酒。爱德华凝视着那一页，看着。"天主教徒真会坦白。"他头也不抬地对我说道，接着翻过了那一页。我试图将这些病史跟我遇见的那个肥胖、僵硬、眉毛修过头的邦妮对应起来。有一页上——一张放射医师贴在另一份报告上的声像图上——有人没注意到病人的名字,因而没将它隐去:邦妮·詹克玲·克罗。

"哎呀。"爱德华说道,他也注意到了,不过没指出来,尽管他不必非得如此。现在我们俩都会永久知情了。"我们别告诉莎拉。"爱德华说,"她稍微有点强迫症。"

"哦,行。"我说。于是我便参与了一个小小的阴谋。不管我自己开口说了什么,我都压根不知道自己同意了什么。不过这似乎并不重要。

爱德华现在决定合上文件夹。"没有人十全十美。谁都有那么一两个染上梅毒、叉子插进别人的眼睛或是炸毁一座完好无损的大棚的亲戚。"

我感到愕然。"绝对如此。"我说。

他站起身把文件夹在胳膊下,好像已经开始后悔跟我一起看了似的,接着他走过大厅去喝水。我注视着他在饮水口前弯腰的身影——他的长发都往前散落遮住了脸。他仍穿着外套,不过它敞开着,像瘫软的布翅膀似的晃荡着。他转身用一只手把头发往后撸了撸,走回来在橙色沙发上坐下,不过离我远了一些,他转头迅速朝我敷衍地笑了笑,便盯着屋子的某一处出神,一只胳膊若有所思地撑在沙发扶手上,手放在自己的嘴前,我们等着莎拉回来。某一刻他对我说:"人们当然不应该买孩子。整个社会都赞同。而且母亲也不该卖他们。不过我们不停地对自己这么说时,这些中介却变得越来越有钱,而生母戴着她的新腕表继续给人倒便盆。"他停了一下。"她们只获许接受象征性的礼物,比如手表。不能是真金白银的,比如汽车。这条只许送手表的法律被认为是进步的,因为宝宝是不可以用来出售或交换汽车的。于是他们被用来交换手表。"

"这些在道德上很令人困惑,不是吗?"我大胆地说道。

"显然如此。"他说。

莎拉微笑着抱着玛丽宝宝出来了,宝宝现在紧紧抓着她,抽着鼻子忍着眼泪。茱莉跟在她们身后。"他们必须从她脚上抽血做艾滋测试。她都这么大了,实在不可能不觉得痛了。"

"而且她也太小了,不可能得艾滋——除非她妈妈得了。他们为什么不替她的妈妈测呢?"爱德华突然被这些手续所牵涉的种种不快触怒了。

茱莉耸耸肩。"你也不能那样做。本州法律有规定。"

有很多法律。不允许将医学记录带出医院,于是爱德华把文件夹还给了接待处。我们不能带着宝宝离开。我们还必须和茱莉一起走,先回领养之选签署文件。在停车场茱莉说:"等等,让我从我车里拿点东西。"她一路小跑着回到她车上时,莎拉轻轻地对爱德华说:"医学记录里有什么需要我们担心的吗?"

"谈不上。"他答道。

"谈不上?"

"没有。"他加强口气重复道,"跟别人的记录谈不上有什么两样。"

"谈不上?"

"别挑剔我的用词。"爱德华说。"没有。真的。"

"你刚踩到我的脚趾了。"

"什么?"

"你刚才撞了我一下,踩到我的脚趾头了。"

"对不起。我肯定我们的租车协议能给报销。"

"是啊。"莎拉叹息着,"亲爱的,还记得那次我们杀了一个人,美国运通全部给搞定了吗?"

又是这个笑话!不过爱德华没有笑容。他们之间有阴影掠过。莎拉的眼睛笼上了一抹淡淡的红褐色。远处,一辆马拉雪橇响起了铃铛声:这座城市会将冬天变成节日。"一起驾雪橇的家人将永不分离。"莎拉低声对我说。或者,那是我以为我听到的,尽管她的话音里并无轻浮之意。她的一只手飞快地离开玛丽捏了捏我的手以示保证。或是承诺。或是懊悔。或是希冀。不然就是某种秘密协议,什么都捎带了。

茱莉带着一只白色的垃圾袋回来了,她把它塞进后座,跟我、莎拉和玛丽宝宝挤在一起。她坐到前面爱德华的身旁,从技术上讲,此刻她是作为监护人和我们同往。

爱德华正在拨弄着空调。"一辆还能控制外部天气的汽车——唔,那将是气候控制。"他说着。

"嘿,宝贝。"莎拉不停地低语着。"嘿,宝贝,宝贝。"她转向我,假装悄声说,"你知道在我这个年纪,雌性激素开始减退,没法用和气的声音跟任何人讲话了。不过这时宝宝驾到,瞧瞧我是怎么说话的。"

和气,但是并不优雅。

"所有的烦躁都被带走了。"她补充道。

暂时,我想着,犹如那些口技者发了疯的恐怖片里的恐怖人偶。

"我打算保留玛丽这个名字——"

"玛丽。"玛丽说道,听到自己的名字快活起来。这是她身边唯一长久的名字。现在她又有一堆新的人名要学了。

"不过我要在里面加上艾玛。我一直都很喜欢艾玛这个名字。"我能从莎拉脸上看到掌控自己厨房的大厨神色。

"玛丽-艾玛?"茱莉从前面座位上问道,她的语气是颇为职业的中立态度——勉强如此。

"是的，玛丽-艾玛。"莎拉梦呓似的说，"还有贝莎，我祖母的名字：玛丽-艾玛·贝莎·索恩伍德·布林克。恐怕她会加入那些名字太长的孩子行列。"对此我从大一就知道了：火车似的名字如同一块公告牌展示着父母的优柔寡断、责任、家族骄傲、误置的创造力以及各种政治。连墨芙都有一个长长的学名，她的曾叔父在里面都占了一席之地。莎拉抚摩着玛丽-艾玛的手。玛丽-艾玛在车里打起了盹——她这一天已经够折腾的了。"噢，我猜别人会觉得我们该叫她玛雅或利奥婷或佐拉，那些弘扬黑人女性传统的名字。当然我会给她这方面的教育。不过我喜欢艾玛这个名字。"

"只要我们不叫她康多莉萨，"爱德华在前面说道，"我就很满足了。"

"玛丽-艾玛。"茱莉说道，目光笔直地穿过挡风玻璃，没有再做任何评论。藏蓝色的薄暮已经开始降临，尽管才下午四点。"你在这里右转。"她给爱德华指路。

"谢谢。"他说着朝茱莉飞快地笑了笑，似乎在乞求跟她发生点什么。

后座的莎拉注意到了，而又没有。很长一段静默的时间里她只是轻轻地、爱护地抚摸着沉睡中甜美的玛丽-艾玛的胳膊。最终莎拉没头没脑地大声说道："不知道电话簿里还有没有叫希特勒的。"

回到领养之选的办公室，有一小堆文件要签署。罗贝塔热情地招呼我们，赞叹着宝宝，然后把茱莉稍稍拉到一旁。

"麦考文家那边情况怎样？"

"可说是在门口大闹了一场。"

"我就担心这个。她们在答录机上留了气愤的口信。唉，她们又没有监护权。我不知道她们这是想干什么。"

"她们只是养她这么久了，已经产生感情了，我想。"茱莉说。她仍旧拿着那个白色的塑料袋。她把它递给我。"这里是玛丽的东西。或是玛丽-艾玛的。对不起。麦考文一家和她一起过了圣诞节，给她买了东西。衣服基本上都是寄养机构的。除了孩子现在穿着的。"

"我们在西尔斯买了点。我们签在这里吗？"莎拉转头问苏珊娜和罗贝塔。

"这儿。"爱德华说着替她指了出来，他们继续阅读签字。随后是最奇怪的：他们在开支票，分别开支票。

"我和爱德华一人一半。"莎拉说。她在一张纸片上潦草地写着什么，是在做算术。"我俩喜欢费用平摊。"她顿了顿，又嘀咕道："尽管它们通常都不是偶数——只是奇数。①"没有人发笑。"哦，好吧。"

"法律费用计入总数了，不过你们会各自收到独立的发票。"罗贝塔看来也对分开的支票簿感到意外，"寄养的费用也算进去了。"

莎拉指导着爱德华："玖仟壹佰贰拾柒圆伍角。"她轻声说着，她倒不如从房顶上大喊呢。

"邦妮什么也没得到？"爱德华问。

"你们可以替她买块表。"罗贝塔说，"不能给钱。那在本州是非法的。"

莎拉把手放在爱德华的胳膊上。"我们会给她买块非常好的表。"她说。

---

① 此处莎拉使用了两个双关语：even（平均的，偶数的）和 odd（奇数的；奇怪的）。

我朝塑料垃圾袋里看了看。我仍然觉得惊奇,这么丁点大的小人儿已经有东西了。而另一方面,我又奇怪东西这么少,一个人来这世间一遭攒的尽是这些没用的废物,这似乎颇为可悲,而这些就是她所拥有的全部,看来又颇为可怜。她自己既不知晓也不在意,我肯定。袋子里有一个黄色的毛毛虫布偶,一条绿色毯子,一些带字母的塑料积木,一张动物字母表纸板拼图,一只穿着牛仔休闲服的猴子布偶。

"恭喜你们。"罗贝塔说。"你们有了自己的漂亮宝宝。"

"而且没有药物。"苏珊娜高兴地压低嗓门补充道。

我们坐着租来的车回特洛伊,莎拉警觉地坐在后排玛丽-艾玛身旁,玛丽-艾玛已经在爱德华和莎拉趁我午睡时从西尔斯买来的车座上沉沉入睡,一起买来的还有衣服。"嗯,大功告成。"爱德华说。"现在,未来将会有所不同。我们现在有赛马了。"

一段长长的停顿,我们的车胎倾轧着路上的灰色雪泥。就驾驶而言,一月的融雪永远比真正的结冰要来得好些,不过等雪化完,一切都会冻得更狡诈。而就在它融化凝结的当口,路边的雪成了堆,像是长了黑点的花菜。还是不融化的好。"我曾去过马场,"莎拉沉思着。"我十一岁,和我叔父一起去的,他带着关于马匹的各种数据——电话簿那么厚的一堆纸。他研究着它们,揣摩着该押哪匹马,我说:'乔叔,看,有匹叫拉尔多的马,我有条狗也叫拉尔多。'我叔父看着我,把他的纸都放到一边说,'好,那我们就押那匹。'于是我们就那么干了。"

"它赢了没?"我从前排问道。爱德华似乎已经知道这个故事了。他继续在阴冷的冬日道路上驾驶着。是什么——是多普勒雷达?——能捕捉到回声的开头与终端的不同音高?我去年曾选过一门物理课,有一个短短的单元是关于声音的。

"它赢了吗?"我又冲车里浓重的沉默叫了一声——但是没

有人说什么。爱德华是科学家，因此习惯于与他控制气候的车直接驶入无人应答的黑暗。雪开始下了起来。大片的雪花懒懒地打着旋，是沿旋转楼梯盘旋而下的芭蕾舞女在飘动——一场经典的雪，可以拿来拍电影，可以用来叫卖。然而对开车的人来说，这是片恐怖的仙境。不过，看着令人昏昏欲睡，很快我就感觉筋疲力尽，过了一会儿我想我听到爱德华说了什么，然后莎拉的声音非常小声地说："好吧，所有的性都是一种强奸。你可以这么辩论。"接着她又说道："拜托，在这种天气里，别单手开车。"我看向窗外，看见一辆白色敞篷车驶过，保险杠贴纸上写着：负疚无用：及时行乐！开车的是位小个子的白发女士，横眉怒眼地趴在方向盘上。"你听到我说话了吗？"莎拉问，而爱德华人到中年的脸微微转了转，上面密布着少年沉默的憎恨。他继续用右手轻轻抓着方向盘的底部，另一只手挑衅而荒唐地插进了口袋。我应莎拉的要求打开了收音机，轻柔的呢喃充盈车内。"多少支主场有穹顶的球队赢得过超级碗杯？"里面说着。"现在请听路易吉·博凯里尼的《C大调节日》！"我们经过了湿地里的运气村，它的欢迎牌上写着"您来运气了。"虽说离开的时候我没看到写着现在运气走了的标语，一切已尽在不言中。爱德华转错了个弯，我们不得不掉头回到村里。您来运气了，又一块标语写道。我想象着一部恐怖片，我们永远也找不到离开这座镇子的路，一直不停地开回来，它的欢迎语是令人抓狂的戏弄。

最终，我一定是睡着了，等我醒来时脖子一阵酸痛。汽车引擎熄了，我们在爱德华和莎拉的屋前。"从前门带着新宝宝进屋好。"莎拉对爱德华说。"把宝宝从后门带进去有个迷信的说法。何况政治上也不正确。"

"这里连个鬼都没有。"爱德华说。我看了看表：午夜。我感觉如同一个梦游者，此刻需要我做的只是帮忙从车里往屋子里搬东西，不管是什么，于是我发现自己费力地拖着玛丽-艾玛装着廉价毛绒玩具的塑料袋以及装着各种路上吃的零食的杂货袋——利兹饼干、营养谷物棒、六瓶装的气味水——它们没有宣告自己的存在，因而全都原封不动。玛丽-艾玛坐的车座是新式的两件套，内部还有一个直立座位，可以连玛丽-艾玛一起取出。爱德华只轻轻一拉就拎起了这个分量尴尬的东西。莎拉在自己包里找房门钥匙时，玛丽-艾玛只稍微动了动。我们拥挤着穿过大门，爱德华摆弄着断了的铰链，小心翼翼地走下台阶，又走上通往前门的门廊台阶。这个元月之夜的一切都有一种月亮的冷静以及月亮的兴奋。你能从这里看到地球！

进了屋，莎拉走向餐厅，一边打开两盏小灯。爱德华把睡着的玛丽-艾玛放在餐桌上，她仍在她的座位里，穿着滑雪服的腿和胳膊垂了下来，下巴耷拉在领口。不管她知不知道，她度过了一个重大的日子。

"好吧。"莎拉看着她说。

"是啊，好吧。"爱德华说。

莎拉仍然戴着她带耳罩和绒球系带的纱线帽，她抓着右边的绒球像玩绳球一样往自己头上扔去。它砸在她脑袋上发出一记闷闷的扭花纹响声。"现在该做什么？"她说。

我们本可能歇斯底里地狂笑，要不是一个熟睡的孩子正挨着两支蜡烛、一只施腾格尔糖罐和几只盐和胡椒的调料瓶被摆在餐厅餐桌中央，我们大概会这么干。看得出来，领养跟生孩子颇为相似：她来了！每个人都喊道。你看了看，只看到一只小腌猪，没什么感觉，并没有意识到这将是仅有的你会无动于衷的一次。一个宝宝摧毁了一段生活，从而成为其中最棒的东西。虽说神气活现地坐在一堆废墟里不见得是什么了不起的把戏。

"好吧，我该做的是把塔西送回家。"爱德华说。

"把我一个人留在这里?"莎拉假装惊恐地说,仍旧戴着她那滑稽的帽子。"你一定是在开玩笑。"她抓住了他的衣袖。

"你一定是在开玩笑。"爱德华说。

"我是。我是在开玩笑。"莎拉说。

有点儿,我想。这时她自己说了出来。

"有点儿。"她微笑着。对彼此的厌恶在他俩之间一闪而过。

接着爱德华开车把我送回了我的公寓。"谢谢你帮助我们完成了这项复杂的任务。"

"非常乐意。"我说。还能说什么呢。

"我们过几天就会见到你。我肯定莎拉很快就会给你打电话的。"

"那好。"我在黑黑的车里喊道。那好,还是那个中西部女孩稍带惊慌的回答。似乎是达成了一笔交易,其本意是要表达跟更有军人气质的随时待命一样的意思,只不过它并不给出承诺——只是一种肯定的描述。它让你离开,出门。再一次。

IV

下周才开始有课。不过我还是能感觉到新学期好似用加特林机枪的手动曲柄上紧了发条般随时准备发射。春季学期！这个命名既妥帖又不当。既然它还没有正式开始，我便睡到中午，醒了就弄份可怜巴巴的穷人版果仁蜜饼当早饭：一大片小麦饼干浇上蜂蜜撒上碎花生粒。厨房还是懒得打理的状态。冰箱里更多的草莓开始腐坏，好像才刚买来不久，这次它们变成了铜板屋顶的灰绿色。面包也长出了一层粉状的蓝色霉斑，给女演员做眼影倒会很不错——她也许还需要盘尼西林。另一条面包该有好几个礼拜了，跟其他看着像条蛇似的东西装在塑料袋里，端坐在操作台上：一坨带着橙色与黑色印记的发霉物。这是节俭女孩的现代艺术博物馆。

房东已回复到对暖气不至于吝啬过头的状态。幸福。邮箱里有莎拉寄来的一张支票，三百美元——这似乎太多，同时又太少了，不过我也没劳神计算具体的工作时间以及报酬应该是多少。我去银行存了支票，从中取出了一百块，都是二十元面额的钞票，用来买新书和食物。我坐在自己的公寓里，跟墨芙留下的那些相当愚蠢空洞的杂志待在一起，我贪心而痴呆地看着，这是典型的发廊和冬季后遗症。"四件男人觉得性感的事"。我怎么也找不齐四件——它们很少是按数字顺序或是在醒目的位置罗列的。一旦翻开杂志，你必须在广告中间（那是他们的策略）东翻西找，试图找到散落各处的它们，而即便找到了，它们也总是带着些伪装。显然这些杂志里根本没人确切知道男人觉得什么才性感，不过他们希望你会相信他们知道。又或者所有这些纽约都市杂志人士了解的只有同性恋男人，因此他们并不敢将他们所知的男人觉得性感的事情告诉他们的读者。

出其不意似乎是主题。

食物亦如此。

至于里面呈现的服装，我感觉无聊而不解。花那么多钱穿成一块实验性的蛋糕似乎并不酷。真正酷的该是不一样的东西：更致命、不可言传。依我的浅见，最佳装扮不该只穿新的，而得配上低调的珠宝，以及直击你自己和他人身上深藏着的旧思绪的不祥皮饰。我大概永远也穿不成这样。没有明确的指导，我没有感觉或直觉，至少对新的那部分没有。不过，我觉着，如果有人号召，我能完成另外那部分——抨击——不过是私底下。私下部分酷，反正我一直都是抨击（安静而暴烈）的一部分。

好几天我都任自己漫无目的。我打开电脑，毫无目的地在网上漫游。我会点点这个看看那个，很快又会看起房车赛或是黛咪·摩尔手术前的裸胸。亿万个草药疗法和电脑安全系统的广告飞上屏幕。我参加网上奥斯卡小测试。我用谷歌搜索小学里的老友。什么都没有。我搜索琳内特·麦考文。一无所获。我搜索邦妮·詹克玲·克罗，现在我已经知道了她的全名——非法地，还是一无所获。我返回黛咪·摩尔手术前的裸胸，揣测着她半生的悔恨。

晚上睡觉时我为第一轮失眠所困。我担心死亡即是如此：不是安眠而是失眠。再也无法入睡，如同我从一七〇〇年之前的英国戏剧中读到的那样。我以前从没害怕过失眠——这难道不跟入狱似的能给你更多时间看书吗？我总是睡得着。然而现在我躺在那里，如同巴托克四重奏一般烦躁难安。思绪费力地在夜间漫游，这确实像监狱：当天空开始泛白，我简直难以置信，可怕的疲惫嗡嗡作响，将我填满。

有一次醒来时我感觉自己夜里真的已经死去了。醒来时我有种感觉，在睡眠的表象中我遭遇的不只是生命之短暂，而是其速度！还有其喧哗、不相干以及终结。我们是有多美化自己的生命！我们的身体！它们不过是——土豆！有着土豆的芽眼和一折就断的浅粉色芽根。我在床上躺着，一种平静的抑郁。在别的城市，跟宗教没那么敌对的城市，这种情绪——未祈祷、未信上帝、未转换宗教——可能会被赋予一定的精神意义。不过对特洛伊城的人们来说，上帝属于思想垃圾：介乎公告牌、江湖骗子、汉堡包和童话里的国王之间的东西。我本来总觉得上帝是一种合乎情理的对死亡的否认，即便有些轻信，但它让生活可行。这怎么会是邪恶的呢？何必费心批评这个？何必贬抑跛子的拐杖？何必徒劳地想象自己的步态是毫不蹒跚的？何况，宗教给了我们咒骂的词汇。在基督教之前，能有什么？"啊哟？"然而要在特洛伊生活是不能佩戴任何幸运符的。这是新宗教改革。我的冬季房间墙壁有如银色的绸缎被子，有如一具棺材的内壁。我开始感觉没有所谓的智慧，只有智慧的欠缺。

终于，莎拉打来了电话。"塔西，你好吗——好几天不见了！"

"几天几夜。"我傻傻地说道。

"我也要这么说呢，"她说，"可怜的艾米哭了两晚。她会凌晨三点就醒来，然后哭啊哭，可怜的小东西。她会看着黑暗中的新房间，不知道自己在哪里。我会抱着她摇着她入睡。不过现在我想她已经明白了，她看来已经安定下来了。我在想你今天下午是否有空？我该回我自己疯狂的餐厅看看情况如何了。"

"她现在的名字叫艾米吗？"这显得很奇怪。

莎拉停顿了片刻。"这个，我们发现自己在直接叫她的首字母缩写——**M.E.**——于是还没等我们发现，嗯，我们就已经叫她艾米了。这很适合她，我想。"

"她对玛丽还有反应吗？"我问，完全没有常识。

"那个，我不太清楚。"莎拉说。

我不介意去他们家的那段路。几天里我是头一次这么轻快地走路。在我的公寓外，流线型的体育馆如同冻结的浪潮。寒冷将睡意从我脑中带走，一并带走的还有折磨了我数日的深层存在主义带来的幻觉。天空半晴，气球般膨起的云朵在上方荒谬地漂浮，好似要去参加一个正要开始的派对。靠近地平线低处的是不同的云朵，像街道尽头犁起的旧雪。跟所有乡下长大的孩子一样，我让天气——好的或坏的——替我描述生活：它的嘲弄、它的魔力、它的矛盾、它的情绪化。为什么不呢？在万物面前你是如此无助。

屋子前面，通往阶梯的大门仍然是坏的。我穿过它，走上门廊。按响门铃后没有人来，于是我用指关节敲敲厚木门上的窗玻璃。莎拉一身居里夫人的打扮来开了门，我立刻明白这是她所钟爱的：实验室风格的白色外套与黑色连裤袜。她的哑光红唇膏透露出一丝电影版的居里夫人气息：河床裂缝似的唇纹带着生硬的深红色优雅。她不想打扮成城里别的大厨那样：乡村嬉皮的装束、围巾、花朵图案的衬衫。餐厅是一门科学，她会告诉我，不是方形舞。也许正是在这点上她搞错了。

"来，过来试试这个。"她说着领我走进厨房。里面的器具是那种德拉克罗斯只有在饲料店的仓库和超市才见得到的巨大的不锈钢品种。我知道炉子和冰箱的冷灰色金属材质很时髦，但我还是更偏爱家里旧旧的鳄梨绿（尚未成歌）。闪闪发亮的炉子上有一口长柄锅，金属的颜色要浅些，像是白金。里面有一些银白色的叶子。她用手指挑出一片递给我。我把它放进嘴里，它似乎即刻便要融化了似的，而又没有，带着木质的粗犷气息停留着。是糖果店与森林糅合的口味。

"这是什么？"我边问边嚼着。

"焦糖鼠尾草。"她满怀希望地望着我。

"神奇。"我说道，完完全全是实话。

莎拉灿烂地笑了。"这世间有条路直接通往天堂，那就是焦糖。"她说。"再加上几粒手工制诺曼底海盐——哇噢！"

那么说诺曼底从纳粹手中解放出来后，美国人如今所热衷的就是这个：手工制海盐。士兵的眼泪被不远千里运送而来，洒在一片油煎叶子上。

"很美味。我是头一个客人吗？"

"是的。"她说。"希望你不要介意。"

"介意？——"

"噢——我还忘了这些。"她打开炉门用毛巾布隔热手套取出了几本绘本。"这些是图书馆的。我把它们烤一烤杀菌。我对图书馆的书总这么办。听说微波炉也能杀菌，但我不是完全相信。"

我看了看书名：《小扁豆》和《给小鸭子让路》。

"我很喜爱这些书……我童年时的最爱。我在波士顿开的第一家餐馆就叫给小鸭让路。"这时她耸耸肩。"并不成功。"她遗憾地说。

"也许你该叫它小扁豆。"我建议。

她微微一笑。"事实上，我有这么做。之后的那家就是那么叫的。"

"噢。"我有点吃惊地说，"那么小塞尔的蓝莓如何？"

"你不会想知道的。"她说。

"或者，嗯，就叫麦克洛斯基① 好了。"

"那个我成功避免了。不过只差一点点。"

"好吧，至少你没用戴帽子的猫。"

"艾米在睡觉。"莎拉轻声打断了我。"婴儿室在三楼——以前的阁楼，不过她哭的时候你应该能听得到。这里的音响效果是这样的：声音顺着楼梯及脏衣物滑槽传播。除非是被门铃吵醒了，她还能睡上一个小时，我肯定。她已经够大不需要上午的小睡了，但昨晚睡得不好，所以我让她睡了。"我尽量不把"除非是被门铃吵醒了"这句轻微的责备当做是针对我的。"也许我该竖块那种牌子，写上：夜班工作者，白天要睡觉。"她微笑着说。"还有，我要给你把钥匙。你随时可以进来。事实上？"说到这里她轻快地走过房间，打开一个装满乱七八糟东西的抽屉——延长电线、钳子、电池、电器保修单——摸出一把钥匙，把它递给了我。"这能让你从前门进来，亲爱的。"她用某种夸张的语气说道，也许是出自某部我从没看过的电影里的台词。还伴随着一个意图帮助我理解的挤眉弄眼，不过我还是没明白。

她没穿上她的羊皮外套，也没穿双排扣短外套，而是穿了件羊毛长上装，电视静电干扰似的毛茸茸的黑白粗花呢。她把一条羊绒围巾往脖子上一绕。"向磨坊进发！"她说。"恐怕它要坍下来了。两次砸盘一次小火警——就在昨晚。"她严肃地笑了笑。焦糖鼠尾草的魔咒和它通往天堂的阶梯已然消失。

"砸盘是什么？"我问。

"哦，好比古老的苏格兰爱尔兰式发脾气。某个厨师把另一个厨师的盘子扔在地上。你知道，我父亲是犹太人，所以我有一

---

① 麦克洛斯基（Robert McCloskey，1914—2003），美国儿童文学作家、插画家。主要作品有《给小鸭子让路》《小塞尔采蓝莓》。

半的犹太——"

"我也是!"我脱口而出,好像我们是从斯里兰卡最遥远的国土随意迁移而来似的。我还从没遇见过有一半犹太血统的人,出于某种原因这令我兴奋:我总觉得自己像一个古怪而良性的杂交品种,好吧,当得知别人也是被如此古怪地培育而成,这似乎妙不可言。

"是嘛。"她不为所动地说。也许她已经认识一千个半犹太人了。"也许那正是我喜欢你的原因。"她露出一个那种忽明忽灭式的笑容。"不过我的印象是犹太人不这么干。犹太人不摔盘子。他们已经超越了这个层次。所以他们能成功。"她挠了挠脖子。"不过我母亲是位基督徒,所以我也被培养成了一名基督徒。结果,我的整个一生呢?我周围尽是不成器的人。'让不成器的到我这来。'耶稣说。于是他们来了。最糟的是举止像基督徒的新教徒,最好的是举止像新教徒的基督徒。"

这些话令我目瞪口呆。"实际上,耶稣说:'让孩子们到我这里来。'"我说。我对自己的感觉感到惊讶。我听到自己这么说感到很意外。半秒之前我还为自己的一半犹太血统那么开心。这种基督徒的迂腐是哪来的?我大概还没过完圣诞节。

"是啊,好吧,不管怎样。孩子们并没有到我这里来。"她顿了顿,整理思绪。空气中有种不忿。

"除了楼上那个。"我提醒她,努力给她一个勉强然而充满希望的微笑。

"对,没错。"她说,又补充道,"我把说明都留在操作台上了。你得当心楼上那扇婴儿门。我不想她摔下来。也不想你上楼时摔跤!"这时她停顿了会儿。我们墙一般空白地站着。"婴儿门!这下可有丑闻了。你还小,我打赌你甚至不知道门这个词意味着耻辱。"

"水门。"我说道,尽管我并不确定。

"啊,没错!虽说那时你还没出生呢。"

"很多有趣的事都是如此。"

"是啊。好吧。噢,除了砸盘,我们昨晚倒确实有件好事:用古老品种的豆子和你父亲的手指土豆烹制而成的冬日浓汤。大受欢迎。"

我欣然一笑,不过我无法想象那些土豆躺在汤里。莎拉好像会读心术似的,说:"我们把它们切片。就在它们弯曲的小小的指节处切。"

这真是件残忍的事情,食物。

"大伙都爱它。哦,趁我还没忘,"她又说道。"水槽边的碗柜里有吐根——我都不清楚你们是怎么用它的——万一吞下有毒的东西时用。这条街上的女人说:'你领养孩子了?'我说:'是啊,有什么我需要的吗?'她说:'吐根①。'我说:'就这些?'她说:'我就知道这些。'因此现在这些就是我所知道的。"这时莎拉调皮地看着我,她的神情有如一间错综复杂的房间,你可能会在里面漫游,探索上好一阵子,如果你有时间的话。"要是出了什么问题,不管你做了什么,都别给我打电话。我已经留下了紧急状况的号码。是911。"她微笑着。

"我会直接致电医护人员的。"我说,也回以微笑。

"好姑娘。抱歉我得赶紧走了。我说话这工夫他们正把节日植物装饰烧了来熏鱼呢。"她匆匆从后门走了出去。

我能听到她的车发动、驶离。不过她突然又回来了——车声、上楼声、冲回后门的声音。"我忘东西了。"她说着走到操作台边,打开一个抽屉,抓了把厨刀,乐滋滋地塞进皮包。"隐秘

---

① 吐根(ipecac),最早被巴西和秘鲁的土著用作催吐药,后被发现对痢疾有治愈疗效。

的武器,还是大厨的工具?谁说得清呢?冬天车上装着把铲子到处开已经让我感觉像个连环杀手了。"接着她又飞一般地走了。

说明是用电脑输入打印出来的,夹在一本名为《你的宝宝和孩子》的书里。我把它们都带到了客厅,在一张条纹粗棉布沙发上坐下来,先翻看了几页书。我看了《大一点的宝宝》这章,注意到诸如"当心轻便型婴儿推车"和"别老想着让宝宝保持干净"等黑体字标题。我自己两者本来都会做错。把他当做手工劳动者。皮肤是你屋子里最容易清洗的材质。这些建议似乎有违直觉,相当随意,好比是说:用比利时的猩红手套抽他的脖子。相比之下,莎拉的那几页显得很正常。塔西,艾米醒时你会知道:她先呜咽,然后升级为大哭。再次向她介绍你自己。换尿布的桌子就在她房间里(哭声的发源地)。所有的换洗装备都在架子上。厨房有喝牛奶和果汁用的吮吸杯,她想吃什么都行——那是说不管你能找到什么。完全正常,除了这部分:我已经安排联邦快递给她送意式汤汁饭了,不过今晚我也会从厨房给她带些吃的回来。

联邦快递意式汤汁饭?我往碗柜里看了看,除了一罐好似来自高中生物课的汤丸,我看到了小罐的学步儿童吃的有机豌豆、胡萝卜和香蕉。我知道保姆都恶名在外:爱吃婴儿食物,尽管我很饿——一个吃不饱的大学生!——我会尽量不立刻就打开一罐。也许再过会儿。那个香蕉,我知道,布丁似的很美味。我曾听说有个女人在德拉克罗斯的晚宴上用香蕉婴儿辅食当做冻奶油甜点。

我盯着这些香蕉罐头。既然玛丽-艾玛会有快递送来的意式烩饭,也许……我抵挡不住诱惑。再说,她已经大了,不必吃这些辅食,可以吃常规的香蕉,操作台上就有一串。我拧开盖子,用勺子三下五除二就吃完了,随后把罐子冲洗干净,扔进了垃圾回收袋，就是后门把手上随便挂着的一个透明塑料袋。虽说这幢房子里的大部分东西都明白无误地宣告着自己的存在，其余的我得自己摸索。

楼上传来一声呜咽，随后是大哭声。莎拉没领我参观过这幢房子，因此我得自己找楼梯。事实上有两座楼梯，相邻而立，在一个有窗户的平台中途相遇，随后合而为一，短短几级通往楼上，一扇吸附在墙上的塑料门挡住去路。我一个剪式踢腿跨过它，朝哭声的方向走去。我经过了一间墙壁刷成牛皮纸袋浅褐色的浴室，水槽上方是五花八门用小玻璃瓶装着的配方药丸，好像有人在收集珠子准备做一条项链似的。我经过了一间卧室，里面有张或许未能完成使命的西班牙教会式床榻，还有一张也许圆满完成了任务的樱桃木梳妆台，上面有个首饰盒，薄若饼皮的抽屉像是养蜂人的蜂箱。

婴儿房看来还要再上一层楼，一开始我找不到它的门。哭声在房子的西侧，可我打开以为通往楼梯的门后却发现是壁柜。一阵短暂的停歇后，号啕大哭又开始了。

寻思怎么找到它真叫人抓狂。我带着低度恐慌在房间里进进出出，这让我无法全心注意它们，尽管它们在我飞快搜寻的眼睛看来既淡雅又杂乱。在走廊的东端，左手边，我看到了一个敞开的门洞。我猛冲过去，结果发现的只是又一扇锁着的楼梯井门。不过真正的木门敞开着，于是我跨过那道大门，踩上了铺着厚厚地毯的楼梯，是耳垢似的暗黄色。透过又一个楼梯平台的横格小窗，我能看到冬日多刺的树尖和电话线。楼梯蜿蜒而上，最后，婴儿室终于在屋檐下展现。斜顶的天花板和墙壁刷成了浅黄的小麦色，如同夏布利酒，两头的窗户上，厚重的遮阳帘外挂着纯白的窗帘。换洗台和梳妆台左边的插座上插着一盏橙红色的双重夜灯。艾米的白色婴儿床在远处的角落，铺着维尼熊图案的床围和床上用品，而她正站着，紧紧抓着围栏。短短时间没见，她绸缎似的黑发已经掉了，取而代之长出的是浓密的浅金褐色卷发，非洲发型的开端，真的。看上去几乎像是假发。她发现是我时，暂时好奇地止住了哭声。

"嘿，玛丽-艾玛。"我说，帮她恢复了以前的名字，至少是一半。她看着我，又哭了起来。不过当我把她抱出婴儿床时，她很迫不及待，紧紧抓着我，平静了下来。她温暖而柔软，散发着爽身粉和尿液的气味。我把她带到换洗台上，她顺从地躺着。我拉下她气球图案的长裤和一次性尿片，那是我以前从没见过的古怪的层层叠叠的柔软纸品，从她粉褐色的屁屁上剥下来时有如剥开家禽内脏的包装纸。遮阳帘仍旧拉着，房间很暗，空气因一台加湿器而湿润。我在换洗台上方的架子上摸索着找塑料盒装湿纸巾，不小心把它撞倒在地上。

"呃-噢！"艾米说道。她已经会发这两个音，知道事情弄糟的语言了。

"没关系。"我说。湿巾放在加热器里，因此摔落的声音很响。幸运的是没有一张掉出来，而加热指示灯还亮着，于是我就当做什么也没弄坏。加热的湿巾！我知道我的母亲会对这种东西表示震惊。我的婴儿时代，冬天就用冷冰冰的湿巾，要么是没加热过的棉球冰冰地擦几下，运气好的时候能有温毛巾飞快地擦一把。我母亲多半是用她苏打饮料里的冰块来安抚我的尿布疹的吧。不过，我并不替自己难过。我为玛丽-艾玛和她经历的一切感到难过，每天醒来都得面对新事物。不过童年大概就该是如此吧。但我不太记得自己是这样。也许她会伴着一切都无法胜任的感觉长大，而我完全有可能在其中起到关键作用。她会在爱中成长，但不会意识到爱她的人清楚自己在做什么——与我的童年恰恰相反——于是她会变得怀疑别人，怀疑爱以及它的价值。这最终,好吧,会跟我很相像。因此也许你小时候发生什么并不重要:你们最终都一样。

等给玛丽-艾玛换完尿片,她浑身因为某种滑爽的芳草大米粉变得干爽清新,我把她抱到楼下,笨拙地跨过塑质婴儿门。我发现自己说着"哟!"和"啊噢。"玛丽-艾玛只是带着中立的兴趣看着我。这是我自己已经遗忘,也再未在成人脸上看到过的表情。不过这样最好。这种兴趣多么了不起:学者般不带评判,宛如天使。我们站在楼梯平台上,看要从哪座楼梯下。"哪边?"我问她。"这边?"唉,又是如此:成人世界的不确定。而她伸出手臂指着通往厨房的那座。她已经认清地形了,或至少装作如此,好展现权威。我似乎没什么权威可言,只是个乐意为她效劳的女仆。孩子越小,你就越像仆人,这我知道。大点的孩子会更顺从,不那么像女王似的予取予求。

到了厨房,我让玛丽-艾玛坐在操作台上,接着又愚蠢地转身去开橱门。她坐在那里开始扭动,我赶紧奔过去,在她就要从光亮的花岗岩台面滑到地板上时抓住了她。她的脸欲哭还笑,是那种"有些人可能觉得这很好玩可我不"的表情,于是我把她稳稳地放在我胯上,感觉自己的二头肌已经开始变得强壮,而我吃重的胯部就要残废。

"我们来弄点吃的。怎么样?"我浏览着橱柜的架子。我是不是已经把最好吃最甜美的婴儿食物给吃掉了?

"冰冰。"她说道,指着冰箱。

"对,那里面很冰。"我仍旧看着架子说道。我朝冰箱里面看了看,有几瓶斐济的水。这是我第一次看到斐济的瓶装水,但不是最后一次。真令人难以置信。卖斐济产的水看来似乎是替容易上当的人准备的把戏,好比狂欢节上来自阿尔卑斯山的瓶装空气。

玛丽-艾玛踢起了腿,她的脚跟碰着我的大腿,是一种柔软的刺激。我能不能加把劲?"冰冰。"她重复着,仍然指着。

我打开冷冻室的门,在制冰格、冻伏特加、一个塑料文件夹和一磅咖啡粉中间看到了她想要的:酸奶雪糕。

"啊,好吧。"我说着把它们拿了出来。我把她放在地板上,自己也坐了下来,我们一起吃着黑莓酸奶雪糕,心满意足。"唔,好吃。"我说。

"好七。"她重复着,嘴周全是紫色的奶糊糊,活脱脱是个扮装皇后。

食物可真是个奇迹。我怕自己给她吃得太多了,便把包装纸埋进了垃圾里面。

莎拉回家后,玛丽-艾玛奔向她抱住了她的腿。莎拉揉揉她的头。我向她汇报起来,主要都是我在笔记本上记下来的:玛丽-艾玛睡醒、吃东西和玩耍的时间。"她很爱吃那个酸奶雪糕。"我说,"希望没事。我给了她,呃,好几根。"

"哦,好,没事。我只是希望他们还能继续生产!我小的时候达能出产过那种美味的西梅酸奶,装在八盎司的棕色蜡纸盒里。唉,现在他们再也不产这种东西了。彻底消失。不过我去年还是在巴黎找到了一些。"

我点点头,设法想象这种已然消失如今只能在法国觅得的童年酸奶的特殊感伤。这是种非常特别的感伤,相当个人化,而其无法引发共鸣、不和谐的火花则又绕过了诗意,进入科学范畴。我尽量不去想自己一年多前去全食超市的那次,当时被那些为特殊人群准备的特殊食品彻底搞晕了,他们的特殊低语仿佛在说:"别挡道!我想要个素火鸡!"

终于躺下时才是觉得最累的时候。不过在此之前，那个阴沉的下午，我先步行回了家。尽管春季已经来临，白昼渐渐变长，太阳仍没能挂得很高，只是匆匆在天边一掠而过，苍白无力，有如病恹恹之物，而黑暗很早就笼罩了本城，令大伙一到四点就只得放弃他们的白昼。低矮的雪堆被点点黑斑搞得毛茸茸的。

公寓里暖气片嘶嘶作响，蒸汽吹到窗户上，结起了霜，一直深入窗棂。我在自己房间里踢掉了靴子，袜子也跟着掉了下来，脚趾头又酸又痛，跟去了疙瘩的生姜似的。谁想到带个宝宝会这么累人呢？床头柜上搁着杯早晨就泡上了的薄荷茶，冰冰冷，呈药物的茶色。我抿了口，嘴碰到了里面湿漉漉的茶包；于是我漱了漱口，把剩下的喝掉了。我拿出了那把透明的有机玻璃贝斯，它如同对冰的回答，我戴上耳机，弹了会金属乐队，弹了会谦虚的耗子，外加一段《蒙哥马利天使》的贝斯部分，还弹了会《睡吧宝贝》。我又躺倒在地板上，试图像奈杰切罗那样歌唱。我编了段不着边际的曲调，听着像是只牛蛙将它的痛苦一口吞下。我脑子里有个管风琴手按预期的间隔拨动着琴弦。按我的预期，至少是。我感觉自己知道该怎么跟着唱，而大部分贝斯手则忙着寻找旋律与节奏间的平衡——这种寻找难道不正是生命的历程吗？——懒于尝试。尽管如此，别人跟我说我这么做显得很滑稽——一张声嘶力竭的贝斯脸，有人曾这么说——因此我很少在别人面前这么干。哪个姑娘乐意显得难看呢？不过，我已经开始从这间公寓的沉默中体味出悲伤，而唱歌有所帮助，哪怕很有限。我穿着外套睡着了，摊手摊脚趴在床上，仿佛刚有龙卷风来过似的，它将我卷起又觉得无趣，遂把我扔下，继续向前。

第二天在索恩伍德-布林克家，我带玛丽-艾玛去溜冰。我把她套进滑雪服，塞进婴儿车，推过高低不平的冰面，来到了小小的社区公园，那里的湖边有个小小的泻湖，本城将它清理出来溜冰用。今年还没有什么特别冷的日子，那辆驶上湖面的卡车大概已经掉下去了，因此除了一小块赛场，湖已经封闭。不过人们还是可以在泻湖上滑冰，眼下正有人滑着。

我在热身屋里租了溜冰鞋——莎拉在台上留了张二十元用来付租金——然后我们就踏上了布满划痕高低不平的冰面。我扶着玛丽-艾玛，用双腿将她护住，带着她飞快地滑行。这对她来说无比新鲜，她笑得好像这一切是个玩笑似的。她的溜冰鞋是双排刃的，我松开手她能自己向前滑行一小段，不过随即又踩着碎步在湖面上跑了起来，直到撞上一块发黄的冰疙瘩，摔倒了，倒地时幸好有滑雪服垫着。她便会躺在那里，盯着冰上的裂缝，下面是冻住的水草和睡莲叶，像是植物玻璃镇纸里的一般。"鱼！"她朝我喊，把植物当成了动物。"嗯，有点像。"我说。她很开心，太阳照耀着，她爬了起来，迈开她的小碎步跑了起来。她非常热爱这项运动——仿佛天生如此——随即我想起了她的生母，她每个星期六都和修女们溜冰，于是我想，啊，当然。她遗传了邦妮的溜冰技能。而邦妮则将错过：一个并非出于行善而与她溜冰的人。一个她可以教会溜冰的人。一时之间，这损失有如失去胳膊大腿。我看着玛丽-艾玛穿过溜冰场，又摔倒了。她只是躺着，凝视着冰，被催眠了一般。

"唉，副厨师长把小甜点全搞砸了。"我到家时莎拉跟我说。"不过我早该料到的。嗨，宝贝。"她对玛丽-艾玛说道，飞快地抱起了她。莎拉仍穿着她白色的大厨外套，上面已经被褐色的油渍弄得脏兮兮的。她手上割伤了，胳膊上还有两处烫伤。"不管做什么总好像少了什么似的。我现在发现又要当妈妈又要在外面干出点什么名堂简直是不可能的。不过这个简直是关键，我眼下就活在那个词的充氧心脏里。"她的脸色明朗起来。"那些写着'每个妈妈都是职场妈妈'的保险杠贴纸是狗屁。有钱人的宣传。也是对真正有工作要上班的妈妈们的侮辱。我看到它们就想把它们撕下来!"

"塔莎。"玛丽-艾玛说着,开心地指着我。

"你们吃过点心没?"莎拉尖声用活泼的口气问我俩。

"我们在热身屋里喝了苹果汁加奶油泡沫。"我说。

"苹果汁加奶油泡沫?"莎拉一副惊呆的样子。

"噢,那个不好吗?"

"我只是从来没听说过苹果汁加奶油泡沫。"莎拉说,"我是说,真的,我是跟食物打交道的,但是——苹果汁加奶油泡沫?天哪——怎么能对苹果汁这么干!"

"在这里很常见。"我耸耸肩。我从小到大都是往热苹果汁上喷鲜奶油的;这样很变态吗?老实说,就算如此也不会让我吃惊。

"什么都加奶,我猜。我得把小磨坊所有的甜品奶酪放在橱窗那边。用奶制品把他们引诱进来,然后给他们……嫩煎醋栗!"这就是莎拉轻快、好发奇思怪想的一面。"或者来点雪莉酒。"她补充道。

我几乎总是一个附和者,至少在好日子里是如此。

"那会让他们很高兴[①]。"我说道,不小心念出了这个在这间屋子里除了我没人说出的名字。

"或是会引人切腹!"

莎拉一边颠着玛丽-艾玛,一边微笑着说:"非常,非常,非常。"又是和她显然想要埋葬的那个名字押韵的。玛丽。

---

① 高兴(merry),在英语中与玛丽(Mary)押韵。后面的"非常"(very)也如此。

"塔莎！"玛丽-艾玛又喊了一声，靠向我。

莎拉显得有些不安。"你用的是什么香水？"她问我，"很好闻。"她放下了玛丽-艾玛，玛丽-艾玛朝我跑了过来，又跑向莎拉，来来回回嬉戏着。

"香水？"我溜完冰热得很，还没脱下外套。我不确定她是不是认错了味道——或者到底有没有这个味道。任何来自别人的对我身体的关注我都不习惯，这让我想要逃跑躲藏。

"你真好闻——那是什么味道？"她满含希望地看着我，询问似地扬起了眉。她的手穿过头发，它似乎已经失去了光泽，只剩下闷闷的浅棕色调。她的手指耙过头发时，看得出它正渐渐稀薄；她挑花绳似的交叉头路有点男人借一边头发遮秃的意思，苦心将顶部的头发做之字形分层，掩藏起下面呼之欲出的头皮。岁月燃过她的发际，当她的手掠过发梢，发丝尚未落回它们的装饰位置时，她的额头又光又圆地凸显，像一只苹果。

"我不太清楚。"我说，"大蒜？"我知道人们总会对所用的香水撒谎，声称那只是肥皂，好像企图更多就是虚荣似的。实际上，有时我冲完澡会抹上一种香薰油，是生日时墨芙送我的，细细的一瓶，叫阿拉伯公主。在当今的世界局势下，替这个做广告似乎有点不智，会被人误以为是奥萨马·本·拉登的吉祥物，不过我很确定墨芙就是在合作社买到的。

"好吧，要是你想到了，告诉我。"

"我想合作社买得到。"我说。

"真的？好吧，到时我去那里闻闻看。"莎拉抱起玛丽-艾玛，用鼻子蹭蹭她。"溜冰怎么样？"

"很好。"我说。

"很好！"玛丽-艾玛重复着。

"瞧瞧她变得多会说，多开朗了！"莎拉亲亲她的额头，"她毕竟才两岁。"

"很好!"玛丽-艾玛又喊道,随后又从莎拉的怀抱中往外挣,想回到我身边。

"噢,你想到塔西那边去,是吗?"莎拉说着,顺着她,把玛丽-艾玛交给了我,比钢琴弦还单薄的笑容底下,隐藏着某种母性的伤痛。"你真的得告诉我你用的香水的名字,要是你记得的话。"她叹息着说,"不然我可能会因为在合作社游荡而被捕的。"有什么地方不对劲——也许是莎拉紧抿着的嘴唇:一根能勒死我的绳子。"好吧,"她终于说,"还是放过你吧。"她抱回了玛丽-艾玛,玛丽-艾玛开始不安地扭动起来。

开学时正逢寒潮,当周最高温度零下一度。这更像记忆中的冬天。单是打开抽屉也能叫寒气闯入房间,里面的刀叉堆得跟冰锥子似的。对此我们房东慷慨的暖气也无济于事。大门的门把手将寒冷从外面传导进来,就连里侧的把手也能将手冻住。冷空气从电线插座的缝隙钻进来。衣橱里拿出来的衣服是冰冷的,公寓楼地下室的洗衣房里,没有在干衣机里完全烘干的衣服上挂着白霜。一杯晚上放在床头柜上的水到了早上可能就变成冰了。你要向窗外看,假如可以的话,得越过尖尖的冰锥,犹如鲨鱼的门牙;如同活在一个卑鄙之极的雪人冰冷、死去的嘴巴里。凯——楼上那个无所事事的女人,决定做一个实验,从屋后门廊的台阶上往下灌开水。她从门缝里塞进纸条,通知我们将于礼拜一上午十一点开始,于是大家聚集起来,看着它无声地撞向空中,静默的蒸汽与融雪缓缓落下。我们听说它会迅速在半空中变成弹丸,不过也许水里的某种成分——氯或是软水剂里的盐——阻碍了它。街上的风如此刺骨,似乎已经超越了寒冷,变得灼人。呼吸令鼻孔发烫。每个街区的汽车都吭哧吭哧地发动不起来。寒冷

IV 133

的天气加上室内干燥的暖气,我拨弦的那只手上稍长些的指甲变脆、开裂、在肉根处折断,戳进下面火腿似的粉色皮肉,于是手指便流了血,我出门前只能缠上绷带。

接着又暖和了一点,只够下一场暴风雪,跟着又是一场,好像草原在打嗝似的。风在烟囱里屋檐下呼啸,敲打着屋顶的冰块。随后,当终于万籁归寂,降临的是一片迷茫,由风积而成的雪堆引起,它们守在房屋侧面,像是扔给狂躁的狗让它平静下来的安抚毛毯。空气中有一种与世无争的冷淡,适宜读书。

教《苏非主义导读》的是一位以"奥斯曼主义者"自居的人,这让我联想起某个脚搁在软垫凳上往后一靠手拿遥控器的人,在秋天。他看上去有些醉醺醺的,颇为迷人,一条胳膊用悬带吊着。他是爱尔兰人,用他高傲的 r 字发音讲话,带着断棍子破木塞郡的破碎口音,墨芙就喜欢这么形容她的祖先生活的地方。"你们中间倘若有人对我在本班的教学有所担忧,"教授说,"相信我:我对此懂得比本系任何同仁都多。至于那些为我一边服用止疼药一边上课而担忧的,相信我:我对于边迷糊边教书之道懂得也比本系任何同仁都多。"

我坐在一个棕色皮肤的高个子英俊男生旁边,他朝我笑笑,递给我一张纸条,好像我们还在读中学似的。我在这个班上是干吗呢?他写道。我是巴西人。你呢?

我不知道在这个特殊的语境里自己到底是什么。我在他那张纸上回道:我是个疑似犹太人。我在这儿是干吗呢?

我不知道。他写回给我。

我用大写字母写道:**自杀的最佳方式是什么?用笔戳脖子会不会很干脆?** 又推回给他。

他念着,露出了灿烂的笑容,他忍着不笑出声来,还是发出了轻轻的哼声。正讲着话的教授朝我们这边瞥了一眼又掉转了目光。我身边的这个男生用大写字母写道：**你完全不该在这个班上。**

我不明白苏非主义是什么。我用笔答道。我把纸条推给他。

我不明白冬天是什么。他又用大写字母写道。

欢迎。我草草写着。通常是不会这么暖和的——跟那个古老的本地笑话正相反。通常是不会这么冷的，我们过去总是对隆冬雪融时节到访的来客们这么说。

什么???!!!!!他很用力地写着。

我感觉这门课上不会真有什么神秘主义。我写道。

不会。

你是疑似神秘主义者吗？我写道。

我是悲观主义者。他答。**也是乐观主义者。兼而有之。**

课后，我回到住处，戴上耳机，在电贝斯上乱弹一气，指尖用力按下钢弦，让老茧变得更硬。我喜欢《一闪一闪小星星》，我称之为《莫扎特》。我一遍又一遍地弹着，大声唱着"满天都是小星星"这一句。我知道，在听不到任何伴奏的情况下，这在楼上无所事事的凯听来肯定像是弄堂里发情而又严重受伤的猫在凄厉嚎叫。她已经这么跟我说过了。虽说是向经典致敬，我听起来显然还是痛苦而烦乱。等我感觉差不多了，等我感觉已经发泄完了，表达够了，我找到一包墨芙的旧万宝路，对着浴室镜子抽了一根，往上往外吐着烟，一边缓缓地往两侧转着脑袋。昏暗的光线下，我瞧上去还不赖。

我和莎拉去了趟法院，取法官办公室批准领养的文件复印件。六个月后它们将被签署，玛丽-艾玛将正式成为莎拉的女儿，以及爱德华的。在此之前他们对她只算是寄养照管。进去时我们经过走廊的一条长椅，上面坐着一排等待各式听审的男孩。有些才九岁模样。他们都是黑人。我们抱着玛丽-艾玛经过他们，他们全都看着她，她也看着他们，大家都茫然而困惑。法官办公室里，文员和信封在等着我们。莎拉微笑着拿起了信封。"这是你的另一个女儿吗？"文员说我。

"二十岁真是个美好的年纪。"后来在回家的车上莎拉对我说。

有一次她和爱德华让我留宿，像真的保姆那样，我说行。他们要过一晚二人世界，会很晚回来，因此让我留下来过夜最得体。对得体的忧虑几乎令每个人都显得弱智。"当然。"我说。

周六二人世界那晚，我到他们家时，莎拉对我说："摇艾玛时别怕肌肤接触。脸靠胸，肚贴肚。我总是那么做。这能安抚那些没有真正吃过奶的被领养的孩子。"

"行。"我说。

"你没有真正奶过孩子是好事。"爱德华对莎拉说，"你大概会想法做个奶酪出来的。"

莎拉转着眼珠子。"他老觉得我会做出什么精品奶酪来！"

他们走后，我和玛丽-艾玛看了一晚上各种各样的幼儿录像——儿歌、火车的故事——放了那么多，每盒新的录像带开头 **FBI** 的警告一出来，她就会喜形于色。我做了饼干。我模仿小动物。我帮她洗了个澡，在浴室里还在自己干裂的脸颊上试用了点莎拉的抗皱爽肤水，又把多余的抹在玛丽-艾玛又干又黑的膝盖上。还有几罐用安第斯山蜗牛和日本清酒提取液制成的润肤霜；我们把手指伸进去挖了点抹在自己的胳膊上。

尽管她已经太大了，到了睡觉时间，我还是撩起衬衫褪去文胸摇着她入睡，在她房间里带软垫的长摇椅上，我俩都在上面睡着了。突然醒来时，门口有个人影：爱德华。我睡眼惺忪地拉好衬衫。

"我们回来了。"他轻轻地说。

"我要回去吗?"我问。

"不用,"他说,"你住楼下的客房好了。晚安。"

于是我把玛丽-艾玛放进她的婴儿床,爬下楼梯来到二楼,穿着内衣睡下。爱德华又出现在门口。"一切都还好吧?"他微笑着问。

"嗯。"我在被单下说道。

"哦,好。"一段很长的沉默,伴随着一个渐渐隐去的微笑——他的。"好吧,那么,晚安。"他说。外表好看不见得心里美。我妈老这么说。好看留不住。

"晚安。"等他走后我爬起来把门紧紧地关死了。

早上玛丽-艾玛奔到我们所有人的房间,头一回一字一句地唱起了歌。"该起床了爸爸。该起床了妈妈。该起床了塔西。"莎拉做了煎饼,我们往什么上面都倒上糖浆,甚至我们的咖啡。偶尔有那么一刻,我们看上去像一家人,欢笑着,吃着。我感觉自己也被纳入。我们全都是一起的。

不过家庭生活有时也会有涡流,一如天气。可能是静静盘旋的一场飓风:如果你靠得够近,你会看见里面有一架高速旋转的大型拖车和一个女人。

"我们的约会之夜要谢谢你。"我离开时莎拉对我说。她的脸显得疲惫而憔悴。玛丽-艾玛每学会一个新词或短语,莎拉身上似乎就会少一个。

工作日的上午,步行去索恩伍德-布林克家时,刺骨的空气把我的脸颊变成了肉饼——在莎拉放在操作台上的一张菜单上,

IV 137

我曾见过"牛脸"这个词;也许它们就是这么制成的!我在人行道和路口停下时,鼻子拼命淌着鼻水。可当我走着时——雪那么冷,在靴子底下泡沫塑料似的咯吱作响——滴滴透明的鼻涕跟小丑棒似的在我的鼻孔内聚集,犹豫不决地荡着,直到我用兜里一张很久以前就死去再未苏醒的舒洁纸巾的灰色化身将它们拭去。更要命的是,这么一擦,纸巾分解得更厉害了,很快它就不只是皱巴巴而已,擦在鼻子上有如冰粉齑。而且我过于单薄的袜子也让我的双脚冰冻,哪怕靴子是好的。为什么在特洛伊这个地方乡下姑娘都穿薄袜子(购自家用商店),而郊区姑娘都穿着厚袜子(J.Crew 或是 L.L.Bean 牌)?是否只是因为我们的脚大,鞋里没地儿了?或是我们没有考虑到天气是独立于我们而存在的东西,尽管我们本该想到?也许我们已经认定天气与我们是一部分,对它并不害怕,将一切恶劣天气与风暴也当做是一种挫败随身携带。我们的外壳薄而温顺、脆弱——徒劳无益!——是我们失败的一分子。我们的内里早早认输,是为简化生活而自行设计,与外壳吻合,结果只是令自己头晕眼花。于是,袜子如此。于是,其他事亦如此。

我进门时爱德华独自在厨房餐桌旁坐着。他的双手分别伸进两只绿色的毛衣袖子里,像个试图取暖的姑娘那样,可他的头发——那马路残雪与烟的混合色——赋予他年长智者的冷漠样貌。其矛盾之处——头发、女孩子气的手钻袖笼——在我看来不同寻常,如果你加以研究,或许能得出关于他的性格的某些结论,不过当时我并未刻意加以评判,而他的模样只不过显示出一种既有些古怪又有些可笑的效果。他的两鬓开始谢顶,这一般在理过发后更为明显,看得出他刚理过不久。男人的谢顶啊!我曾看过一部记录十个男孩生活的纪录片,从他们七岁开始,每过一个回合,拍摄对象露出的头皮就越多;这部意在研究男性与社会阶层的挣扎的电影是一场漫长缓慢的头发大撤退。

"哦，你好，"他说。"你带了种可爱温暖的香水味来！"

屋子里的温度将我迅速解冻，除了脚趾。

"你今天不用去实验室？"我问道，一边留神听着，不是他的回答，而是楼上玛丽-艾玛的动静。我想我听到了一种重复的羊叫似的声音，很可能不过是塑料烟雾警报器电池不足了。

"我在等你。"他说。

"等我？"

"等你过来，我就可以走了。"他把手从袖口拿了出来。

"我迟到了吗？"

"算不上。"他说。他的表情很神秘：一种严肃而又自觉有趣的冷淡。也许就是自行其是的科学的模样！我知道梅奥诊所对他的研究有点兴趣。"莎拉正在磨坊上班，就像我们说的那样。她六点回来。她觉得虽然很冷，你还是可以把艾米裹严实了推她出去转转。你会看到前面门廊上有辆红色手推车，在冰面上这比婴儿车好使。"

"是，我进来时看到推车了。"

"好。"他说着，凝视着我。

那一刻我不得不也盯着他细看。他的鼻子侧面看很骨感，带点鹰钩，正面看却要宽得多，块茎状。他的眼睛努力跟我的进行些什么，但我不确定到底是什么。要我俩的眉目之间传什么都不可能，他太老了。岁月不仅侵蚀着他那中央银色发带横跨两块头皮的发型，似乎还染黑了他的发根，说不定是用我在楼上浴室水槽旁看到的鞋油染的。他的鞋永远是棕色的。跟莎拉一样，他的头发是一件产品，自然与艺术的产物：可说他的脸像浪头似的冲上了他的头，留下印记，而后某个艺术男也来到同一片海滩，带了点颜料。

"莎拉认为宝宝需要流通的空气。"他终于说道,"她还相信一定要给宝宝戴上帽子,哪怕他们尖叫着抗议。她这么相信是因为他们那样看起来太可爱了,而我们需要很多可爱的照片。显而易见。"他叹了口气。"于是我们就把帽子扣了上去。"

"美丽是痛苦的,超模们都这么说。"

"正确!"

警报似的响声加剧了。"那是艾米吗?"我问。

"对,正是。我把她交给你了。"

我上楼去找她,听到身后传来后门关上的声音,汽车发动,轰隆隆驶离车道,远去。

显然我不知道她到底哭了多久。但她的脸肿肿的,双颊红得像发烧了似的。空中一股尿片热烘烘的臭味;她需要换尿布。"嘿,宝贝!"我小鸟唧喳似的说道,她举起胳膊要我把她从巨大的婴儿床里抱出去。

"塔莎。"她说,仿佛是要提醒自己。她很急切,也很乖巧。她在此展开的新生活故事或许会是成功的一个。当我抱起她,她在我怀里是如此可爱而纯真无瑕——不管她是被采自哪个糟糕的故事。

推车被平稳地推着,沿结冰的路面一路颠簸,令玛丽-艾玛兴奋不已。"哎呀呀。"我会说——推车会倾斜一下又回到原位,或是被卡在车辙里需要突然拉一下,这会让她很滑稽地突然往后倒。她会咯咯乱笑,并充分渲染自己倒下的动作,穿着她鼓鼓囊囊的粉色新滑雪衫东倒西歪,鼻头挂着一小滴透明的黏液,她会用舌头把它舔回去。要是在外面待得太久,她的脸会皲裂,红得跟萝卜似的。哪怕她的肤色越来越深。这类细节我是慢慢学会的。要是天太冷,我会寻找室内场所。我会沿着这一片的大街找家有残障人入口的超市带她进去,让她跑上坡道,玩电控门,在走廊里玩捉迷藏。或者就在床垫商店停下,推她进去逛一圈,其实是想让她趁我和销售员讨论弹簧和结实程度时到处跑一跑,从一张床跳到另一张床上。有时他看到她四处蹦跳会显得担心。"她那样不要紧吧?"我满怀希望地问。

"哦,不要紧。"他会说,但当我们用眼角余光看着她蹦跳、跌倒、尖叫时,他脸上会浮现略带反感的表情。

由于即将到来的三月民主党初选,实际上就是大选——因为本城从未有过共和党当选上台,也许永远不会——初选前几个月市政花了很多时间清扫街道。我们德拉克罗斯那边则可能会在夏天修修路,为秋季的较量做准备——菲尔·波特竞选验尸官(魔鬼活着!)——因为在那里,共和党还有一线希望。不过在这里,在进步的特洛伊,现任者对大众的劝诱显然必须提前,于是市长便大兴铲雪之事。铲车似乎从四面八方涌来,前面举着的大铲像吓呆的鱼唇。金属刮擦冰块旋即路面的声音为卡车低沉的轰隆声配上了金属气质的高音。考虑到春季的土壤与草,特洛伊还购置了一台卡车,没在路上撒盐,而是洒上了甜菜糖水,它们在街上滴滴答答的形状像是什么坏了肾的可怜虫的尾迹。

我把玛丽-艾玛带到温德尔街,那是附近唯一一条有真正的餐厅、商店和其他商业场所的街道,一共大概有九家店铺。对于小村子来说,这也够得上是个商业中心了,我知道那里的人行道雪铲得更干净。我们在温德尔街上穿过冰遇盐而成的雪泥,朝公立图书馆在本区的分部前进。我要给她看些儿童读物,尽管莎拉喜欢把书烤过再看,我们还是会挑张靠近暖气片的桌子坐下来看。街上没什么人,不过我们经过的那些都朝我微笑,然后看看玛丽-艾玛,复又看看我,他们的表情并不能说完全改变,但已不复一样:看到我俩在一起、我们未知而又可以认定的故事,他们脸上便出现一种观察与思索的表情，令他们的五官顿时变得僵硬。

这时街对面的一辆汽车放慢了速度，车上似乎装满了十几岁的少年——我看不出他们到底几岁——他们隔着巷子看着我们。我继续朝图书馆走着，不过往后瞥了一眼，发现那辆车已经拐入旁边一条小路，现在调了头折回温德尔街，来到了最靠近我的一条巷子。它在路边停了下来。一个留着耀眼的橙色公鸡头的男孩从车窗里探出身来，他戴着枚大大的银色眉环，耳郭钉着一溜蛋糕装饰似的银色耳钉，厚厚的黑色皮夹克让他像是穿着一把昂贵的椅子。后座还有两个男孩——要是沉默能杀人的话！——一个长相很普通的褐发女孩在驾驶座上。我以为那个公鸡头男孩会冲我做色狼状。或许他会要求看我的胸，或是大喊说他想把它们放进嘴里，或是会提出用他打了舌钉的舌头为我提供服务，从下往上舔，从上往下舔，从头到脚地吮吸我，或者他想要我水灵灵的嘴唇亲他，或是告诉我说我有个肥臀不过他喜欢肥臀或是说我屁股没肉但他喜欢没肉的屁股而我难道不想挪动我的瘦屁股或是肥臀到这辆帅车上跟他和他的朋友一起这样他就能干那些爽事？恰恰相反，他怒目瞪着小玛丽-艾玛，大喊："黑鬼！"

在此之前，我这辈子从未如此深刻地体会到什么叫不敢相信自己的耳朵。

"迈-考-尔！"车里那个开车的女孩喊。后座的男孩在窃笑，随即她把车从路旁猛地开走了。后轮胎打着旋将积雪甩进了推车。一开始玛丽对此笑了起来，不过当冻得跟石头似的雪击中她的脸，她哭了起来。我从来不知道这座城市里居然会有这种事。德拉克罗斯，有可能——虽说我在那里实际上也从未曾听说过——但在这里？这里是如此自豪。这里如此进步、具有模范性。这里是如此执拗的左派。这里是那么——白人。这里他们唯一知道的肤色是他们出于方便用作保护色的本地颜色。倘若这里是盐湖城，我知道，这里会有一半人乐意当白痴。相反，他们有正义感、自满、人云亦云，全是美国公民自由联合会和宗教自由基金会的成员。

"混球。"我发现自己在说。我抱起玛丽-艾玛，只为了抱抱她，任推车缓缓滑走，撞上一个停车计时器。她裹在她那件又大又滑的滑雪服里，我几乎抱不住她。我把她带到碰巧就在附近的咖啡店，让她坐在煤气壁炉旁的沙发上，替她脱下滑雪服，让她暖和暖和。木头是假的，它四周翻滚的蓝色火苗像水一样冷冽——更像个装饰性喷泉，而非炉子。玛丽-艾玛的头发湿嗒嗒地贴在额头。好吧，我要给她买杯热巧克力。"昏球，"她对我说，接着我俩都大笑起来。"不过，可别那么说。"我警告她。

"噢，我的天哪！"莎拉喊道，"噢，我的天。噢，我的天。正是这样。正是这样。"我跟她讲了发生的事情后她开始在厨房里来回踱步。我没有重复迈考尔说过的那个词，只是用了"骂黑人的话"这种表述。我正抱着玛丽-艾玛，她玩着我的头发，撩起来放下去，让它们落在我脸上，我将它们吹开时她就会笑起来。

莎拉继续道："我的老天！谁会想到这座城里会有这种事？夏天公园里的民间音乐节上你会看到各种混合种族的家庭。我本以为这是座完美的城市……好吧，不算完美，但我本以为这是对艾米而言最佳的可能情形了。我还以为我们把她带到这里来不会让她失望，现在我明白自己的天真了。"我已经熟悉的手插头发的动作，现在变成了双手进行。

"如果你是个黑人，可能没有任何地方可待，真的。"我说着，想起了苏非主义课上的男生，而莎拉只是盯着我。

"我要成立一个互助小组。别笑。"

可我并没有笑。

"我要利用本市的机构来反对它——这座该死的自满的……"

"喝自己洗澡水的城市!"我借用了德拉克罗斯对特洛伊的一个评语。这是个比喻,又不是比喻,这是州内其他地区的同感:特洛伊就是一段自鸣得意、做派自由、回收利用、有公德心的猴子的自慰。它的装腔作势,努力让自己感觉良好——这在德拉克罗斯意味着"比别人都好"。它不真实。那是真正的犯罪。它缺少现实感。不管那意味着什么。还有,每年总有那么一些乡下姑娘去特洛伊过周末,结果因喝得太多在某个公寓或公园里被先奸后杀。

莎拉突然用一种专注搜寻的表情看着我。这是种我开始了解的表情,也是我自己心里经常感受到的,一种惊骇而又孩子气地审视的感觉:它在说,为什么这个星球上的外星生物比以前要多了?或者我们才是外星生物,而人类,呃-哦,要回来了?

"是的。"她缓缓地说道,接着又加快了语速,好像蓦地从一片茫然中走了出来似的。"好吧,我猜所有的城市都喝过自己的洗脚水。不过不是所有的城市都有人道主义豆腐!我要把有色家庭带到这里来,我们要进行讨论,凝聚起力量,群策群力,诸如此类。你会照看那些孩子吗?"

"什么孩子?"我知道温德尔街上的摩洛哥餐馆老板有孩子。他们会来吗?去年十月有人开枪射击了饭店招牌,真枪实弹,随后把它扯下来再颠倒了挂上。

"假设中的孩子。表面上的孩子。想象中的孩子。那种。"她微笑着。

"当然。"我说。

"塔莎的头发上上下下。"玛丽-艾玛说着,仍然玩着头发,好像它是丝绸绳子似的。

于是每周一次的聚会就这么开始了。每个星期三傍晚，我会在楼上带孩子：玛丽-艾玛、两个四岁的孩子以赛亚和艾丽、五岁的奥尔西亚，还有个叫蒂卡的八岁女孩——有时她会帮我一起带那些小的，有时则坐在角落里看《哈利·波特》。其他家庭通常会声势浩大地出现：一位埃塞俄比亚医生和她的儿子们，一个上七年级的叫克莱伦斯，一个上四年级的叫卡斯。还有一个艾蒂利亚，一个夸姆，以及更多。他们大部分都是"有色的"，就像楼下那些大人们说的那样，由浅至深一整套色度，尽管我注意到楼下的父母大都是白人。大部分是莎拉和爱德华迄今为止在特洛伊所结识的跨种族、双种族或多种族的家庭，以后可能会有更多的人加入。我在楼上跟孩子们一起搭乐高城堡，或是想出一些捉迷藏的小游戏玩，或是摔跤、唱歌。他们的声音嘈杂喧闹而有趣，作为孩子，他们有自己的语言："呐呐呐-卜卜，你抓不到我。"他们会互相取笑对方。小孩子们的玩闹跟动物的叫声如此相似，我觉得很有趣。莎拉只唤我下过楼一次，帮她替大家准备应急甜点：我们把婴儿桃子罐头在微波炉里转一下，然后舀出来当做热酱浇在冰淇淋上。"我们德拉克罗斯过去总是这么吃。"我说，稍稍篡改了一下事实。

"真的吗！"莎拉说。

"是的。差不多。这比那种老式的提子奶油派好吃——我们管那种派叫麻点布丁。"

"麻点？"

"我妈总是买那种便宜的葡萄干，葡萄藤茎还留在上面，从袋子里戳出来。"我继续将热桃汁滴在用挖瓜勺从桶里挖出的冰淇淋球上。光溜溜的它们看来准备好了打乒乓。

每个人都惊叹于甜品的美味，除了孩子们。

"你们可以单吃冰淇淋。"我对楼上的孩子说。

而在大家分享关于公立学校的偏见、犯罪团伙数据以及对熟人的奇怪评论时，谈话声会穿越两层楼梯飘荡而上，在孩子们的兴趣及听力范围之外，却能被我听到，假如我仔细听的话。

"……我走进学校参加会议，结果老师正在摇晃着卡斯，把他的脑袋往墙上撞……"

"……制度化的偏执会微妙地让你相信它的正义。去除了荒谬，它的邪恶会迫使……"

"即便是成人也会拍拍她的头发，好像那是他们在哺乳动物身上所见过的最有趣的东西似的……当然任公众拍弄，就像动物园里的山羊似的……"

"南边有个女人头发做得很棒……"

"家庭作业当然只是对于家庭的考量！因此有色儿童总是会落后于别人……"

"非裔美国人的同龄伙伴群是最强大的，亚裔美国人的最弱——就是说，亚裔父母拥有非裔父母所不具备的力量。"

"学校是白人的，而且是女人的。因此有色人种的男生最难生存，如果他们不喜欢运动，犯罪团伙就会唆使他们加入……"

"我想我们对此早已有所耳闻，不过还是。"

"这都太不公平了。"

"对奴隶制的赔偿在哪里，还有印第安人的，他们拿回了一点钱，却没有拿回很多土地。"

"我想赌场不算。"

"哦，亲爱的，算。"

"你知道，我们部门有人坐享大把遗产，却反对一个黑人比他们多挣五千美金。'这是原则。'他们说。你根本不知道对此跟他们从何说起。"

"你知道，犹太人从纳粹那里得到了赔偿，但谁真正拿到了钱？有钱的犹太子孙们，他们根本不差钱。在俄亥俄州和巴西，倒有纳粹的子孙们真正挨穷……"

"好吧，我们说到哪了？我们怎么说到这个了？"

"什么？"

"有谁还要红酒吗？"

"眼下我们可以来点杜松子酒……"

"唉，就连印第安人还得到了几座赌场……"

"这个我们已经讨论过了——"

"可不管非洲还是本地没有人从谁那里得到任何赔偿……"

"真的吗？"

"索尼亚·韦德纳在研究这个——是吗，索尼亚？"

"唔，犹太人在研究这个。"

"真的？"

"我凭啥该知道？"

非语言的声音如同风——匆匆而来，而后又退去。有一阵阵的鼻窦爆破音，那是冬天里的笑声，伴随着低沉起伏的叹息与沮丧。有倒酒的声音，以及边吃冷盘边试图讲话的声音。

"无视种族是白人的概念。"这应该是莎拉。

"我们怎么敢把自己当做是一种社会实验？"

"我们怎么不敢？"

"我们怎么敢利用自己的孩子来让自己感觉良好？"

"我们怎么不敢？"

"我绝望了。"

"绝望是误将一个小世界当做大世界，而将大的当做小的。"

"我肯定自己就是这样。"

传来一阵嘎嘎声,可能是一群狗或鹅回来了,也可能只是暖气片启动了。

"面对事实吧:我们都活在某种肥皂泡里——每一种。"

"瞧瞧如今银行是怎么放贷的。不管他们看过多少遍《生活多美好》,他们还是不明白!"

楼下的意见被如此强调而确凿地提出,听起来像是个尽由打击乐器组成的交响乐团:定音鼓、钹以及钢琴的低音部。相形之下,就连小军鼓也会显得犹犹豫豫、结结巴巴、无足轻重。

"你和你的学术多样性!多样性是一种消遣。"

"在亚马逊可不是这样,不是。它是胶水。它是将各个部件紧密联结起来的锁扣。"

"亚马逊!我们是在那里吗?瞧,所有的议题,诸如女权主义或机会均等计划,都是装饰性的。不对阶级体制进行重组,所谓的多样性完全就是一点缀。"

"噢,我明白了!一位共产主义者!一位想要质疑简单的大学招生多样化,认为它作为社会改革机制不切实际的革命者。我喜欢。让我下周到你的俄罗斯乡间宅邸来,我会解释一切……"

"又一个错误的二分法。你难道不同意吗,爱德华?老莫刚刚演示了一个错误的二分法?多样化的对立面未必就是社会主义,机会均等计划的反面未必就是阶级平等。一体化更容易做到,而且不需要任何成本。"

"需要!就多样化和资源而言,全都需要!"

"狗屎!"

我曾见过一大堆屎。是用唐·艾登豪斯的卡车运到我家来的,就倒在我们的谷仓,用来堆肥。

"你是那种穿着社会主义者万圣节戏服的右翼分子,这样你就能渗入左翼,让他们听你的批评——不过我不会听的……"

我转向我的照看对象，用模仿的口吻说道："女士们先生们，我们很高兴为你带来'该闭嘴了！'的节目，由我主演！"

"还有我演！"叫蒂卡的小女孩笑了起来。

"还有我！"玛丽-艾玛模仿着，我们全都手捂着嘴巴在房间里跌跌撞撞。

在楼上婴儿安全门后我们这间孤立的婴儿房里，鲜有争论。有时会因为乐高玩具而吵起来，玛丽-艾玛还太小不会玩，会把它们塞进嘴里。有一位家长出于好意总是把它们带来。有一次，一开始对别的孩子来自己房间很高兴很大方的玛丽-艾玛突然恼火起来，对着一只会讲话的埃尔莫玩偶大发脾气。还有一次，一个孩子叫另一个"疯子"，但这个词对大家来说都如此陌生，包括说话者在内，于是没有人感觉受伤害。大部分时间他们都玩得很好，尽管他们给房间带来了不论我还是玛丽-艾玛都不太习惯的活力。有时他们会问我问题。

"你上大学吗？"克莱伦斯问。

"对，我上。"

"你喜欢上吗？"

"喜欢。"

"你喜欢？"蒂卡惊叹。

"好吧，不是每天都很完美。"

"我想去一个每天都很完美的地方。"

"我也是。"

"我也是！"

"我也是！"于是我们尖叫着发出糅合着荒唐欲望的笑声。有如楼下谈话的古怪嘲弄的回声。

我唱起《有一个吞苍蝇的老妇》。"我不知道她为什么要吞苍蝇，也许她会死掉。"他们全都没听过——或许现在大家觉得这对孩子来说太吓人，比如结尾那句没心没肺的"她当然死了"，可他们全都听得很入迷，包括玛丽-艾玛，她开始学了起来。我得不停地把乐高积木从她嘴里拿出来，而且现在已经开始训练她上厕所了，我两次急匆匆把她带到浴室的新马桶上——这就是她有人陪的激动劲儿。楼下传来讲话声，我希望孩子们没听见。

"这整座城市在种族方面毫无经验，因此一切从一开始就带有种族歧视。"

"包括这所房子。无意冒犯，不过你什么也不能排除在外。"

"我明白。"

"很多年前我听说一个白人家庭领养了一个非裔美国男孩，等他十三岁了，他们就在家里安装了警报系统，这样他们出去参加派对时他在家里会感觉安全些。这个系统一有动静就会把警察召唤来，哪怕是窗户有个响动。于是，发生了什么？一次父母去参加圣诞派对时，警察冲了进来，看到一个十几岁的黑人少年站在那里，他们就朝他胸部开了枪。"

"他死了吗？"

"没有立刻死。"

有时楼上楼下会同时安静下来，有如一片雪原，仿佛在那一刻，整个银河系竟没有一个人知道该说些什么好。

"你有没有教孩子们一首活吃动物的歌？"我的答录机上响起了莎拉的留言，一开头似乎是责备，随后又转了方向。"好吧，不管怎样，他们很喜欢，也很喜欢你。谢谢。下个星期三如果你能早点来就太好了。比如四五点钟，要是你可以的话，告诉我。谢谢！"

  地理、苏非主义、品酒、英国文学、战争电影原声音乐。有谣言说我们中有几个会被赶出品酒课，因为我们没到年龄，而某台电脑——不是原先那台——注意到了。也许这样更好。我总是无法捕捉到橡木的味道。我品到了柑橘味、奶油味和巧克力味，不过紫罗兰味也确实很难体味。也许这一切尽是胡扯？这个学期的苦差事似乎全压到我的头上了。不过，我确实尽力了。我会在晚上做功课，一头扎入电脑屏幕的蓝色，它如同某个加州泳池水花不断。接着，在里面游过一阵后，我会疲倦地浮出水面，带着点或这或那的东西——如果不是在我脑中，就是在我头发上。我的电脑桌面显示我至少还做了点什么。我开了个头，然后又重新开个头，并不删去前面的那个：我的屏幕好似一个鱼缸，里面一百条方鳍的小鱼已经死去，胡乱冻结于某处。除了多尼戈尔先生教的苏非主义，别的课转瞬即忘地过去了。在《端正盆骨》课上，我也学过关于悬臂似的躯干、内部空间以及唱诗般的唵。不过在苏非主义课上，我们学到，原来鲁米是个恋爱中的男子，而爱人的缺席进入了他的一切渴望，这在多丽丝·莱辛身上却没有体现。地理课上我们学习暖和冷的影响，我开始明白这在根本上就是我们一切课程的内容。在战争电影原声音乐课上，我们拿到一份清单——从古至今的每一场战争，从《角斗士》到《黑鹰计划》——我们将会看到尽可能多的描绘，并留意它们的旋律。

墨芙走后，我将书桌从窗边搬走，从那儿漏进来的风冻得我耸起了肩。我把电脑显示器安放在唯一的一扇窗上。我将只从这里看外面的世界。我用谷歌搜索了我父亲，看看别人对他的产品怎么说，查了查他的网站，看看上面关于开春的庄稼有何说法。我搜了搜莎拉和小磨坊，发现她曾在白宫为克林顿总统做过晚餐。也许做得很糟，所以她从未提起过。对牛弹琴？明珠暗投？也许她真的上了猪猡肉。显然她确实替他们做了本地有机猪肉，裹在玉米卷饼里，我现在觉得那像尿片。我觉着卷饼是个错误。她还替他们准备了脱脂牛奶核桃冰沙。也许还有沙拉——混合蔬菜沙拉淋柠檬冬葱酱汁（我在脑中编着菜名：奇异果伴生牛肉薄片！茴香漏斗！粗麦粉伴华夫饼干！）——肯定还有别的。不过被提及的只有猪肉和冰沙。我搜了自己，我的笔记本屏幕不仅成了一扇窗，还成了一面镜子。我想看看自己在那个世界里怎么样，或者并不是我，而是我所发现的另外一个塔西·柯尔津，她是位祖母，佩斯迪克外的911紧急救助志愿者。*魔镜呀魔镜，墙上的魔镜*。我每周都会在谷歌上搜索一下，看看她的情况。有一个礼拜她跟她的丈夫格斯庆祝了结婚四十周年纪念日。又有一周她参加了烤馅饼比赛并列第二。后来有一天我用谷歌搜索她时，屏幕闪现的是她的讣告，那之后很长一段时间我都不再搜索她了。

接下来一次去索恩伍德-布林克家，仍是爱德华在厨房餐桌旁迎接我。他难道不需要去监护果蝇们的快速相亲吗？

他那么热情而迷人地朝我微笑着，以至于我回头看看后面是不是有别人。没有人。

"我想告诉你今天清洁男同志要来。"

"请原谅？"

"对不起。他是同性恋。他打扫卫生。我把他叫做清洁男同志。莎拉老是为此朝我嚷嚷。清洁男工。他的名字叫诺埃尔。不过他有时喜欢别人叫他诺埃勒。他的真空吸尘器以前总是让艾米很害怕，不过现在她已经对它着了迷。他有时让她推着它到处走。那没问题。"

"那好。"我说，"她在睡午觉吗？"

"是，"他说。又给了我一个那种笑容，充满毛糙的热情和机智的闪光。我又转身看了看后面是否有人。然后他离开了。

诺埃尔来时,是带着几个装清洁剂和海绵的桶乒乒乓乓地从后门撞进来的,我自我介绍了一下。

"叫我诺埃勒就行。我小时候他们总叫我诺埃尔,抽水马桶诺埃尔。不过现在我在考虑在我面包车的一侧涂上这句。也许会带动生意?我不知道。"

"你在这里干了多久了?"我问。

"太久了。"他叹息着。"不过我爱莎拉。她太迷人了。"

"那她先生呢?"

他叹了口气,靠在拖把上。"弯男不喜欢直男。"

"真的?"我有点怀疑。

"为什么要喜欢呢?"

我耸耸肩。"没有理由。"

"小艾米是个洋娃娃,不是嘛?我太替莎拉激动了。我希望他们能在后院替她装个秋千架。"

"那会很棒。"我说。

"今天是我的生日。"他补充道。

"生日快乐。你几岁了?"他看上去三十几岁的样子。

"六十。"他说,"老大了。"

"啊,完全看不出来!"不过就在我这么说的时候,我能从他染黑的头发下看到皮革般的皮肤和上了年纪充满黏液的眼睛,抑或是刺鼻的清洁液熏的,不管是哪种。

"其实,今天不是我生日。"

"噢。"我说。

我读过些刘易斯·卡罗尔——但显然还不够。

"我只是在试验——它就要到了,因此我在别人身上试一试。"一个试验。也许也是对我的试验。不过,我还是觉得我们可以成为朋友。我能从他身上感受到一种友好的楼上-楼下感应——我俩可能是楼下。或者是楼上?我们会是后楼梯。

"嗯,就像我说的,你看上去没有六十。"

他冲我挥舞着手。"噢,别那么说!这让我感觉更糟,就像你在撒谎似的。瞧!艾米!"我转过头,她已经醒了,就在那儿,脸颊上像出了疹子似的,头发乱糟糟的。她自己跨过了婴儿床围栏,越过所有的门来到了楼下。

"塔莎!"她说着,奔过来抱住了我的腿。

苏非主义课上,我还是坐在巴西人旁边。这位教授到底在说些什么?他写给我。

"他其实相当聪明。"我低声回答,"他在讲道的四个阶段以及各自的仪式。有大量的虔诚、苦行以及对天堂的渴望。"

这时他靠近我耳语道:"看来你不太容易加入发牢骚的队伍。那是一种美德。不过容易加入也是一种美德。"

走出课堂时他对我说:"你知道现在是乌鸫节——*i giorni della merla*① 吗?"

"那是啥?我从来没听说过。"

他仔细察看了我一阵。"是庆祝躲在烟囱里的白色鸟被烟灰弄黑了。是为烟灰庆祝。"

"有意思。"我说道,一边想着玛丽-艾玛和关于白色乌鸫的其他神话。

"是巴西语。"他说。

我点点头。我的脑子里塞满了苦行之苦行,以及对渴望的渴望。

我开始为他打扮,主要靠一件新的灰褐色毛衣连衣裙,是用刚拿到的薪水在市区一家精品店买的,那里的店员服务热情

---

① 意大利语,意为黑鸟日。

而又不过分，每件衣服的颜色都以泥煤、浮石或类似的字眼命名。有众多我从未见过的差别细微的中性色调：鹅卵石色、山核桃色、褐菇色、花生色、白金色、瓷白、鸽灰、帕尔玛干酪色、人行道色、羊皮纸色、珍珠色，还有，啊，土豆色。也有亮一点的色彩。你完全可以像跳绳歌谣一样背诵它们。辣椒粉。皮诺、柿子！红辣椒！石榴、松树！杨树、开心果树、孔雀、粉花瓣、黄桃、南瓜、胡椒、李子、菠萝。长春花、橄石、报春花、棕榈树、豌豆、罂粟、紫褐。我的新裙子被称为牡蛎色，我觉得很像无花果灰，我管那叫枯枝色，因为它就是枯枝的颜色。生长在一个远离大海的地方，我对于牡蛎能知道些什么呢？那是裹着泥的黄褐色土豆被冲洗干净之前的颜色。我感觉它令我的眼睛变黑、头发变亮，不过这个颜色之所以吸引我也许是因为它跟我许多衣服不同，不是那种黄兮兮的跟我牙齿天生的颜色搅和在一起的绿色。我穿那件裙子、戴着水垫文胸的日子里，那个巴西人要比平时友善。很快，经过一次尚未全军覆没的不幸洗涤，导致我把那件裙子叫做"屎棍"。他难道不知道那并非我的真胸，或者不是真正意义上的？男人们会费心去想这个吗？女孩们戴着这种柔软的隆起物到处走着，而男人们则跟霍默·辛普森一样满脑子蠢念头，大概当上帝说"要有光"时，在尚未发现的正牌原版圣经中，他还说过："要有蠢念头"。谢谢，上帝。

下了课，我和巴西男生会一起走出去。他在我身旁显得很高大，四肢修长，和他步伐一致地走在一起让我感觉像是中了什么奖一样。有一次我们一起走到了一家咖啡店，我问他要不要和我一起喝杯咖啡，他说不。

"跟把煤卖给纽卡斯尔一样毫无意义。"我慌里慌张地说道，"巴西人为啥要在美国喝咖啡呢——真不知道自己在想什么。"我转身欲走。

"我想来杯可乐。"他说。

"行。"我说,"他们那里有百事可乐。那没问题吧?"

"行。"他说。他的笑容能让你意识到,某些头骨里面拥有一座完整的迷你发电站,它们所生成的热量和电能会通过牙齿和眼睛溢射。

"教我几句葡萄牙语。"我们在里面靠近杂志和传单桌的桌旁喝着咖啡和可乐时,我说。

他教我的几句歌词——*Ahora voy a dormire*,*bambino*,/ *Porque llevo el pajama*; *si! no! si! no!*①—— 我在家里反复练习着,甚至还教给了玛丽-艾玛。说不定它们是伊特鲁里亚语。*Negro*,*blanco*,/*Me gusta naranja!*② 很久以后我才知道这其实是西班牙语夹带着些意大利语。除了"生日快乐"那几个字,里面根本没有葡萄牙文。

我对罗曼语族③旷日持久的误解就此开始(高中时我是跟金克劳伯女士学的德文;我在所有的测验卷子上方都画上了装甲车,希特勒在上面行礼;我曾试过拉丁语,不过根本就找不到人讲——那又有什么意义?我会干些这样的事:想象人类工程学的表示"因为这样所以那样的"。)不论是在普遍意义还是特殊意义上,我都未能掌握罗曼语族;再没有什么比一个男生的爱情肢体语言更隐晦、更易招致误解的了。一个无意的怪相我把它当做是心醉神迷。男性简单自然想要进入、想要钻洞猛戳的强烈欲望,

---

① 西班牙语夹杂意大利语,意为:现在睡吧,孩子,/穿上睡衣;是!不!是!不!
② 意大利语夹杂西班牙语,意为:黑色,白色,/我爱橙色!
③ 罗曼语族(Romance Languages),是由拉丁语演变而成的语言。

我看成是一种想要被甜蜜地包裹，或至少是暂时臣服于对方的全情投入之柔情蜜意。身体那种急迫、自动的前后运动我当做是对爱人永恒浪漫的回报。亲吻并非动物性欲望，而是心灵飞上双唇，以自己懂得的唯一方式诉说其独一无二的魅力及深沉、永恒的爱慕。高潮时有如死亡轰鸣不可抑制的战栗，我把它当成是深陷情网的声明。我不知道为什么。我没觉得自己多愁善感。我以为自己是精神高度灵敏的呢。

呃-哦，就像玛丽-艾玛会说的那样。

"你是处女吗？"他问过我。

"是。"我说。他没看出来，我的脸上和举止并没有写得明白无误，这令我激动。为了搞笑，我像妓女似的不管不顾地晃着头，撅着嘴唇说："我是。"我往后一靠，犹如一只煮熟的洋葱被咬开时那样层层绽开。

后来我倾向于相信情欲关系只不过是个魔咒，是一阵短暂的精神错乱，甚至是一种暴力，或者至少它们全都以这种状态共存。我注意到罪犯以及精神病人会散发出一种易于察觉、摄人魂魄的魅力，一种动物磁性，令他们总是会有人爱。否则他们怎么能生存下去？总得有人把他们藏起来躲过当局！因此，对于狂野危险的人群来说，强有力的性魅力是必需品。

要是我跟既疯狂又犯过罪的人约会过就好了。要是我能够和犯过罪的疯子约会的话！我的乐趣也许就会加倍，就能进入最高最纯粹最刺激的情欲与麻醉之迷狂！而若是我那样还能活下来，也许就能早点恢复理智。我几乎总是处于一种狂喜融合着回首时的懊悔的状态，并且从一开始就是如此。"我爱你。"我会说，而他一言不发。可我心中并没有产生一种羞耻来解救我，或是让我沉默。"我爱你。"我又说。然后我补充道："这里有回声吗？"

"有。"他会微笑着说。他的牙齿是奶油的颜色。他的牙龈是冬天的西红柿那种淡淡的熏鲑鱼粉红色。他在脖子上系着黑白相间的围巾——我觉得那是种中东图案，不过据我所知，也很有可能是块纳瓦霍桌布。

"是啊，我想是这样。"我会轻轻地将发丝从脸上拂开，我自己。

我告诉过墨芙我爱上了一个南美人，有一晚我不在家时她从她男友家里打来电话，对着答录机唱："佩德罗佩德罗变贝德罗，换成 F 就是费德罗，换上 M 变作麦德罗……"

他的名字叫雷纳尔多，当雪开始融化，我开始带上玛丽-艾玛——用她的雷迪欧·福莱尔牌推车或婴儿车——散步去他的公寓。为了给他带件礼物——一个甜甜圈、丹麦酥或是一杯热摩卡——去的路上我会在市场停留一下，在本市那片有真正的黑人购物的地方（可不是周三晚上的八卦所说的那种）。有的人会看看我，再看看玛丽-艾玛，然后又看看我，笑笑。他们似乎欢迎我进入他们的社区。有时他们中的某些人会跟玛丽-艾玛打招呼。只有过少数女人表现出不快。两个黑人妇女和一个白人妇女朝我怒目而视：我是个烂货。对某些黑人妇女来说，我显然是侵占了她们的男人生出了这个宝宝；况且，我对于在这个世上抚养一个非裔美国人能懂些什么？（一无所知。）在那个白人妇女眼里，我是个到处跟人乱搞的烂货。这些全都在她们的表情里一览无遗，因此真相无法言说，总之我一次又一次地发现，单是走进一家店买个甜甜圈就能得到一次无言的种族体验。

不过大部分黑人都微笑着，对我们很热情。谁都爱漂亮的宝宝，不管怎样。

"嘿，甜妞！"他们说。玛丽-艾玛会微笑或是把头埋进自己胸前。

有一次，我觉得好像看到莎拉的车跟着我们，不过转身时却什么也没看到。

我带着玛丽-艾玛时，我和雷纳尔多在她面前完全不会亲吻或抚摸对方，不过我一般总是当天早上才离开他的床去上班，带着她回到他那儿只是因为太想立刻再见到他。那里不近也不远——二十五分钟就能毫不费劲地到达，我们到那儿时他对我俩都很友善。他喜欢甜甜圈。他喜欢那种摩卡咖啡。他在上摄影课，用他新买的数码相机替我俩拍照。我们用三种语言说"芝士"，然后说"钥匙"和"请"，我们不注意的时候他会突然悄悄靠近，从侧面给我们拍。或是把我们愣在相框里，我得这么说。数码相机还很新，看来很神奇，因为他当下就能让你看着显示屏说自己想要哪张照片。他给我泡很强劲的巴西早餐茶，能持续一整天，给玛丽-艾玛倒上果汁。玛丽-艾玛到处乱翻，非常入迷，他有架真正的木琴，既有裹着消音棉花的软头木槌，又有发声更响亮的硬头槌，全都叫她高兴，他随她弹。她使劲敲着，每奏响一个音符都会回头看看我，感觉很神奇。"来，我给你演示一下。"雷纳尔多会说，然后他会一手拿一根木槌，在我感觉仿佛是在双层的键盘上来回敲打。她似乎很喜欢雷纳尔多，因为他对她体贴而欣赏，也有可能是因为他的棕色皮肤（说小孩子色盲完全是谬论；她能注意到相同和差异，对两者带着几乎同等的兴趣；并没有我那些热爱头韵的教授们偶尔说起的所谓"差异的窘境"；他们倒是不说"雷同的罪恶"），不过她也有可能是因为那架木琴而爱他。他演奏他会的唯一一首美国歌曲，一首民歌，歌词尽是荒凉的水域、渴望与哀伤，最后一句是"……有如夏日露珠。"然后他很安静，说："难道不该是'有如夏日那样'吗？"

"你们去哪儿了?"莎拉问。

"你指什么?"她口气里有我以前不曾听过的东西。我不知道这是不是她的餐厅版口气。不如菜汁淋肉丸那么严厉。但也许是牛脸配防风根土豆泥的口气。

"我开车回家时看见你们在枫树路上,好像是从很远的地方来。爱德华跟我说他曾见过你朝另外一个方向走,快得很,推着艾米,你一个劲地往不知道是哪里的地方走着。"

"对不起。我难道不该推她出去散步吗?"

我以前从没有过受责备的感觉。也许我从来没有被责备过。不过,我以前也从没对什么负责过,算不上有过,对于自己的行动受到观察并被认为有所欠缺和没什么经验。嗯,有一次,在九年级时,我曾尝试过当啦啦队队长。不过那能算吗?我腾跃而起,单膝抬起,一条腿往后,一只手放在臀部——那个叫半劈腿跳——我跟跄着落地,观察过程很快就结束了。

莎拉的口气缓和了。"噢,当然应该。"然后她似乎就完全丢下了这个话题——就这么任它掉落窜开——于是当时我也没有再对此说些什么。

有了钱——莎拉已经给我加了工资——我买了辆二手铃木125摩托车,我把它停在前面门廊上,骑着去上课或去雷纳尔多那里,我还邮购了一盏床头阅读灯。目录上一个男人安详地睡着,而他的模特妻子在柔和而集中的光线下看着一本书。然而在现实中,灯光如此强烈,那个男人估计得戴上墨镜。他肯定得在他那侧支个小帐篷。那灯光跟正午的日头一样明亮,我在雷纳尔多身旁学习时,他根本无法入睡。我又看到一张漂亮照片,就不假思索地买了。我关上灯,阅读落后了很多。

现在这座城市似乎已经开始将单色的冬天甩开,露出了底下鲜艳错乱的睡衣。尽管知更鸟尚未重新露面，红衣凤头鸟已鸣啭起求偶的歌曲。残余的雪堆被雨水弄得邋遢腌臜。只有一次，深夜的雪以死一般的寂静将整个城市包裹起来——这是冬天永久离去前的一次快速提醒——一道餐前小点、一道餐后小甜点、一种似曾相识、一声我回来了①：我早就把我的法文给扔光了。在春天里！②夜晚雪水蒸发时将天空变成一种骇人的黄色。街灯将残余的雪堆照亮，一连几天，一切都保持着乳白色，悄无声息。

不过很快，从番红花到水仙再而牡丹的旅程开始继续。本来只打算取悦虫子的花朵们碰巧迷住了不止我一个。花园出现了。每隔两天就会出柠檬似的太阳，火热。在雨水和融雪的滋润下，草坪开始变绿。兄弟会的男生们穿起了短裤，西伯利亚鸢尾映蓝了院子。不过，在某个朝北的阴暗角落，你有时还是能看到一小堆长着黑斑的雪，它如此坚硬凝固，无法融化。它好似已经发生了生物化学变化，成为一种新物质，有如火星上的硅石，前身是某种水或其他物质。

卷曲肥厚的郁金香叶子从花床中冒出，又耷拉下来，它们子弹似的紧实花苞尚未成形，倾斜着（只有最大的郁金香才能保持挺拔，我亲吻雷纳尔多时对他说；夜晚在他身下，我被带到如此高远的星光璀璨之处，恐怕会折几年寿吧，就像宇航员据说不会特别长寿一样）。早花种的郁金香葱葱郁郁，花瓣仍是锁在爱尔兰矮妖精掌中的祷告。圣帕特里克节来了又走，甚至没能喝上一杯绿色啤酒。我的时间太过忙碌充实，况且墨芙不在——她似乎已经彻底蒸发了，只有她没洗干净的发梳上的发蜡味还留在洗手间里，还有她的黑色牙线、肥皂以及一应其他物品——绿啤酒又有什么意义？

————
①② 原文为法文。

与玛丽-艾玛的散步令我对花园和空气的柔软气息保持敏感。风信子带着它们那藐视地球引力的构造——肥硕的植物界大黄蜂，带着"瞧啊妈妈我在飞"的诡异物理学构造，在真正的重力面前这一野心洋相百出——很快就盛开然后倒向一侧。成群的水仙在树旁簇拥，福禄考将公园里的山丘染成一片粉红。那些到了六月就会变成杂草和柴枝的，是连翘以及长着紫色星星钉似的矢车菊（当然从来没有单身汉戴过它们）[①]。要是我为了将别人家的后院看得更清楚些而走进巷子，要是我不过于注意那些形形色色的垃圾箱大杂烩，这些小巷仿佛是爱尔兰的巷子，至少很像我见过的凯利乡间小道的照片。我曾思考过铃心草那超现实的吊坠，或是楼斗花那藏在最难找到的地方的细小古怪的灯笼——靠近温暖的水泥——同时往天上和地下冒出芽儿。如果没人看着，我会给玛丽-艾玛摘一朵。就像金鱼草一样，你可以用它做一个小小的手偶。它有一个纤细的下巴似的合页，你能捏着它让它一开一合。你可以在菜市场的卡车上嘲弄地模仿一下自己的母亲。你甚至不需要真的坐在一辆卡车上。

　　"看，玛丽-艾玛！"她就会看着。这真是一件美妙的事，有个小女孩跟班。我自己的母亲为什么不明白呢？也许我们的血管里总是长久驻留着太多的冬天。

　　玛丽-艾玛会指着街上的排污管，她看到一只浣熊飞快地钻了进去。"那下面有卡通！"她会大叫。

　　黄花矮鸢尾、有髯鸢尾以及第一批蚊子同时出现，各自穿着条纹精巧的灰紫色衣裳。哪儿有有髯的矮人为花圃增加些语义学内容呢？啊，有些院子里确实摆着陶瓷土地神，它们待在自己的德国院子里。

[①] 矢车菊（bachelor buttons），字面意思为单身汉的纽扣。

日渐强烈的光线在树木的新叶间闪烁，丁香浓郁的花香一阵阵飘浮于各条道路上。金银花潮湿的香气萦绕于垃圾筒上方。我甚至遇见了隔壁的三人行，他们过完冬天终于露面了，看上去非常漂亮。那个女人——我记得她的名字叫凯瑟琳——朝玛丽-艾玛微笑着。玛丽-艾玛并没有还以微笑，而是躲在我腿后面。

"她从来不跟我打招呼。"那个女人，凯瑟琳说。那两个男人已经继续朝前走了。"我希望这不是因为我是白人。"

我盯着这个播放萨蒂的不可思议的女人。"她认识很多白人。"我没这么说。"包括她父母。"因此我什么也没说，只是看着她小跑着赶上她的男人们。

索恩伍德-布林克家的花圃里开的是最妖异的花：高高的无叶的茎秆顶着紫色的小花球。它们如同探测器，或岗哨，或煤气灯，或魔杖，是这个花园的英俊保镖。它们叫做大花葱，而实际上它们是香葱的硕大变种。它们的球茎形似洋葱，而且不招松鼠咬，它们应该是用来衬托的花，不过莎拉在屋子周围密密地种了一圈，像一道浓密的果园围篱，好像这样能增强电视信号接收似的。

"瞧瞧这个！"莎拉在大门口大声喊，从邮箱里抽出一张打印的纸。"植物纳粹阴魂再现！显然我在自己的院子里种了泻鼠李和稻槎菜，而他们要我立刻把它们清除！你知道，植物纳粹们的特点在于他们从植物开始……"

隔壁的狗正忘情于它们的游戏。天空有回归的雁飞过，它们低沉的雁鸣有如一辆手推车在吱吱嘎嘎抱怨。

"去年他们为了草坪的小失误对我穷追不舍。他们说我割错了方向，而某个院子里草叶弯曲的方向稍有不同就会破坏整个社区的形象！我是朝这边割的，"这时她这个身子倒向一侧——"而我本该往那一边割。"她的身体又倒向另一侧。愤怒给了她舞蹈家的力量。而回暖的天气令她紧张瘦削的身体从她平素的厚毛衣下显现出来。

雷纳尔多给玛丽-艾玛拍的照片中，我最喜欢的一张是她充满希望与欢乐地仰视着相机的画面。我把它带到金考冲印店冲印出来，然后带着玛丽-艾玛去了沃尔格林药店，买了个亮闪闪的中国制造的红色相框。那个非裔收银员飞快地看看我，又看看玛丽-艾玛，说："你该给她编辫子。1972年后就没有黑人姑娘留黑人发型了。"然后她把收银条递给我，看也没看我。我把买的东西带回莎拉家，把我背包里放着的照片装进相框，然后把它支起来放在餐厅餐桌上作为礼物。我能听到莎拉在厨房打着电话，制定本周菜单的用词细节。"'培根鞘'？我觉得不好。它听起来——唔，我不需要告诉你它听起来像什么。还有再看看那鸡肉：前面的形容词太多了。好像我们试图掩饰什么似的。"

"那谁啊？"我指着餐厅的门，朝着莎拉的声音方向，悄声对玛丽-艾玛说。

"妈妈。"她笑嘻嘻地说。

"那这是谁呀？"我指着桌上的照片。

"艾米！"她说道，很激动。

"没错。"我说着带着她在客厅里跳起了舞。窗户开着，我们能听到隔壁的狗吠叫着追来追去。等我旋转着停下来时才看到莎拉就站在餐厅里。很奇怪，我能闻出她来：她用着我的香水。

"这是谁拍的？"她指着桌上的相片说。

我吓了一跳，好似被一只不属于任何人的机械手打了一下。"一个朋友。我以为你可能会喜欢。"我的眼睛被滚烫的热气扯着捏着。我只是想给她一个惊喜，可现在我突然觉得非常疲倦。我又看了眼那张照片，试图从她的视角去看，注意到里面玛丽-艾玛是坐在雷纳尔多的祷告毯上。我希望它看上去像块瑜伽垫。

"什么朋友?"她说,显得严厉而烦恼。

"我的一个朋友。"我笨笨地说道,因为现在我既担心又不确定。这时莎拉似乎转移了心思。大门外一辆车发动机高速空转,却速度很慢地开了过去,立体声音响放着一首重低音饶舌歌曲,震耳欲聋。这是首本地录制的热门歌曲,唱着"滚出特洛伊!黑人男孩!你愤怒外漏,最后只能吃缓刑官司!"

"不管那是谁,他们不停地经过这里:这是本周第四次,今天的第二次了。那不是你的朋友吧,是吗?"

"不是,"我说,"我的朋友是巴西人。"好像这就能解释一切,清白的拍摄,清白的一切。少女知悉她的爱人,有如天空与遥远的草地。那其实是说,有那么点了解,而且从高处连一片叶子也看不清。我的脑子里全是平庸的诗歌,其中只有一些是我自己的。

"又来了!"她大叫,又飞快地转身跑到前面的窗边去看,我猜,是去看自己是否已经能看清楚司机、车型、高速旋转的辆圈以及车牌号码。

她回头看向我。"你以前注意到过这辆车吗?"

"我不知道那是什么车。"

"呃,任何低音开得震天响一到这里就减速的车?"

实际上,我注意到过。饶舌音乐和车。你能听到它在靠近,它转过街角,音乐轰然大作,好像你身下的地下室里有熔炉在燃烧似的。我辨别着贝斯音符。不过我注意得更多,也关心得更多的,是电话铃响了,而后我按莎拉教我的那样去接听说"索恩伍德-布林克家"时,对方是长久的沉默,然后挂断了。我的思绪曾飘到过邦妮身上,想着她独自在家,完全没有重新开始新生活,跟自己希望的根本不一样,一点也不,相反是以胎儿的姿势躺在沙发上,满心懊悔,绝望的泪水滚下脸颊。多么风马牛不相及。

不过我现在看出来莎拉担忧的不是邦妮,而是那位神秘地消失的生父。我能看出她想象着开车经过的可能是不知怎么发现了玛丽-艾玛新住址的他。他从未签署过任何官方文件。尽管领养机构已经做了该做的一切:在当地报纸上刊登广告,以不冷不淡的条文主义姿态寻找过他,算是履行了他们的义务,很容易想象当一个年轻男子在酒吧里,或是在上班时,或是在某个好天气里和某个表兄弟一起从教堂回来,或是放学回家时,突然听说自己有个被送人领养的孩子,他可能想把孩子要回来。她难道不曾像我那样设想过生父是绿湾包装工队的某位球员?一个小小的名人、英俊、无牵无挂、没有时间谈恋爱,遑论带孩子?至少她总该设想过他可能是某个年老跑卫的叛逆儿子。

"我不确定自己有没有那么注意过。"我说。

"行!"她的脸涨红了。"那你注意过这个吗?"她怒气冲冲地指着照片,"这个摄影师?你注意过他吗?这个给艾米拍照片的人是谁?"

我什么也没说,因为我哑口无言。

放着吵闹的饶舌歌曲的车又一次拖曳而过。"又来了!"莎拉大喊着冲向窗口。我能看见她的嘴唇静默地运动着,在背诵,然后她飞快地走进厨房把车牌号码写在了一张即时贴上。

"我已经把车牌号码放在电话机旁了。要是你再看到那辆车,告诉我。"

"行。"

"只是因为……"这时她双手都插进了头发,痛苦不堪,她的话是一种自言自语。"我的一生都感觉像是一部汽车缓慢移动的恐怖片……"我不知道她这是指什么——是葬礼?"瞧,我很抱歉。我让你不高兴了。"她说。她摸摸我的肩,可能是表示温柔,但我当时吓呆了,无法确切判断。"谢谢你的照片。我明白。照片很可爱。她看上去很迷人。不过下不为例。你明白吗?"

"是。"我机械地说。

"不是我不信任你的朋友。只是,我可能不信任他的旋转式名片簿。"

"我想他没有旋转式名片簿。"

莎拉的眼睛逼视着我。"现在我要告诉你一些没跟你说过的事。我从来没给你简历上罗列的推荐人打过电话。我雇你是因为你在我眼里像天使般纯真。你散发出一种气息。你名单上的人我一个也没联系。或者,好吧,我给其中一个打过电话,但他不在家。我不在乎他们会说什么。我对你就是很迷信。我完全信任自己的直觉。"

我不知道该对她说什么。跟大家一样,我觉得自己是个好人。我怎么能对她说她本该给推荐人打电话呢?我怎么能对她说:你怎么会把自己的孩子交给一个连推荐人都没查验过的人手上?

"我看得出来你爱艾米,我也知道她爱你。她午睡醒来都会喊你的名字。有时候,她第一个想到要的人是你。我不是要怀疑你的朋友,不过我不想让他给艾米拍照。你带她出去散步,去别的地方时,别去他那里,不要和他一起。"她把手放在我肩膀上,微笑着。"爱情是一场热病。"她说,"当你从中走出来,你会发现自己是幸运还是——不幸。"

我沉默着,她也一样。

"我很关心你,就像我会关心别人一样。"她古怪地加了一句。

我切入了我母亲所说的好好模式。我抓起了中西部女孩的防御性告别辞。"那挺好。"我说。

我找到了去雷纳尔多家的后备路线。不是非得走最显眼的路。要是我走小巷，经过盛开的灌木丛、废物箱和回收箱，我就能不被发现地旅行，带着玛丽-艾玛和她那辆顶呱呱的美国婴儿车在坑坑洼洼的卵石路上一路颠簸到雷纳尔多那里。我们会在那里舒舒服服窝着聊天，他会准备胡椒水或是早间咖喱，我当时以为那是巴西美食，然后我们一起开吃。玛丽-艾玛会自己玩，雷纳尔多给她拍的照片——上摄影课用——他再也不给我了，只是给我看看，它们大部分是在她背后拍的，当她手里把玩着什么时，一个烟缸或是一只闹钟。她本可能是世上任何人的孩子。他会和她玩足球，教她短语和歌曲。我们离开时他总是说"*Ciao*"①，玛丽-艾玛开始重复，挥手。"*Ciao*，阿纳尔多！"

带她回去时她常常会在婴儿车上睡着，我会把她直接带到阁楼上的婴儿房，她便会立刻醒过来。我能听到莎拉在讲电话："……烤无花果，炖野猪肉配死亡之门干樱桃，啊哈，小牛肉杂碎配栗子——这相当的诺丁罕警长！我是说，现在是春天了。春天在哪里？新土豆、芦笋、野韭菜、卷须嫩叶、醋调味汁、奶油面糊在哪里？柠檬冰霜缀碎罗勒叶如何？"

现在玛丽-艾玛不肯再睡了，我疯癫癫地根据"野韭菜和卷须嫩叶／醋调味汁和奶油面糊"编了首拍手歌，等莎拉挂上电话，我和玛丽-艾玛下楼表演给她看，冒着莎拉可能感觉受嘲弄的风险，不过她没有——但愿。

"喜欢我们的新歌吗，妈妈？"玛丽-艾玛问。莎拉似乎觉得既好笑又尴尬，她的笑声里，兼具这两者稍带歇斯底里、上下波动的调子。

"噢，要谢谢你们，我想。"她说，玛丽-艾玛奔向她，抱住

---

① 意大利语，意为你好或再见。

了她的一条腿，把小脸贴在她的大腿上。莎拉爱抚着她的小脑袋。"我感觉这间餐厅要把我逼疯了！"她心不在焉地说。"刚有人谴责我破坏了森林的土地。因为卷须蕨叶。而因为小牛肉的缘故，某位服务生会在厨房里乱转喊着'妈咪，妈咪！'"

"妈咪！"玛丽-艾玛高兴地重复着，莎拉微笑起来。

"这有点好笑，"我耸肩道，"不过也有点可悲。"

"我们一个礼拜才换一次菜单——怎么就这么难？还有习惯性缺勤！单说厨师长——服务生就更别提了。我要把语音信箱所有的留言记下来，做一张员工缺勤借口CD：进不来；我咳出血了……我要在年底尾牙聚会上开足音量播放它。"

"妈妈。"玛丽-艾玛柔声唤道——也许是想让莎拉的腿松弛一些。

莎拉继续爱抚着玛丽-艾玛的脑袋，同时也转着自己的脖子。"我这么转脖子时，"她似笑非笑地说，"我听到的是最吓人的嘎吱声。"

"我也会这样。"我说。

"啊。"莎拉说道，眼睛闭着，"每年我们都做太多的鹿肉和碎樱桃。就像你会从车上刮下来的那些东西一样。"

有一次我带玛丽-艾玛散完步回家，发现爱德华独自在家，跟电话那头笑着。他挂断电话后心情还是很好。"爸爸。"玛丽-艾玛闷闷地叫，不过她举起了手臂，他一下子把她抱了起来。

"今天过得怎么样？"他更多是在跟我说。

"挺好。"我说。

"挺好。"她说。她开始拉下自己的外套拉链。我走过去帮她脱下来，因为爱德华抱着她。这令我们不得不共同运作。

"你一切都好吗?"他热情地对我说。

"噢,我想是的。"

"有很多心事?"我不知道对我的这种兴趣由何而来。我是否看上去忧郁而心事重重?不在他的魅力辐射范围内?

"哦,我不知道。有很多课,当然。"我生怕他以为我是在抱怨工作和学业加起来对我而言难度太大,便急忙加了一句,"还有,我弟弟在考虑参军。"

"噢。"

"我希望他别去"——这是真话——"我一直在想着这事,我猜。"最后这句并不确切,但本该如此。为什么不呢?

"这能磨炼他,让他对这世界有所了解。"爱德华说,"未能置他于死地的将会令他变得更强大。"他乏味地补充道,尼采的刺绣品。

"是啊,但要是那真的要了他的命呢?"

这时一种苍白的恐惧神色在我俩之间一闪而过,某段过去,某段未来,其间细节我尚无法得知,但两者都在屋内炸开、交汇,令我们面无血色。只有玛丽-艾玛的声音——"爸爸!冰冰!"——才将我们带回此刻的温暖碎屑。

"尼采哲学对此没有亲自给出答案。"他说着朝冰箱走去。他突然又变成了科学家,"你也不必。哲学家们擅长的是派对,而不是之后的清理工作。不过说真的:让我来告诉你件事。别当你弟弟的管理员。甭替弟弟们操心。听听有姐姐的人的话。操心你自己吧。弟弟?他们才不会真的为你操心。"

功课时而冗长时而令人入迷。我按教授希望的那样记笔记。在图书馆,我在自己课本的空白边栏写下"自然等同于无序。"我写下"命运对自由意志"。我写下"现代性作为对现代的反对论据"。我无休无止地听着《辛德勒的名单》里面的音乐。接着是《桂河大桥》。不过，大多数时候，我独自在房间里看鲁米。墨芙依然不在，尽管她曾给我发过一封邮件，描述了她和男友的一场漫长争吵，随后是亲吻及其他令他们重归于好的忏悔行为。我收到的另一封邮件来自我弟弟。亲爱的老姐，它如此开头。或许只有你能说服我放弃这个念头，如果你愿意，但只限你愿意，因为我感觉别人对我的未来都没有什么强烈的兴趣，除了我自己，它是这样：干点实在的。我不在乎自己最后落到世界的哪块地方，只要不是德尔顿县就行。

后来他又发来一封邮件简单地写着：请看这封新的，忽略前面那封。于是我忽略了头一封，但也没去看新的那封，就他目前发来的东西看，并没什么特别值得警惕的大话。

春天和暖了空气。天空洒下的光如同碗里洒落的糖。晚上，如果我睡在家里，不和雷纳尔多一起，他会打来电话。"你睡了吗？"他总是会问。

"没有。"

"你听起来像是睡了。快。我举起的是几根手指？"

他会让我欢笑。

诺埃尔，抽水马桶诺埃尔。诺埃勒看到我时关上了真空吸尘器。"终于是我生日了。"他说。"真的。我为此特地在吸尘袋里放了包广藿香。"

"嗯，生日快乐。"我说道，和我怀里的玛丽-艾玛一起用葡萄牙语唱起了《生日快乐》。我们唱最后两句时——"*muitas felicidades, muitos anos de vida!*"[①]，我们拿出了十二分的热情，

---

① 西班牙语，意为衷心祝愿，岁岁年年。

因为结尾那句让我想起那首《在伊甸园里》①。身后响起了掌声，我转过头。

是莎拉和爱德华。只有爱德华在微笑。"非常好。"莎拉看着我说。她穿着件玫瑰结针法编织的金色毛衣，因此她纤细的胳膊看起来像是玉米棒子。她头上戴着的是厚棉大厨帽。"那是哪国语言？"

"葡萄牙语。"我说，"我想是。"

"葡萄牙语。"莎拉重复道，点着头。

"今天是我的生日。"诺埃尔说道，替我解围。

"是啊，嗯，生日快乐，我亲爱的诺埃勒！"她亲亲他的脸颊，又用一条胳膊搂住他，一直没挪开。看得出他替她干了有年头了。

他指着她，却看着我说道："我爱她！"

"是啊，不过，亲爱的，你把你的健怡可乐忘在冷冻室里，它又炸开了。"莎拉不乐意笑。确切地说，她不乐意咧开嘴笑。

我们往回朝厨房走时，我跟爱德华和玛丽-艾玛走在一起。爱德华摇着头。"他老是把健怡可乐放那儿。"他说。

我去微波炉那边替玛丽-艾玛热一个麦芬蛋糕，爱德华突然拉住我的胳膊。"瞧，"他说，"那里面有只飞蛾。"他没把麦芬放进去，而是按下开关看看飞蛾会怎么做。这种以好奇心为伪装的对于折磨的嗜好，正如某些医生、无聊男孩或疯子的病态实验一样，它在爱德华身上也不例外。飞蛾没被烤焦，它也没像冷血的数据追寻者可能预测的那样扑闪翅膀或燃烧起来。我自己也是这么预测的。我是否错过了自己成为一名疯狂无能的科学家的潜在使命？飞蛾什么也没做，只是紧贴在微波炉的塑料内壁上。也许

---

① 原文为"Ina Gadda Da Vida"。

这个可怜的东西已经死了有一阵子了。我用纸巾将它清理出来，然后给玛丽-艾玛热点心。

"好吧，我是想看看。"爱德华说。

关于邦妮的念头挥之不去。我晚上梦到她。她总是上前来想说些什么，可又什么都没说。她漂浮着。她疾走而过。她从隔壁房间里突然现身。没有门，接着突然又出现了一扇门将她吞没。她会穿墙而出。她总是空着手。她变胖了。她的衣服是塑料复印机和桌面打印机的浅灰色。她不愿说话。我没法让她说哪怕一个字。

在索恩伍德-布林克家，电话响个不停，当我接起时总是一片沉默，随后被挂断。后来过了一阵，电话似乎消停了。

我担心邦妮已经自行了断了生命，又谷歌搜索了一番邦妮·詹克林·克罗，一如往常，并不期待能发现什么。我倒是发现了一份佐治亚报纸上关于某个名叫邦妮·J.克罗的人被谋杀于亚特兰大寓所的消息。没有已知嫌疑人。没有抢劫迹象。调查搁置。我的心扑腾起来。当然！我想。这就是会发生在可怜的邦妮身上的那种事情。我在这里担心她自杀，而其实被谋杀更接近她的风格。

不过她怎么有钱去亚特兰大的呢？也许她把用孩子换来的崭新金表卖了，从而隐退，就算不是远离一切尘世喧嚣，至少能避开有关玛丽的一切？我上了易趣网，发现了一块出售的金表，卖家名字叫绿湾邦妮。这世上有多少叫邦妮·克罗的人？又有多少绿湾邦妮？我必须停止搜索。我已经发现了太多。我已经学习了跟考试无关的东西：我必须回到我的学习中去。《最长的一天》和《拯救大兵雷恩》的原声音乐在我公寓里不停地播放着。

IV 173

星期六的晚上我自己去看雷纳尔多。我不再戴那个水垫文胸，那种伎俩已经用不着了，或者用墨芙的话说，那种花招。他看来不介意我的干瘪，就像我们说奶牛那样。事实上，他似乎很着迷，至少很投入，有一次他说他更喜欢胸部小的姑娘。("而你信了？"后来的男友会残忍地对我说。) 灰裙子没得穿的时候，我不得不从我拥有的各种黑色衣服里整出一套行头，全是各有细微差别的黑：有蓝莹莹的黑、橄榄绿的黑，还有最怪的，红兮兮的黑——全都褪了色，或油光发亮，或是穿成了对它自己而言也相当独特的色调，只能跟黑色一起搭着穿了。我会加上一件松软的银色毛衣，戴上晃荡的珠子或石英当耳环，黑暗中在头发上如同第三第四只眼。我抹上令嘴唇显得血腥的口红。我刷上睫毛膏，到早上时它们煤灰一般聚集在我眼角。我穿上一件军绿色夹克，领口有一圈象牙色毛领，看上去像是松狮犬的颈背，效果出奇，溢于言表。

　　仿佛是要为恐怖分子主题的化妆晚会打扮似的，我戴上了我的埃及圣甲虫宝石项链和一枚卡拉奇巷子里打造的粗糙蓝指环，还用了点我的阿拉伯女神香水。我在政治上是不正确的。这个念头纯属心血来潮。看来挺管用。我们通常不说话。他的胳膊柔软而强壮。他的阴茎如同复活节篮子里草堆上的小号菇，小且柔软光滑。他的嘴细细地出声品尝着，仿佛我的每一处都是牡蛎，是他的，这让我感觉爱他。他会退开一些，从上面愉快地看着我，"你有马的可爱长鼻子，"他说，"还有马的可爱深色眼睛。"于是我想起所有见过的马匹，以及它们是如何努力让眼睛对焦协调工作的。它们的眼睛美丽然而羞怯迷惘，而由于它们是在头部的两侧，跟鱼一样，其中一只有时会怀疑而恐惧地支起，只是费力地看上你一眼。我感觉自己丝毫不像马，我知道它们的本能是不停地奔跑。在我的生命中，我主要是努力做到像珊瑚一样静止以避免被鲨鱼发现,而现在我已经爬上了陆地,不知怎么已经成了匹马。

我们的性有一种温柔然而富有活力的调子,就是年轻人那样,当他们并不对自己的身体——自己的样子或自己所想要的——感到尴尬的时候。亲吻是热切而又小心翼翼的,明亮通透,不饮自醉。他盘旋着——战栗、紧绷而跃跃欲飞——我弓背、隆起、拱成弧形,穿着海狮服的舞者。事后,他有时会说,"这次可以载入剪贴簿!"我睡在他床上时,睡得深而长久。直接从那里去索恩伍德-布林克家时,我有时会步行,有时骑我的铃木小摩托。莎拉会带着随意的解释逃离屋子:"我不想让磨坊变成那种讲究过头的小餐厅,每个人都穿着白上衣一本正经,好像他们是什么实验室里的技术人员似的。可是你看看我。"她指指自己的居里夫人装束。"我看着像个牙科卫生专家。"这种势利我在最富有同情心的民主派人士身上也察觉到了。我很难说自己完全不受影响。教育是为了什么,如果不是学习矛盾的话?至少在我看来像是如此。"我是说,爱德华在实验室工作,可他连白大褂也不穿。尽管他可能该穿……不过老实说,每个厨房都需要一点规矩。艾米的事我给你留纸条了。她有点小感冒,泰诺滴剂和说明书就在桌面上。再见!"

她给自行车买了个新的座架,我可以把玛丽-艾玛放在里面,不用推车了。我们就那样在公园里到处骑着车,玛丽-艾玛唱着歌,把自己哼得昏昏欲睡,她的声音被颠得颤颤悠悠。我会经过城里的少数几个黑人和拉美孩子,他们在池塘边钓鱼并用来当晚餐,我会想到每个人的荒诞差异,玛丽-艾玛现在是个非裔美国小公主,而这些池塘边的穷孩子却是一个"走开别看"的新社会的牺牲品。这就是我们失去宗教信仰的下场。不怎么样。因此我总是很佩服雷纳尔多的虔信。不过,这些孩子钓鱼钓得很开心。

但我能看出他们还什么也没逮到。纵然如此,现在是春天,他们正年轻,就算对冲基金经理也无法将这些从他们身上夺走。

星期三我和玛丽-艾玛在一起时,正午会鸣笛大作,隔壁的狗会一起狂吠做出唱诗班似的回应,向某条大狗国王致敬似的。好像为了与此呼应,周三的夜晚家里会再一次被访客和他们的言论装满。争论的碎屑向上飘浮,如同地毯上抖落的灰尘。

"后种族主义是很白人的概念。"又是这个。它们听起来全都开始像是拦着一道精神大门的自由派论坛。

"很多概念都是白人概念。"

"就像后女权主义或是后现代。后这个词是那些厌倦了谈话的人们提出来的。"

"而谈话仍旧无解,因为这无法解决。这不是那种谈话,而只是家常聊天。可你把后放在它前面——那算什么?那是在说'该死,闭嘴。我们累了,现在要洗洗睡了。'"

"如果你否定宗教,你就是否定黑色人种。"

"本地的黑色文化只不过是北移的南方文化,仅此而已。"

"呃,并不仅此而已。"

"黑人已经在这里保留了南方——烹饪、言辞、口音——比搬到这里来的南方白人保留得更好。"

"这是何故?"

"呃——这不是显而易见的吗?"

"搬到北方来的南方白人与北方白人住在一起?而黑人全都集中住在被隔离的区域?"

"我在这里代表着波塔沃托米人、奥内达人、奥吉布瓦人、温纳贝戈人以及圣语人。让我来告诉你们,我们没有成功融合是因为我们没有得到真正的工作,更不用说在你们的屋子和产业内的贴身工作了。我们只在高耸的桥上和办公大楼里工作。你们和我们的关系从一开始就连剥削都算不上。那是谋杀。"

"戴夫,坐下。你身上有更多的白人基因。"

"这算是锅笑壶黑吗?"

"我想锅笑壶黑的时候只不过是在表达他对社区的想望。它还表达了锅对壶胡扯的习惯。"

"我们无法解决历史问题。我们得着眼于当下。"

"当下就是我儿子的白人祖父母现在才打算将他列入遗嘱,和其他孙辈一样。他们想左右逢源。老天——他十岁了。这花了他们十年时间!"

"当下就是这些自恋的人们说,'我不在乎人是黑色还是绿色或紫色。'好像黑的肤色是跟绿色紫色一样毫无意义的颜色似的。"

"当下就是我们出去吃饭时我走在夸姆身后,我能看出来女主人怕他——一个十三岁的黑人小伙子走进一家饭店。我是白人,因此他们不知道他母亲是我,而且就在他身后。他们不知道我能看见他们。不过我所见到的是夸姆一直都碰到的。她看到那件连帽卫衣,她抓起传呼机,然后僵硬地说:'需要帮忙吗?'而不是'来用餐?'或是'晚上好。'"

"我的汽车后备厢里有台时间机器。"

"噢,我知道。他们小时候都讨亲戚们喜欢,不过等他们长大了,在他们眼里就不再可爱了,瞧瞧:他们发现自己有了个黑人小伙子当孙子,又或是有了个出言不逊精力旺盛的非裔美国姑娘。性征明显的黑人少年对他们来说是那么的无法接纳。"

"让我来告诉你吧:就连白人少年也会吓你一跳。"

笑声。

"这是种族歧视还是缺乏种族经验?"

"噢,我们又绕回那个话题了。"

"女孩子也一样难熬。"

"我说过女孩子了。"

"所有肤色。"

"亲爱的,安静,喝你的酒吧。"

"痛苦的赌金全赢制比赛——现在有傻瓜的游戏了。到底是谁发明的这个痛苦的赌金全赢说法?"

"不痛苦的人。发现它是种观赏性运动的人。人们痛得'嗷嗷'叫时难道不能叫他们闭嘴吗?什么'痛苦的赌金全赢制'?赌金全赢制里头有奖金!况且,每个真正受苦的人都认识一个受苦更深的人。受苦是相对的。至少我的亲戚们这么认为!"

"谁发明的痛苦的青玉米粒煮利马豆这个说法?"

"痛苦的赌金全赢制是这样的:战争是用来抵消死于生孩子的妇女人数的。丧命的年轻男人跟死去的年轻女人实际上数目相当。不过现在全都出错了……于是显得像是老人为了得到所有的性感小妞而阴谋杀死小伙子。"

"原来战争是这样发明的。为了消除竞争。大自然母亲在游戏中加入了太多竞争元素。"

"那么再问一句,是谁在操纵着这一切?"

"大自然父亲。"

"啊。"

"奈特——他的朋友们是这么叫他的。"

"奈特。"

"没错。"

"痛苦的赌金全赢制是这样的:黑鹰和奥蒂斯·雷丁都死于本县。不过黑鹰得到了酒吧和一块高尔夫球场。"

"他像只耗子一样被追赶。该给他竖个雕像。"

"有雕像吗?"

"奥蒂斯有雕像吗?"

"我想他有把花岗岩长椅。"

"花岗岩长椅?他会情愿要块高尔夫球场和酒吧。"

"傻瓜的游戏。"

"这跟我们的讨论有何关系?"

"什么时候相关开始相关了?"

"噢,是啊,军队征募少数民族。"

"学校首先就没做好。公车跨区接送学童和种族融合永远也搞不好,因此这是傻瓜的游戏。"

又是那个傻瓜游戏论者。要么是傻瓜游戏论的兄弟。

"看看本市的学校。唯一不让黑人孩子失望的是那所白人只占百分之二十的学校,大家趋之若鹜。好了,那就是赋予权利!要是把他们放到白人学校里,他们全都被降到技术班里。他们和任职教师一起被打入地窖。于是他们大三就辍学了,而白人父母则继续为他们的天才特权孩子们积累着资源。他们要钱买弦乐器!他们需要!他们得到了小提琴,我们得到的是暴力。我说,伙计,你最好有钱请上一些黑人教师。"

"还有,校董会隐藏了真正的数目。他们现在提供的数字只表明大四的辍学率。如果你提前辍学就不算在里面,因为你会让他们显得很难看。你是作战失踪人员。"

"那么这些数字是童话。"

"是个糟糕的童话。"

"还是个糟糕的仙女讲的。"

"哦,我想我知道你指的是谁。"

"停!"

"古怪的是,尽管数字已经对问题有所规避,它们还是无法被社会或种族接受。"

有低语声、阵阵笑声以及似是而非的沉默,那难以辨认的退潮与撞击突然从很远的地方传来,犹如拉威尔的《波莱罗舞曲》渐渐临近,像某种新的单调旋律。

"那么你说的是什么?除了革命别无出路?"

"好吧,也许。"

"好吧,那是猪泔水。"

我曾见过一只猪洗澡。用乳水。那只猪是海伦,她非常喜欢在乳水里踩来踩去,然后用凉水冲澡。

"这是最无益的立场。"

"亲爱的,它看上去可能无益,但它似乎能帮助别人。我是说,总得有人做理想主义者。"

"那种理想主义是最夸张、花哨不过的犬儒主义。"

"一切都必须在此时此地可行?"

"一切都必须没那么愚蠢。"

一个双种族的女孩——奥尔西亚——走过来要给我讲个笑话。她的脸因此而发亮。"为什么黑人那么高?"

"为啥?"

"因为他们的膝盖会长!"她高兴地尖叫着。

"谁告诉你的?"我问,她指着角落里的一个白人女孩。把这个笑话讲给我听是那么好玩的一件事,她和奥尔西亚都手捂着脸笑得那么厉害,以至于我也笑了。

我和雷纳尔多在校园里看电影,看我觉得浪漫的约会电影,他会烦躁地换着腿,嘲笑电影的可预见性。"噢,我就知道他们会那样做。当然。"

"你怎么知道?"我在影院霉烂潮湿的黑暗中小声说。

"我手机上有来电。"

我便会忍住一声笑,而过了几分钟他会用他断断续续的口音说:"我的手机说她现在转身走开了,不过接着会很快回头看一眼。"他当然是对的。我会笑出声来。我们会回到他的屋里喝茶。

"第一次用手机时我觉得边走边说话太难为情了。对着空气说话,像个疯子。不过上帝创造这个伟大的世界时他什么都设计好了。他知道该往里面放什么,于是我们某天就有了手机。"

"吻我。"我会说。

有时我们会去巴勒斯坦人的集会,然后回家,点起小小的圆蜡烛,然后上床,烛光令房间摇曳,像手持摄像机在晃动。他吻得好似几十个年头那么漫长。我努力学习他所知道的。

夜晚他用自己的腿和胳膊裹住我,我们就那样紧贴着对方睡去,直到某人在睡眠中不得不动一下。不过,我们还是不会让彼此的肌肤完全离开对方。"你相信宗教错误吗?"有一晚他在黑暗中低语。

"是。"我说。

"你相信整个国家可能会造就一个宗教错误吗?"

"是。"

"你相信整个国家可能就是一个宗教错误吗?"

"是。"

他还是从来不对我吐一个爱字,不管是用他的哪种语言,而我依然无法领会暗示。让这暗示写在空中吧,用飞机喷出的空中文字——我很愚钝。好吧,就算是空中文字也并非总是确定的:它可能无法占满整个天空,或者一阵微风可能会把它吹模糊,因此谁能真正确定它写的到底是什么呢?**就连空中文字都不会管用!**几年之后,我会想自己为何不能把对这个男人的感情看作是一种原始、刺激、警觉的迷恋。可我还是称之为爱。我爱着。我学会了爱的葡萄牙语和阿拉伯语，然而都是徒劳。夜晚在他的公寓卧室，只有他的立体声音响、电话和激光打印机的红色指示灯映亮黑暗，他会叹息着告诉我，我如何是他唯一的朋友，他又如何在纽约的生意破产一个月后搬来了这里——一家快递公司，承揽新泽西与皇后区之间的往来业务，有台刷着包裹不嫌小字样的白色厢式货车。"9·11"后，他的车再也无法快速通过那些隧道和大桥了。作为一名棕色男子，他不停地被要求停车靠边，被敲竹杠索取毒品。他一个一个地失去了客户，因为包裹递得不够快。到了十二月，他把厢式小货车卖给了一个白人，用卖来的钱在网上注册报了这里的课程。"我想我该再上一点学。"

我喜欢他说"一点"的方式。"为什么是这里？"我问他。

"问得好！"他说。是纽约的几个朋友推荐的。"而且，这里没有值得大家惊恐的隧道。"

"对，没有恐怖主义。你在这里需要担心的是——玉米发霉！"

"你是农夫的女儿。"他说。

"你有绿卡方面的问题吗，办那家公司？"

"绿卡？"

我俩都不知道那到底是怎么操作的。

"移民身份什么的。"

"噢，不。那没问题。你以为穆罕默德·阿塔是怎么进来的？很容易。Hasta la vista[①]，宝贝。"

"不知道穆罕默德·阿塔到底说没说过'Hasta la vista'。"我说。

[①] 西班牙语，意为再见。

"噢，我肯定他说过。"雷纳尔多颇为认真地说。

然后他会把我翻个身，开始替我按摩，他的手指是某种钢铁制成，就像用来掰开龙虾的胡桃夹子和指甲一样，他的手捏动起来。我背部、颈部和腿部的肌肉打开了，就连脚似乎也像扇骨一样展开。我想要给他如法炮制时，他会说："用你的吉他长指甲给我挠挠背。"于是我便依言而行。

"哪里痒？"我会问。

"呃，对，那里。"

"别说这里那里。你得说上、下、左、右。"

"收到。"他说，接着又说，"对，就是那里，就在那里，稍微往回再过去一点……"

"瞧，不行，别说什么回来再过去之类的。"

"我说了'right'。"

"可不是那个表示方向的 right①。我没有特异功能。痒是会游走的。不过——"

"——女巫不会？"

"对啊，女巫不会。"

"啊，不过她很可爱。"

大部分东西都是超乎语言的，以欢悦和痛苦的姿态将舌头举起，砸在地板上。

另一方面，我对他而言似乎只是种转移。做完爱后，他会平躺下来，伸个懒腰，宣布他很放松。

"放松？你只是感觉放松——就这样？"

"噢，不。"他说着转过头看着我，"我还看见了烟火、耶稣披着斗篷飞过，等等。"

---

① right，有"对"、"右边"的意思。

"很好!"我会任他嘲讽。我会抓住任何时间、任何时刻、任何借口骑上我的小铃木飞奔去他身边。我会光着脑袋,任头发在风中如笔直的棍子拍打。尤其是我已经不再戴头盔了,不过有时我会包一条麦斯林纱布头巾,免得头发进到嘴里,而且会戴着它走进他的公寓。他认为我把它叫做"穆斯林"而不是"麦斯林"。他会把双手放在我头上,好像在为我祈福似的。"你可以怀我的孩子。"他会低语,而我会嗯一声,点头说"行"。不过我会想象我们有的是玛丽-艾玛这个我已经爱上了的孩子,我们会有她、爱她,爱她的咯咯乱笑、她的微笑、她的焦糖色皮肤。有时这是真的:我们三个人会一起出门,我们像是一家子。如果他爱过我,哪怕只是这么说说,我就足以幸福地死去了。可是没有。因此我没有幸福地死去。墓碑上可题:她并非死于幸福。

周三晚上,莎拉的小组仍然碰头,那些话语再次迅速飞上阁楼的婴儿房。脏衣服通道比楼梯还善于传播它们:也许这些话语是自己爬上了楼梯,甚至没在平台上稍作停留。那些声音时而如歌剧,时而如轻喜剧,或咝咝作响,或乏味冗长。有时听着像歌声的却是嘲讽,有时听着像嘲讽的却是要东西吃。有时评论听起来像是在晕船,像橱窗里的过气展品,或被大肆批驳,或者像某个广播电台。

"医疗体制、就学体制以及社会保障都必须有途径测试。必须是当下这个情形的反面:让穷人进,富人出。"

"所有这些种族盲。这些坚称自己不注意别人肤色的人。这些来托儿所接走自己的孩子假装从没注意到贾里德肤色的父母。我想说:'亲爱的,如果你像自己所说的那样无视种族,那是某种残疾。让我给你根拐杖吧!顺便说一句,你会注意到它是白色的。或者，如果你是色盲的话，你不会.'"

"种族牌这个词，'打种族牌'里的那个，是从哪里来的？"

"O.J."

"在此之前，我想。"

"种族牌——该死那到底是什么意思？又一个白人概念。"

"嘿，就像我说的，我们白人有很多高明的概念。"

"一个黑人不能谴责白人打种族牌，因为白色的种族牌每天都在打。"

"事实上，它甚至不是一张牌，倒更像一副牌。"

"更像整个游戏。"

"你认识阿尔塔吗？"

"她是个蹩脚的伪诗人。啊噢——那是我说的吗？"

"我确实觉得，只要读过她的作品，就会对她的身体所知甚多。"

"噢，她的作品那么假，那甚至都不是她的身体。"

"一个有双重身体的诗人。"

"我也想要双重身体——好去杂货店购物。"

"你们和自己的孩子在走道里的时候有没有看到过那种表情？那种说着我知道你在和有色人种乱搞——我们希望你能付现金的表情。"

"我想我知道你指的是什么。"

"怀疑。"

"还有对宗教的怀疑，我发现那是反黑人的。"

"别让我起头讲伊斯兰教。"是那个别让我起头讲伊斯兰教的家伙。

"公车跨区接送学童到底有什么意义？他们把贫穷的黑人孩子送进去，反正还是要把他们隔离开来的，把他们塞进地下室，

IV 185

塞进工艺班。"

"你上周在这吗?还是我们更早以前就已经讨论过这个了?"

"我第一次把卡斯带去做测试看他该进一年级还是幼儿园时,我坐在房间外面听着这位女士给他做某道莫名其妙的题目:'脚对鞋相当于什么对暖手笼。'他才五岁!他怎么会知道暖手笼是什么?"

"总有一天他会的!"

"停!我是说,那只是最老式最荒谬的类比!我想他完全是随口说了个东西,比如'兔子'。然后她走出来时带着那种忧心忡忡的表情说他有学习障碍,我们得把他送进特殊教育班。他才五岁!"

"他们很早就把他们按成绩分组了,出于筹款的目的。他们需要足够高的数字去雇人。因此黑人孩子就遭罪了。"

"即便是种族融合的学校,其内部隔离也名声在外。"

"除此之外他们没有别的具体议事事项?"

"这相当一部分是胡说八道[①]。"

我这辈子曾见过许多瓦罐——有的在谷仓里腐坏,有的破碎了,有的很美。它们全都是空的。我不记得有哪个是装了东西的。

"它当然会让你知道,在这个世界上当一个非裔美国人是怎么回事。"

"好吧,既是也不是。"

"谢谢。"

"抱歉再提一下头发的话题:谁以前曾说起过某人,一个会替黑人弄头发的女人?我需要地址。我开始为艾米的黑人发型发

---

① 胡说八道(crock),有瓦罐的意思。

愁了。"

"是啊，她该编上辫子！"

"南榆路上的埃尔娃会做——她很酷，而且喜欢孩子。圣诞节她会去无家可归者的收容所替大家免费理发，黑人、白人都一样对待。"

"音响里放的是莎拉·沃恩吗？"

"肯定是。"

"伙计，听听她的拟声唱法。"

"你说你不相信有什么黑人文化的。"

"我不信。"

"听过茱莉·安德鲁斯的拟声吗？"

"我不相信什么同性恋文化或白人文化或女性文化或任何这种东西。这真是……"

"梦幻世界，宝贝。"

"你到底听过茱莉·安德鲁斯吗？"

"嘿，没有蓝眼睛也可以戴蓝耳环的。"

大部分时间我不知道他们所谈为何。不过有时候，在回忆起某些话时，上下文会令它们的意思变得清晰。有些语句，如同扬起的沙子，会在我脑海飘扬，受热变成某种玻璃。我见过拟声唱法！而现在它在这里成了件可羡的事了。

"沃恩拿起《秋叶》，把它变成了《芬尼根的守灵夜》。"

"那是你的论点？"

"是啊。有点儿爱尔兰：因啤酒而起。我在喝啤酒。"

"我们在法国的时候，法国海关官员迷惑地看着我们。'可是你看，'他们说，好像是要指出我们没注意到的事情似的，'你是白人，而你的儿子是黑人——这怎么可能？'好像这是对科学的蔑视似的，好像我们自己以前从来不曾考虑过自己的肤色似的。

我不得不用英文生气地说：'美国家庭就这样！'"

"这个世界的其他地方不理解这个国家难以驾驭的多样性。"

"多样性被资本主义搞得甚至更加极端。"

"是被卡尔·罗夫搞的。我有一次在饭店里看到卡尔·罗夫就坐在餐厅另一头。我想了五分钟：我可以拿起这把牛排刀走过去，改变历史。就现在。"

"然后？"

"嗯，正如你看到的，我选择做一个自由的女人。有人想要夹心馅饼吗？"

"里面有肉吗？"

"噢，已经不用肉了。她已经是善待动物组织的正式成员了。"

"还不是。"

"不是。那很好。我给他们十年，你瞧着：他们会得诺贝尔奖。去年我给他们十五年，但我想气候在以有利于他们的情形迅速变化。基本原理是人道对待动物只能意味着更人道地对待人类。"

"我对那些动物权利主义者有看法。"

"是啊，我也是。他们很快就开始把动物跟黑人做比较。他们说，'我们对黑人也那么干。'你说，'可他们是人。'而他们说，'是啊，我们现在知道了，但那时他们可不是这么说的。'你说，'好吧，那时很多人都这么说的。而现在据我所知，没人会说一头牛是人。'"

"物种主义者！"

"有奥地利人说黑猩猩是人。"

"别让我起头说灵长目动物研究。有人如此热衷于把黑人跟猿猴混为一谈，或是跟任何种类的野兽。"

"就连对犹太人也这样。"

"好吧,奥地利人……"

"你什么意思,'就连'?"

"我没什么意思。我是说就连对小鸡也如此。我听说善待动物组织的人将小鸡的遭遇跟犹太人的相提并论。"

"好吧,不然你打算怎么让它们安静地坐在窝里自己计税呢,要是不砍掉它们的腿的话?"

"你的幽默感太黑色了。"

"别说'黑色',这有种族主义之嫌。"

"你们有没有注意到当人们说'我没有种族偏见'时,你立刻就知道他们有?"

"就像那些完全没有自知之明的男人说,'我没有性别歧视。'而你想说,'亲爱的!你当然有!'"

"我希望人们能搞清楚,说'生父母'而不是'生物父母'。每个人都是生物。"

"一定意义上说,那正是每个人都太差的地方。"

"而且我不喜欢在动物身上用领养这个词。人道的社会一直都这么用,但这对被领养的孩子来说很叫人困惑。"

"我曾听过艾萨克·巴什维斯·辛格谈论小鸡大屠杀。"

"现在又有另一个了,彼得·辛格。"

"你确定不是指皮特·辛格?"

"那个说要杀死畸形婴儿但不要吃肉的伦理学家。"

"噢,他就是个马屁股。"

我见过马的屁股。我见过很多,还有那一大团尾巴,像个活物似的驱赶着苍蝇。

"太多辛格了。"

"现在我们说回莎拉·沃恩吧。好。我要来个夹心馅饼。"

我见过瓦罐，见过马屁股，我没见过的是夹心馅饼。

"太多莎拉了。"

"才不！"

"太多夹心馅饼了。行行好！再来一个。"

"有观点认为，人们对彼此如此残忍，除非我们加以注意，我们永远也没法跟动物扯平了。"

"然后，正如我说的，还有观点认为对动物的人道主义措施会令我们改善与人之间的关系。我们会说，'等一下：我们甚至都不对动物这么干。我们为什么要对人这么做？'"

"有时你从哪里开始并不重要。"

"那真的就是现在的道德家们所说的吗？"

"我对他们一无所知。我的领域实际上是乳品学。"

"他们的论点是，除非一种动物表达了它全部的自然动物性，否则它就是遭到了残忍的利用，它的生命就是毫无价值的。你会想那样倒会令他们把死亡看做一种仁慈。但死亡不是问题，活着才是。"

"我会想，杀戮这个过程才是问题——该怎么完成？"

这时我想我听到了莎拉的声音。"如何杀鸡：足够养活这个星球？我是说，我们难道一点也没从大屠杀中学到些什么吗？我们难道不能把它们圈起来放毒气吗？"

更多的笑声。"那样就表达了鸡的犹太性——或者我指的是犹太人的鸡性？"

"所以我们才有以色列，宝贝。我们再也不是鸡了。"

"这可真是扯淡。就连人类都没能表达他们全部的自然人性呢。你以为睡在没有玻璃的车上的无家可归者是在表达他的人性？然而每个人都飘然而过，继续向前。这令我们最好的意图都成了牛粪。"

我曾见过牛粪。我见过小鸡追逐着它,趁热吃掉。

"我所知道的是,唉哟,你给自己的植物浇水!你会给植物浇水!却对畸形儿童说不?"

"有人想要水吗?你们的酒还行吗?"

"不,不行!我需要再来一杯!"

"我本以为我们该谈论的是跨种族的家庭呢。"

"索尼娅转换了话题。"

我曾看过一部诙谐短剧,里面一个主人用氯仿麻醉了他的客人,为的是不让他再多说一个字。

"一切都有关基因!似乎什么都有基因!可悲然而确实如此,或者也并不那么可悲。"

"我所知道的是我们的儿子有曲棍球基因。而他是领养的——显而易见。我们整个家族里没人有这种基因。他所有的比赛我们都去看,他在那里像尊希腊的神,而我们在看台上看着像是卖花生的小贩。"

我能听到爱德华的声音。与科学、科学家和学者为伍已经使得他说起话来带着教授腔。他会用如果你愿意这个短语。用得很多。"让我们称之为重组的再水合作用吧,如果你愿意。"而莎拉的声音会加以抨击。"爱德华。让我给你个提示吧:去掉那些如果你愿意。"

很长的停顿。"我宁愿往自己眼睛里扔沙子。"

一些欢快之声。大部分声音我从来没能真正辨认出来。

"只是玩笑。"

"什么大熔炉?它不会真的把你扔进锅里的东西都融化。有DWB:黑人驾驶,还有DWJ:犹太人驾驶。猜猜哪个会让你停车靠边接受搜查?"

"我对此涉猎不多。"

"也许你还不够博学。"

"谁要是读过普鲁斯特的所有作品,还有《无个性的人》①在内,必然会错过一些别的书目。"

"肯定是。"

"你们知道那些防止婴儿晒伤的车窗遮阳罩吗?我们需不需要?当然!可他争论说不——爱德华,你有!你和我争了!"

"因为她不是白人?"

"这里是我的安全系统:我。屋里的黑人男人。足够吓退任何人。"

铺着地毯的楼梯上有脚踩上去的轻柔分量。我和玛丽-艾玛坐在地板上,抬头看去。一个女人出现在门口,棕色、高个、苗条,她的头发整洁地编着许多小辫,脑袋看上去像一壶藤本植物,她的身材被深色和亮色烘托得很时髦。没有人喊着"妈妈"奔向她。没有一个孩子认领她。只有两个抬头看了看她。爱德华在她身后出现,碰了碰她胳膊,她转过身。随后他俩一起后退,走开,消失。

那晚的最后,父母们都上来领孩子时,有的问自己的孩子晚上过得如何,孩子们有的说"好极了",有的说"糟透了"——没有中间状态,不是兴奋就是灾难。我喜欢黑人女人抓起她们的儿子拉近自己身边的样子。我喜欢白人爸爸高高举起自己的黑人女儿的样子。只有玛丽-艾玛浅浅地笑着,一言不发地看着孩子们一个个离开她的房间。楼下,我听到莎拉的声音,她和爱德华独自在厨房。

"你把洗碗机的上层清空了,可下面没清空,现在干净的盘子全跟脏的混在一起了——你还想要做爱?"

---

① 奥地利作家罗伯特·穆齐尔的未竟之作,分三部。

我真的听到了吗？这是一项重要社会运动的草根呜咽，还是一种深层的小小疯狂？如果两样东西掉在森林里，发出同样的声音，哪个是树？

我抱起玛丽-艾玛。我用干净的湿纸巾抹去她嘴角的巧克力。"去抱抱你的妈妈。"我说着把她带到下面，让她冲进厨房去打断他们。

我道了"晚安"，从门口溜了出去。出于礼貌，我飞快地离开去过自己的生活。我没骑我的小铃木，不过还是包着头巾，好像我骑了似的。我是个妓女①，戴着系法不正确的穆斯林头巾，没在下巴下，而是——一种让步，一种中间状态——在头颈后面打着结，像《乡下姑娘》里的格蕾丝·凯利一样。还是《后窗》？我走着走着，然后开始小跑起来，就像反复出现的梦境：我飞翔着，但只离地面几英寸距离，虽无大志，但仍旧是在空中。路上，我从邻居的酸苹果树上折下一枝花枝，在湿润的四月夜晚，我轻快地抄着小道径直向雷纳尔多家走去。到了他那儿，我就会把树枝放进水里。

可当我到那儿时，却发现有点不对劲。他窗口没有灯光。我爬上楼梯，轻轻敲敲他的门。我心中一阵不安，发现门没锁，慢慢转动门把手走了进去。我发现他坐在已经空空如也的黑洞洞的公寓里，就在地板正中央，他发着光的笔记本电脑照亮了他。这让我想起我们夏天放在母亲的旧相册上用来收集阳光的铝箔，它晒走了我们脸上的苍白。别的家具都不见了，所有的东西——床、木琴、桌子。墙上是一张海报，黑底白字：广袤的寂静笼罩着大地。大地本身荒无人烟，没有生气，没有活动。它如此冷寂，其要义甚至不是悲伤。那里面有笑的迹象，不过是一种比任

---

① 原文为阿拉伯语，sharmoota 意为妓女。

何悲伤都来得可怕的笑声……我知道这摘自《白牙》的开篇，我七年级就看过的书。我从没见过它挂在他房里，不过也许只是因为它现在是雷纳尔多本人和他的笔记本之外唯一在这里的东西，很醒目。他合上笔记本，抬头看着我，或至少是朝我这边看着。他坐在他的祷告毯上，面向东方。我记起自己曾以为那是块瑜伽垫，跟我弟弟的一样。我在门口踢掉鞋，因为他有时喜欢我那么做，但我并不感觉轻松：我怦怦直跳的心脏升到了嗓子眼。我想这么强烈的震动可能会令我的内脏松散。

"你好。"他说，没有笑意，仿佛他在很遥远凄凉的地方。他拧亮钥匙链上的灯朝我那边打着，然后把它放在地板上，那就是我们唯一的照明。他朝我的脸瞥了一眼，又掉转了目光。他身旁的地板上放着一杯茶，他端起来喝了一口，一直看着墙。我以前曾见过完全一样的表情和动作——在哪儿？（爱德华。我第一天见到他时在他身上见过。）日后我会逐渐明白，那种表情是爱情结束的开始——一个男人努力的终结。它念作"高级疲劳"，如同脱衣舞娘的名字。浪漫的爱情开始有常规的神圣、沉醉、侵入和暴力，随后就是"高级疲劳"这位脱衣舞娘，她将它偷走了。

"出什么事了？"我问。没东西可以装或放那根酸苹果树枝，于是我就拿着它站在那里。从它发蔫的样子能看出它已经开始颓败了，这是我从花卉画中琢磨出来的它们的特性。

"我要搬到伦敦去。"他说，"我已经把木琴寄到你公寓了，应该几天内就到。玛丽-艾玛可以在那里弹。当然，你也是。"

杰克·伦敦的海报是线索吗？是密码？一切都已变得怪异。我们之间的一切如杯中的冰块消解：它变得越小，就消失得越快。整个世界也会如此终结，有人曾告诉我。

"我不是支部成员。"他说。

"我从来没这么想过。"不过现在我开始想了。他接受了某项任务。一定是这样。他生活中有个操纵他的毛拉——关于暗地里招募的流言四处可闻,尽管只是窃窃私语,有时只是开玩笑。"为什么是伦敦?"

"英国人吹毛求疵同时又绝少抱怨——美国人完全略过了那个阶段,不出半个世纪就从呆瓜的禁欲主义进入了神经质的牢骚不断。"

"这个回答真是胡扯。"

"我是某个帮助阿富汗儿童的伊斯兰慈善组织成员,仅此而已。他们以为我是支部成员。我不是。如果有人问你,要是我走了以后他们问起你,你就说我不是,请告诉他们我不是。"

在这段对话中没有余地去问"那我们怎么办?"谈话的空间突然被其他生物占满了。也许我们已最终抵达了摧毁亲密关系的亲密阶段。

"你是巴西人。你可能会是什么支部的成员?比基尼蜜蜡支部?"我曾在他的报纸堆里发现过一份内衣广告目录。我拿起来凑近看时,发现上面的地址标签上写的是我自己的名字。显然是他有几次到我那里过夜时把它从我那儿带走的,瞒着我,也许是为了看胸部丰满的模特。如今他显然将远赴伦敦,我曾拒绝想太多的各种事此刻纷纷涌上心头,如同携裹尘土的狂风意欲将眼睛撕裂。

"我不是巴西人。"

"你不是?"他当然不是。我为什么没有早点想到?巴萨诺瓦音乐在哪儿?为什么他连一句《伊帕内玛姑娘》都不会?

"对此我说了谎。"

"为什么?你是哪里人?"或许他已知道我最喜欢的那首鲁道夫·瓦伦蒂诺唱的《克什米尔恋歌》的歌词。我的手真真切切变得苍白！即便他不曾在爱的花园爱过它们。① 我的心脏轻叩胸膛，犹如手指叩击桌面。

"新泽西州，霍博肯。"

"霍博肯？跟弗兰克·辛纳屈一样？"

他微微冷笑，眼里有卖弄学问的神情。"就连美国的第一次革命也是由新泽西开始的。"

"赌博与疾病。一切从头开始。我们是在上美国历史课吗？"我看着他熟悉而美丽的脸。他将神秘地离我而去，正如他一开始神秘地出现。剧痛。出口如同入口——只不过颠倒一下。一段回文：gut-tug②。

"你是个单纯的姑娘——虽然你并不纯洁。不过，我还是认为你很单纯。尤其是对犹太人而言。那样很好。"

"犹太人？"

"是的。"这个下定论的声音听起来不像他，而他能看出来我听出来了，似乎朝我迅速地微微笑了一下，这个出戏的微笑是在这别离的剧本中专为我而泄漏。

"那意味着你不打算告诉我更多了，是吗？"我开始将T恤的下摆拧成了麻花。在生活中，跟电影中一样，有时你会把机器人误当做活人。"你的声音怎么了？你讲话不再用缩略语了。你怎么可能是新泽西人？"

"当你发现自己是谁时，你就不复单纯了。这对别人来说是可悲的。所有知识都会显现在你脸上并令它发生改变。不过可悲只是对别人而言，并不对你自己。你会感觉自己拥有了某种智慧，这种感觉相当错误，不过对你来说这种错误具有力量，因此

---

① 《克什米尔恋歌》的歌词中有这样的句子：我在爱的花园爱过的苍白手指，今在何处？
② gut：肠、胃。tug：拖、拉。

你会悲伤地珍惜并培养它。"

"要是我一开始就发现了你是谁呢。"在这间临时的寄宿小屋里，我已经成了迷你酒吧——而非敏拜楼①。这是自带酒水的宴会，我带来了啤酒。

"正如穆罕默德所说的，我们并未如我们应当的那样了解上帝。"

"那是谁的错？不是你的，也不是我的！也许上帝站得不够靠前，也许上帝的见面打招呼工作没有做到位。"

我突然感觉自己像个古老的印第安首领，看着这世界无可挽回地变迁，年轻的一代再也不会了解上一代，哪怕是最强健的在某段铁轨尽头猛扑在马背上的那些人。但要是雷纳尔多能感觉到自己道路的不确定性，也许我们能一起体会我们的绝望。无论如何，我从不以为他是信教信到无可救药的。他是不肯吃猪肉小香肠的，但谁能怪他呢？那些热的咬起来嘣地折断，尽是脂肪。那些冷的就是死亡本身……

"我不知道你有这么亵渎神明的想法。"他说。那是个微笑吗？

"是啊，好吧，有时青出于蓝而胜于蓝。你知道吗？电脑能打败象棋冠军，儿子可以比父亲更聪明。"我不会说到科学怪人。"也许《圣经》和它那虚荣爱哭闹的上帝是要告诉我们，万物也比造物主更神圣。瞧啊！我说了那个却没遭报应。"

"有时这些事情需要时间。"他说。

"报应？"

"当然。一切。"

"很好。"然后我又加了一句，"和善一些、温柔一些不

---

① 敏拜楼（minbar），清真寺内的楼梯形宣教台。

好吗？"

"必须听从上帝。"

"好吧，上帝应该说大声些。他说得太含糊。"

"他让我们做他的使者。"

"像他那样有自己的工作人员和城外的办公室真好。"

"我们是他的羔羊——"

"我不是指那种工作人员。"

"——也是他的狼。"

"那听起来真的，真的很复杂。"

"人类是一切苦难的根源。"

"也是一切神的根源。"我又犯了禁忌，"不过就像我说的，青出于蓝而胜于蓝。"这设计是狂妄抑或机智？

他静默着，似笑非笑。我发现自己倒向他，似乎那撕裂着我的强烈情感能被神奇地制成有用的爱意：如果我去亲吻他，或许可以——然而他抽身躲开了。然后我慢慢地站起来，往后退，一次谨慎地挪一步，听他说。我的酸苹果枝已经掉落在他身旁。

"这世上有亿万个穆斯林。"他说。

"那，又怎样？我应该能另外再找到一个？"

他目光灼灼地注视着我。他有那种在脸上和眼中调集强大的专注力的能力。"有那种可能性。"有一刻，对于我俩的遗憾令他眼中晶莹闪烁。"你不能向石取血。"他悲哀地说。我猜，他是指爱情。这是个他喜欢的说法，以前曾对我用过。

"不，你能。"我说。我总是在努力。

"你能？"

"人们可以。你可以。"

"怎么做？"

"你可以去采石场。"

"采石场?"

"是啊,要是你去采石场,那里总会有某具被扔在那里的尸体。"

他笑了。

"经文不禁止你为毛骨悚然的笑话发笑吗?"我要稍微嘲弄他一下——为什么不呢?

"每本书里都有许多空白——"

"沉默……"

"因此谁知道字里行间到底有什么言外之意呢?所有这些富有意味的沉默!"

可这时,他感到自己受到了嘲弄,于是让自己的脸变得冷漠无情,突然之间,他显得终于完全收拾妥当准备遁形了。要找出那个活着的他无异于从坍塌的矿井里寻找一个矿工:我可以钻孔挖掘朝各个通道打光,但我再见到他的可能性,至少,那个曾经的他的可能性,呵,机会渺茫。

"你在谈话中避开了许多麻烦的问题。"

"希望如此!"

"你对我撒了谎。"我终于说道。

"对无信仰者撒谎不过是用他们的语言谈话。"

这听起来像是我书页里用来做标记的诸多签语之一。"我从未对你背信弃义①。"

"在你的定义里不算,不。"

"是指你说枯竭的美国那次吗?你怎么不明白?我同意你!"

---

① 作者在这里故意使用了 faithless 的多重意思,上一句中雷纳尔多说 faithless 是针对女主人公的异教徒身份,本句中女主人公以为男友是在指责自己背信弃义。

他一言不发。

"你没有上飞行课吧，我希望！"

他摇摇头。"没有。"

我往后退时，一卷卫生纸和两片白色药片在窗台上很扎眼。"那些是什么？"我指着药片说。我胸腔里的心脏已经从自行车辐条上一张纸牌的快速扑闪变成了干衣机里一只运动鞋的大声的不规则撞击。

"它们是紧急情况下用的。还可以用来清洁，显而易见。那些药片？它们是巴西土豆提炼的——你的两大兴趣所在。"

"真的么？"

"土豆和巴西。"

"我明白你在说什么。"恐惧与悲伤同时发作，如同熄灭彼此的两团火。任何有建设性的情绪已弃我而去。"不管你有多希望这世界终结，它都不会。就在眼下，万物的种子正在挪威的永冻层里存储着。"

"谁会找到它们？"

"有人会。"

"是，我肯定你是对的。"

"你肯定？"另一个窗台上的是一小包卫生棉条。"你要这些干吗？"

"以防万一。最糟糕的局面：它们能给伤口止血。"

"真的么？"

"他们让你说出我朋友的名字时，你必须说你不知道，因为你不知道。"

"我不知道。"我为什么不知道呢？"这种政治与精神的绝望。"我无望地说，回忆起某个周三听来的话，"这是误将小世界当做大的，大世界当做小的。"

他微笑着，不过很客气地没有笑出声来。"你不知道自己在说什么。"他说。

"可能是。也可能不是。"这是孩子话，不过并不意味着它们不对。"也许招募你的是某个间谍。要是你是某个阴谋的牺牲品怎么办？"

"要是我就是那个间谍呢，"他装出一副戏谑的样子，"要是我就是那个阴谋呢。"

"听着！圣战的领导者们——他们并不尊重外来者。他们觉得这些热切的新成员们全都是疯子，来自别的国家，他们利用他们并且嘲笑他们。"

"谁告诉你的？"

"多尼戈尔先生。有天你缺勤的时候。"

"什么？"

"他懂阿拉伯语，收集谈话内容。有人这么跟我说的。"

"他'收集谈话内容'！听听你说的！"

我只是盯着他看，确凿无疑地感觉到：我再也见不到他了。

"错的不是圣战。"他重复道，"错的不是战争，错的是错误的东西。"

好似格特鲁德·斯泰因蒙着穆斯林长袍说话。我继续往后退着，我光着的脚趾撞到了什么尖尖的东西，也许是地板上翘起的一小枚钉子。我用瑜伽姿势抬起脚，它在流血。我捏了捏，看到血黯淡地滴落在地板上，尽管里面没进什么东西。然而抬起脚似乎反而让血滴得更多了。窗台上有卷卫生纸，我跛着走过去扯了些下来，缠在脚趾上。

"你不要紧吧？"他问，听上去几乎就是我所认识的那个甜蜜男生，在他内心深处，可那部分再也不重要了。

"是啊。不痛。"我说。

"他们以为我是某个支部的成员,可我不是。我发誓。我希望你能永远相信这点。"

"以安拉的名义——哦,是的,我相信。"

我穿回鞋子。

犹如电影里的经典场面,一个恋人在车上,一个在站台,火车开始离开,站台上的恋人开始快走几步跟上,接着是慢跑,然后是全速奔跑,而后当火车加速、不可挽回地离去时,完全放弃。只不过在本案例中,我是所有的角色:我是站台上的恋人,我是火车上的恋人,我也是火车。

"以安拉的名义。"

我离开,来到街上,哭泣。我跑着跑着,一直没有回头,没有人出来追我。我跑过了穆斯林学生会,离雷纳尔多住所不远的一幢小房子,刷成绿松石色和白色;我知道,里面建了座临时的清真寺。雷纳尔多自己也曾加入帮助粉刷的队伍。在夜晚的这个时候,里面或附近根本没有人;在白天,我曾见过它不祥地熙熙攘攘。我想,没有什么应该是熙攘的,一切应该是缓慢的,稀疏的。我跑过一个以前常走的街区,现在被开膛破肚更换下水管,马路中央是一块市政路障,上面的标语写着道路封闭。在它下方,仍是在标语上,某个涂鸦艺术家喷上了黑色的我爱你。天空中是星星点点的毒药,如同那些据说在人张着嘴睡觉时掉进他嘴里的蜘蛛,终其一生有一百只。我一直往北跑着跑着跑着,可能已经一路跑到了加拿大,在那里,因悲伤和精疲力竭而瘫倒,我的胳膊和手指会僵硬地往上举起,而我,在某种悲痛的神奇变形下,会变成一棵枫树,我多愁善感的眼泪会被熬成抹在某人煎饼上的糖浆。

关于脚上的伤口,有趣之处在于只需站着,无需呵护,压力就会将血止住,痊愈:这不是新世纪的强大真理又是什么?道路

封闭 我爱你。到家后我脱光了爬进装满水的浴缸,坐在齐腰的水里,放声大哭。裹在脚趾上的卫生纸散开了,奶白色的一缕缕一片片,在水里四处漂浮,当我整个没入水下——为了消失、清洁、改变我的清醒状态,不管是什么——碎片游向我的脑袋,缠在我头发上。当我再也无法屏住呼吸,我又冲出水面,发现温暖的盆浴令我的脚趾又开始流血,鲜艳的深红色在水中绚丽地打着旋,有如重获自由的生命——尽管这其实是死亡的一声招呼。我出了浴,用浴巾裹住自己,然后旋转、旋转,浴巾松开了,我的湿发在房间里四洒着水滴,而我一直旋转着,直至我既感觉不到死也感觉不到生,只有一种眩晕的迷狂,我相当肯定这不是苏非主义,也不是我最深处光芒四射的灵魂从洼地擢升为迷人的风暴:这更像是低血压与体育课的结合——我小时候体会过很多次——与身体的轻微分离,用来提醒你,你是什么。

V

钟被拨快了一个小时，日光早早地洒下，一直坚持到晚上。我睡得很浅，夜晚漫长，充斥着似乎就在房间里的人们的相互斥责。可当我醒来时，房间里并没有其他人。公寓内闷热而潮湿。我已发现，春天愈来愈难在草原上停留。仿佛是没有足够的树枝去抓住它，没有足够的山头去抱住它——几乎没有什么附着摩擦力，真的，而后夏日的燠热就悄然而至。很快，一种被看不见的虫子叮咬的感觉取代了徘徊不去的人们的互相责骂。我吃的一切似乎都会在肚子里积成黏土球，我的脉搏会在睡梦中停止，而后又稀里糊涂地匆匆启动，将我从漆黑小巷、赤裸奔跑以及愤怒的梦中惊醒。我会下床：用一只已经入睡的脚的骇人脚步，脚趾甲古怪地松动了，我失去了对真实脚趾的紧密控制——这一切都源于一颗破碎的心。

我已经几个月没有扫地或拖地板了。有东西洒到地上时我用纸巾擦拭，我曾希望能这样将整个公寓的地板擦一遍。我猜，这种分块清洁地板的方式好比每天写一首诗，直到你最终讲完了关于人类处境的一切。不过这样并不真的管用，即便是在诗歌里：角落继续积满污垢，而某几块地板则被擦得滑溜锃亮。有时候，纸巾用完时，我会用背包里一直替玛丽-艾玛备着的湿纸巾，我会从操作台擦起：看来我几乎能用一张擦完整个房间——那就是我开始信奉妄想的家务之道。

没有一个人问起我关于雷纳尔多的事，这让我意识到我俩的关系原来是如此私密而孤立。短暂，消失无踪，如同戴着头巾的

《布里加东》。我感觉自己的感情是种耻辱。在他的寓所，显然没留下我的任何印迹——除了那血迹——没人来敲我的门。我感觉像鱼的嘴唇那么忧郁，这其实是我在脑子里唱的一句歌词："草并不在乎 / 风是自由的 / 草原——曾是海——不为我歌唱。"糟糕的语法对贝斯手的悲伤而言是一种图腾。

我的真实感受是这样的：像一棵树被砍倒，一种新的感觉，而我开始意识到，从此以后的所有新的感觉可能都将是糟糕的。惊喜再也不会是好事。而感情可能会裹上真正的物理形式，像那些悲伤的鱼唇，一张被刺得喘息无语的嘴，或者更糟。我甩着头发，拍着我的贝斯琴面，像杰柯·帕斯托瑞斯那样，眯着眼，琴把变得模糊一片，看不出品；也许某天我会用一把锉刀将那些品都挖掉，也填上环氧树脂。

有时我会过早地在床上醒来，感觉自己的脚在被单下摆动，而一开始并不知道那是我自己的。我只感觉到凉凉的被单在动，感觉像是有别人在那儿，和我一起在床上，而我会迅速转头，发现没有人；总是只有我。晚上入睡之前我总是盯着电话。"你在吗？在。你睡着了吗？还没。我举的是几根手指？"

实际上，没有人问我任何问题。没有人说过一句，除了莎拉。

"你看到报纸上关于那个失踪学生的报道了吗？他们在他的住所发现了血，但不知道是谁的。"

"真的么？"我说。

"这不是那个给艾米拍照的家伙吧，是吗？或是他的朋友？"

"我想应该不是。"

"你看，这就是问题：我想应该不是。有可能性存在。"

她瞥我的一眼非常迅速。我只是目光茫然地注视着她，我看上去肯定难过得要死，因为接着她走到跟前来抚抚我的毛衣袖子,拍拍我的胳膊。"对不起,"她说,"我不知道我为什么要这样。"

"没关系。"我说。只是疑似没关系。

她回到了她的主题菜单。蔓生物种之夜:芥末枝土豆丸子、清蒸斑马纹贻贝、野生胡萝卜与野生防风根汤;菊苣、芥末蒜、无花果金凤花、水芹与牛蒡沙拉。头发餐巾纸!好吧,那个是我为了逗她现编的,可她说:"唔。好吃。"然后还有濒危物种之夜:野稻米配放养野牛肉、美洲鳗鲡脆皮、雄鸡肉配粗短防风根。她声称食用濒危物种具有某种生态意义——如果它很美味,变得流行,人们就会去保护它?——不过我并没有怎么关注。总的概念就是食物总会幸存下来。我感到惊奇。

"我去磨坊了!"莎拉会冲楼上大喊。我能看见她白褂子的衣角。

"再见,妈妈!"玛丽-艾玛会朝楼下喊。这些日子里她会了那么多词。"我睡觉。"她想上床睡觉时说。她爱看埃斯特·威廉姆斯的老电影,我替她从大学图书馆带回来,不过它们不是令她兴奋,就是把她累坏。

"行。我们走吧。"

"我死。"她说。

"好吧,某一天。不过不会死很久。"

"我死进池塘!"然后她飞跃着跳上她的新日式床垫,莎拉刚买来的,让她从婴儿床过渡出来。

有两次,在我的住处,电话铃响了,我去接听时只有这种可怕的噪声:被闷住的说话声、电子呻吟、水流声。"喂?"我反复朝话筒喊着。可我只能听到水下的怪异呻吟。我们从无线电器材公司买的电话上显示来电是"手机来电",仅此而已。拨打星号-69也一无所获。后来，我可笑地，也许是正确地，想象着那是雷纳尔多的手机，他仍把我保留在快速拨号名单上，不小心碰到了键盘，把我跟他一起带进了浴室。某处的某个浴室。也许我听到的是冲水的声音。又或许他在世界另一端的炎热地带，他的手机试图炸掉点什么——它叫做蜂窝电话[①]不是没有道理的——而这个秘密的爆炸密码最后却拨错了，接到了浪漫的干扰：我。

我开始想念墨芙。我需要的只是她的陪伴，一种她又在身边的感觉。每天我都觉得，要是她能回到我的生活中，一切都会光明起来。

然后，惊人的是，她回来了。仿佛我对着幸运金币许了愿似的：在这个于我堪称完美的时刻，墨芙回来了，要是再早些，可能会有些小小的不快，因为我最近在用她的东西，乱七八糟的东西，比如她的"负离子喷发剂"，我曾设想它会令我的头发富有光泽，消除静电，还有她的先生——"帅哥先生"，我老是这么叫它——它能轻盈地往你脸上喷矿泉水。不过我现在那么伤心，我什么也没用，任凭静电将我的头发贴在我的牙齿上！我让我的脸干得起皮，如同沙子。然后某个下午我就这么走进去时，她就在那儿，坐在沙发上。她和木琴同一天到达，她刚把它从门廊推进来。

"这很酷。"她指着它说。

"嗨！"我大喊。我扔掉书，拥抱着她。见到她我真高兴。

"是。"她微笑着。

"你是？嗨了？"

"没错。"

[①] 蜂窝电话（cell phone），cell 也有支部的意思。

"像风筝一样?"

"像哈勃一样!"她显得疲惫,"我感觉跟老兵似的。"

"有快感的老兵?"

"不是。"

"那是什么的?殿下?"粗俗下流的仪式是穆瓦拉辛苏非派做法的一种,如果我没记错的话。

"性别战争的老兵。"

"是啊,好吧,我也是。不过我恐怕从来没有宣战过。"

"没用的操蛋议会!我们连游行什么的都没有过!"

"我们有军乐队。"我说道,指着体育馆的方向。

"那不是游行。"她说。

她和她的男友也分手了。"他把我打入冰窖,"她喊道,"甚至连先把我切碎的礼数都没有!"于是我们一起待在公寓里,抽着烟,为我们的悲伤谱曲。"他把我当做后院待甩卖的琵琶弹!要是他打电话到这里来,给他这个调调,伙计。"

可他没打来。

"你有没有意识到,"我说,"当女人有性高潮的时候,屏幕扫描显示她们的大脑大部分是一片空白?"

"对,是啊,这跟我在这个领域的趣闻研究相吻合。"

"我的也是。"

我会拿出我的贝斯,尽管肩带总是往下滑——"等等,让我把这个肩带戴好。"我总是这么说,然后墨芙就会喊:"嗬-嘿!"永远是她第一个领会暗示并且用她的哈哈大笑启发别人。

我们把我最近写的东西全都弹了一遍。尽管在现实生活中,一个男孩的爱情微不足道,我们喜欢一首诗或一首歌里男孩的爱所能做到的。"毫无方向的丹,他没有计划/大草原的皮特,他爱临阵脱逃/大湖的杰克很难搞……"于是我们将自己那些令人忧伤的伤感歌曲回赠给爱情令人困惑的饰演。我们甚至有首歌就叫做《令人困惑的饰演》。还有一首伤感的慢歌叫《火车为何不在此停留？》，墨芙觉得太乡村了；就算我把不改成了不会，她还是觉得它不够鲜明，因为里面有段歌词写一座教堂被改成了商品房公寓，而我最喜欢的就是那部分。"就像'他们铺砌了天堂，修起了停车场。'"我抗议。

"不像，"她说，"相信我。不像。"她懂得怎样不客气也不带恶意地讲话，她喜欢我的《每个人都是你——在你的梦里》，是根据别人告诉我的关于梦的事写的，不过这也是一首挑衅的赞歌，让我们团结起来反抗变心恋人的自恋！噢，是啊：无能的复仇，宝贝，唱你的歌吧！有什么会比颠来倒去都管用的词更好呢？谁在乎火车是否在此停留？我会用我的电贝斯加入节奏，她会狂喜而痛苦地扑在木琴上，一根烟搁在旁边的碟子上，冒着烟，像两个小小的印第安女囚燃起的小小篝火。谁想到她会弹呢？

"这真的就是个玩具。"她说。"谁都会。"

"那可不见得。"我并不信服地说，对她刮目相看。墨芙的手和胳膊肘在键盘上上下挪移，犹如一只松鼠的跃动——正弦与余弦的紧密联结。然后她会突然停下，用右手的木槌指指我，示意该我独奏了，我便会肆意弹奏——或尽力如此。比起我自个儿倒腾的那首《狗屎当做巧克力送给弟弟》，墨芙更喜欢我俩的合作，我俩唱那些摇滚的似乎最棒，比如《夏夜午餐肉》，我们自己写的，把英文里面最美的词语跟最丑的结合起来，由此总结出我们对于爱的思考。"夏夜"是上帝给的，"午餐肉"即是人类丑陋的肉身。我用贝斯配上节奏，配得好时，墨芙就能用木琴接过去，听起来很棒。好吧，也许并不棒。有点傻，但很动听。"亮出你的贝斯脸吧！"她大叫。大概是我的五官太专注而激动地扭曲起

来了。在这些比较吵闹的间歇,在有益的疲惫之际,我们发现自己甚至唱起了我们华尔兹般的叙事曲:

> 你是否把我撇下
> 去了天堂?
> 亲爱的,让我同往
> 如果你不介意
> 我会越过狮子与熊
> 爬上那段阶梯
> 然而大门紧锁
> 于楼梯脚下
>
> 你是否与意中人
> 身在天堂?
> 噢,扔下楼梯的钥匙。
> 看到闪亮的台阶
> 以为有爱就已足够,
> 于是坐在下面等待。
> 通往甜蜜的路途需要的不止是我的爱:
> 亲爱的,请你把门打开……
>
> 有谁能把门打开吗?

"我也想写点东西。"一天晚上墨芙说道。因为已经是夜晚,因为我俩每人都喝了两罐啤酒,她抓起我的贝斯笨拙地弹起了一首新歌,从头开始编,用一把四弦的透明吉他。我们一人编一句,另一个人再接着编一句,如是往复。

我为何任你带着我的脑袋逃开?
如今出门时我假装你已不在。
而一旦看见你
就不知如何是好
因我从未如此疯狂
为如你这般疯狂的人

疯狂即是悲伤——
我最爱你。
如今我的未来成了疯人院
关你的疯子鬼魂。
为何树叶还是那么绿
天空还他妈那么蓝?
它们难道没看到我疯了
为你这般疯狂的人?

她想要一个跟"不要厌恶我们,那会闷死我们,只需崇拜我们"押韵的词——"用哪个?"她问,"阴蒂还是阴核"?

我不知道。我怎么就不知道呢?"可能得看你有的是哪个。"我说。

如果说这些让我俩笑破了脑袋完全不足以表达它对我们的安慰。很快,每晚我都会拿出我的电吉他,我们用简单的G小调和E小调把我们会的曲子全都来了一遍,里面的重复乐段好似在不停地爬着三级楼梯。我们开始编没有副歌的歌曲,只有一句句咬牙切齿的无情诗句,抱怨如同一把晃动的刀子,四处游荡,无处可栖。我们试图在歌词里用孪生结尾的词写出有意义的话：用 *sinister* 与 *minister*[①] 押韵，*cubic* 与 *pubic*[②]，*flatbread* 与 *flatbed*[③]，*bearable reason* 与 *terrible reason*[④]、*lucky* 与 *Kentucky*[⑤]——好吧，这些歌毫无意义。我们轮流编，各自的词听起来都像爱得醉醺醺的纠缠不休者，一丁点希望如同指甲缝里的灰尘，由我们紧紧抓住的地方而来，尽管一切都已残破，然而现在，我们的生活被剪去了情节，因为宝贝你就是我的一切，守候在停车场、星空下、酒吧外，宝贝，我就在那里、那里、那里，在羊茅丛中闲荡，等待你的解救，而你不在，你为何不在乎爱的可贵——我的爱很可贵！——我要开车去看看……你怎么看我。

我们到了某个阶段，此时没有副歌是件好事。

有一晚我们穿着拾荒女似的衣服，装了一购物车的啤酒，沿着铁路轨道一直往下，只是为了像狼一样吼叫。这是苏非主义的晚期，中晚期。

"我们什么时候出 CD？"拖着沉重的步子回家时墨芙问，"我们要在每张里面都放一片剃须刀片。"

"还有小瓶装的杜松子酒。"我补充道，"外加一把手枪。"

"你真了不起。"墨芙说着，用胳膊搂住了我。

"是啊，好吧，我感觉自己在通往这么一个未来：我是所有男人的姐妹。"我嘀咕着。"我想我读汉语的《规则》一点也帮不了我。"

墨芙微笑着，然而她接下来说的话令人不安。她将手温柔地放在我脸上，说："瞧瞧你！你才不是谁的姐妹。"

---

① sinister：邪恶的；minister：部长。
② cubic：立方的；pubic：阴部的。
③ flatbread：大饼；flatbed：平板车。
④ bearable reason：可以容忍的理由；terrible reason：糟糕的理由。
⑤ lucky：幸运的；Kentucky：肯塔基州。

外面的花圃里，黄色的鸢尾已经在阳光下懒洋洋地伸出了它们油桃核似的舌头。到处都有一种嘀嗒和嗡嗡的声音，仿佛万物都在考虑迸发似的。

"我在想艾米为什么老在唱这么一首歌。"莎拉在厨房里直截了当地说。她戴着她的大厨帽，并不是那顶传统的无边圆帽，而是顶无边的帆布帽。

"一首歌？"

"'大草原的皮特，他爱临阵逃脱？'"

"哦，是啊，"我说，"那是我编的。"

"那没关系。"她说，好像我需要谅解似的，看来我可能需要。

"我也跟她唱那些常规的歌。"我抱着希望补充道。

"是，"她说，"《我在铁路上干活》。我听她唱过那首歌。关于那首歌我只担心两点：语法和使用奴隶。"

我不能确定自己是不是听对了。她的幽默感并不总是那么显而易见、透明或者节奏准确，有时它并不让我和它待在一个房间，而是让我站在过道里。"你是说真的吗？"这句话从我嘴里飞了出去。

"有点。"她直视着我，"我不确定。"然后她上楼去了，好像是要去想明白似的。等她下来时，她补充道："对主谓一致的学习，在孩子学习语言的时期效果是最好的，因此你对唱的歌要注意点。抚养有色人种的孩子这很是个问题。一个简单的语法问题就能成为他们生活的绊脚石。满路皆是。"

"是。"我机械地说。

"我们是先锋。"她对我说，"我们在做一件重要的、前所未有的、极其艰难的事。"这时她又走开了，我转身在一扇门后掩藏我的眼泪，因为我累了，而且并不十分明白莎拉在讲什么。

"塔莎？"传来玛丽-艾玛焦急的声音。

我搬出了我会的全部苏格兰曲子和哀怨的爱尔兰饮酒歌，里面尽是远方、永远和湖泊这样的词，不过也有很多的邦妮，我唱到这些地方时脸上恐怕是显现了什么惊慌的表情，因为艾米直勾勾地盯着我，像是察觉到了什么，像路上的一块顽石。我看不出她是否跟那个词有共鸣。不过她还是喜欢学那些歌。"邦妮-噢，噢邦妮-嘿，傻邦妮，美好的一天。"电话铃响时我会停下，戛然而止。若是莎拉在，她会去接电话，大部分时候我都能很欣慰地听到她的嗓音。"玉米粉饼汤？不，我们没有那个，那是我们的竞争对手的……是，这当然是他们的秘密配方。他们必须得保密，因为要是你知道里面有什么，你就再也不会点了。"可有时候我会听到她说："你是谁？"接着重重地挂上电话。

玛丽-艾玛不仅从儿童餐椅换到了带椅垫的椅子上，也已经在她的"大姑娘床"，即地板上的日式床垫上睡了一个月了，因此我午睡时常常躺在她身旁，看书、唱歌，有时自己也便睡了过去。有时我俩会被诺埃尔和他的吸尘器吵醒，他从屋子这头走到那头，围裙口袋里开着 iPod，他的耳机屏蔽了一切噪音。这是我见过的第一部 iPod，吸尘器关掉时我能听到从耳机里漏出来的轻微声响，诺埃尔断断续续激动不已地跟唱着，他听不到自己的声音，因此他像个聋子似的唱着。不过，我还是能分辨出其中一首他放了又放的歌，邦妮·瑞特的《我无法让你爱我》，里面的歌词我知道，但并不真正懂得。要是有一首叫《我能让你爱我》的歌，我肯定早就背出来了。

诺埃尔看见我，微笑着关掉了吸尘器。他拔出耳机。我能看到他眼泪汪汪的。

"听这首歌不容易。"他说。

"很伤感。"我表示赞同。

"我的前男友在一场'爱奴'艾滋慈善拍卖会上把自己拍卖给它了。"

"上帝,我希望我的也能那么做!而那是你最后一次看到他?"我再也不能明白这个世界,因此我将只是假装努力。

"差不多。"

"你们分手了?"

"好吧,他就在那晚染上了艾滋病。然后死了——就在去年夏天。"

"天哪。我很难过。"

"谢谢。"他说。

"我想邦妮·瑞特欠你一首新歌。"

"有人欠我。"他说。

复活节的礼拜一没有课,跟加拿大一样。我开动了我的摩托车。草坪正在变得嫩绿,尽管天空依然罩着一层迷蒙的珍珠灰。隔壁的狗吠叫着。我给玛丽-艾玛带了两条金鱼作为迟到的复活节礼物,用简餐店的饭盒装着。我会找个透明的玻璃碗来装它们——莎拉好像有上百个。

在索恩伍德-布林克家,有节日的瓦砾:三英尺高的巧克力兔子,一套布里奥木玩火车。还有真正的蛋,莎拉用不同颜色的茶水精心煮出了大理石效果。它们全都堆放在一只亚麻篮子里。

"我看到你把所有的鸡蛋都放在同一个篮子里了。"我自以为幽默地说道,可她没听见。

"艾米睡着了。"莎拉说,"就连你的铃木摩托也没把她吵醒。"

"哎呀。"我说,"对不起。"我大概开始习惯她间接随意的批评了。我把鱼放在桌上。

"那很可爱。"莎拉说。"我保证不会有任何将它们弄来吃的念头。"她在厨房操作台边,在碗里捣着圣诞多花水仙的球茎,捣成了糊糊。"我想我该告诉你一件事。"她将手头的活停了一秒。"不过你知道吗?我们来一杯 SB 吧。"SB 是苏维翁白葡萄酒,我现在已经知道了。一个月前我会以为她指的是超级碗[①],或是一把 SB 吉布森古董吉他,要么是她自己名字的首字母缩写。"我冰箱里有一瓶。已经冰了很久了,肯定连它最最里面的骨头也冰透了。啧啧。"

她停止了捣花球茎。"我们去客厅坐吧。"她拿着酒、开瓶器和两个葡萄酒杯,我们在条纹粗棉布的沙发上坐了下来,正如我第一次来面试时一样。

"我们一定不能告诉爱德华我们喝了白的,而不是红的。"她说。"你够年纪了吗?"她问。

"够什么?"我说着,笑眯眯地抿了一口,莎拉只是将手在空中挥了挥。"好吧,要是你喝不止一杯,回去就别开那辆摩托车了。"

"一杯很好。我喝一杯没问题。"

她从杯里喝了一小口,在门牙上滚动着白苏维翁。"我喜欢好酒。"

"好,而且……稍微有点怪。"我说。关于酒我没正经学到什么,不过只要喝上一小口,你显然什么都敢说。

她心事重重,没心思笑,似乎正处于什么边缘[②]。人们叫什么名字都不是没来由的。

---

① 超级碗(super bowl)的缩写也是 SB,是美国橄榄林联盟的年度冠军赛。
② 边缘(brink),与莎拉的姓布林克(Brink)相同。

"最近发生了一些事情,我觉得你应当知道。"她说。她脸上带着我以前见过的表情:是那种在劫难逃豁出去了的表情,有如肉里的脂肪。

一种呃-噢的感觉压倒了我。我喝了一大口白苏维翁。

"可你得先知道那个不幸的背景故事,这我不得不告诉你。不过你一定要明白:那是很多年前了,我们当时跟现在不一样。"她往后瘫陷着靠在靠垫上,而我的身体则离开了靠垫,前倾着。

"你和爱德华?"我问道,吞下了更多的酒,它有股草香味,冰凉。我不再知道当人们说"我们"时指的是谁,上大学上的。在德拉克罗斯,我总是知道人们指的是谁。我也不知道当别人说自己"当时跟现在不一样"时,指的又是什么。这似乎是一出情感科幻戏,小镇禁演。你啥意思,你老早不一样?别跟我来这套鬼话!你跟黑鸦一般高的时候我就认识你了!

"我和爱德华。"她说,"我们以前住在东部,在马萨诸塞州。我们的名字是苏珊和约翰,我们有个儿子。"

我很震惊吗?我甚至都无从判断。看来,没有人是他们口中的那个自己。

"你很吃惊吧?"她挑了挑眉毛,等着我说些什么。

我选择说的是"你是说真的?"似乎你的余生只需说句你是说真的?而它永远不会被认为不恰当,总是会需要对方回答,因此也就能让对话继续下去。

"苏珊和约翰。"她摇着头。

"那是你们的中间名字?"

她停顿了一下。"有点像。"

她正要继续,我们听到了后门的诺埃尔,他用钥匙烦躁地捅着门锁,他的桶和拖把丁铃哐啷地响着。

"我们可能得另挑时间讲了。"莎拉说着,往前放下了酒杯。

V 217

"行。"我说道,仍旧小口喝着。诺埃尔来到了客厅,穿着他的扎染跑鞋,带着一捧给莎拉的水仙花。我知道它们是从他上一户东家的院子里剪来的。

"啊,谢谢你!"她说,"你想来点酒吗?"

"行啊!"他微笑着说。"它跟我的健怡可乐会很搭。"说着,他紧张地笑了起来。

他很少从莎拉的院子里摘花(给后面的东家),不过有一次他从她的灌木丛里剪了些风信子,她便提醒他下一次要从根部剪,他把灌木丛剪出了个大空洞。她觉得穷人有权做一些富人无权做的事。这是对革命的替代,而且不那么血腥。我曾听她在某个星期三之夜讲过。

"我们下次再谈。"她对我说。于是我拿着我的酒杯来到厨房洗涤槽,把酒倒了,然后上楼去看玛丽-艾玛。

我往里看时,只见她毫无睡意地躺在那里。

"你好吗?"

"你有褐色的眼睛。"她说,"我也有褐色的眼睛。"

"没错。"

"我想要爸爸那样的蓝眼睛。"

"不,你不想。你的眼睛很完美。它们就得是褐色的,像我的一样!"

"好吧。"她说。她这个年纪,睡个午觉醒来就会突然长高一英寸,或是会讲一个完整的句子了,要么会被某些阴郁烦恼的念头困扰。

"想去公园吗?"我问。

"耶!"她高兴地喊。

"首先我得向你展示一下:我给你带了两条复活节金鱼。"我们下楼去看它们。它们仍然在外带餐盒里,于是我从碗柜里拿出一个透明的搅拌碗,将它们倒了进去。它们嗖地游动着,碰了鼻子。"我们该叫它们什么呢?"

"多汁!"玛丽-艾玛大喊。

"多汁?"

"这条叫多汁。这条叫,这条叫……史蒂夫!"

"史蒂夫?"

"对啊。它们是兄弟。"她盯着它们看着,直到看得有点斗鸡眼有点腻味。

在公园里我推着她荡秋千,越荡越高,她下来后又冲到滑梯那边,我焦虑地吞了口口水,怕有危险,不过还是让她去了。这是个快速滑梯,来过几次后我知道孩子们从它那溜滑、被太阳晒得发烫的扁平金属滑道上冲下来,结果往往摔个脸着地,大腿被烫痛。玛丽-艾玛也不例外,但这些全都吓不倒她。她和另一个女孩已经一起玩起了一个小游戏,兴奋地轮流滑着,滑到底时摆出一个稀奇古怪的姿势让对方发笑。有时某人会假装失去知觉或死了,另一个就会把她弄活过来,活过来是用咯咯笑表示的,通过挠痒痒、往肚子或头发上倒沙子得以实施。有时在我看来孩子们似乎认为死亡是以跟大人所知不同的形式到来的,以不同的程度,他们认为它以各种非正式的方式与生命产生交集。是大人觉得死亡对所有人都施加着可怕的同一性。它为何不能像生命一样各式各样呢?或至少将它骇人的同一性都精心打扮伪造一番?

后来,那个女孩的母亲走到我跟前来。"我家麦蒂很喜欢你家小姑娘。"她对我说道,背起包准备走了。

"她们看来确实很喜欢对方。"我说。我会让她以为我是那个过于年轻的妈妈。

"她叫什么名字?"

"玛丽-艾玛。"

这个女人变得有些局促不安,然而又很坚定,这在我的经验里是个糟糕的组合。"你觉得她们能约个时间一起玩吗?"女人问。"麦蒂没有非裔美国朋友,我想她有一个会很不错。"她微笑着。

我惊讶得说不出话来,不过只是短短一瞬。突然间我在那些周三之夜听来的东西提纯成了一句简单的腹语:"对不起,"我对那个女人说,"不过玛丽-艾玛已经有很多白人朋友了。"

我没有停留去看那个女人的表情,或是平静下来往好的情形想一想。我站起来抱起玛丽-艾玛,侧倚着胯抱着她。我抱着她回了家,推着空空的推车。她没有扭动或踢着腿要下来自己在前面跑。她累了。

想到玛丽-艾玛会被如是这般利用——用以逗乐、教育白人孩子,给他们一种体验,好像她是雇来的小丑似的——我怒不可遏,怒冲冲地走着、在布满裂缝的人行道上用力推着推车有助于化解它。回到家后,我们在厨房里给鱼喂小片的面包,它们一点一点地咬着,这可能不是最理想的食物,尤其是对多汁而言,它几天后就死了,不过史蒂夫很强壮,活了下来,死不了。

通常,下午刚开头时,我会给玛丽-艾玛喂午饭,给她穿上干净的拉拉裤,然后替她盖好被子哄她睡午觉。我给她唱《马车你轻些摇》,尽管它讲的是与死去的人会面,将朋友和爱人的死后世界安排成欢乐祥和之地。这会引起什么看法吗?语法是否正确?我唱的时候她睁大眼睛看着我。"再唱一遍。"我把我会的歌词全都唱完后她说。

"现在你睡一觉。"我说,"做个非常甜美的梦。"我想我可以把她的脏衣服拿到下面地下室的洗衣房去。通常我都会把它们从脏衣服管道里扔下去,但这一次,没什么需要操心的事,我觉得也许可以帮点忙，替玛丽-艾玛洗下衣服。莎拉已经出去了。

可当我下楼来到地下室（那里铺着地毯，有时下雨天我和玛丽-艾玛会在那里玩），我发现洗衣房里亮着灯。我还是走了进去，那里站着一个我从没见过的年轻女子。她很漂亮，有红发女子那种苍白、雀斑和毒菌式的美：迷人，或许有毒，既平凡无奇又富异域风情。她正忙着弄熨斗，一根指头碰到了滚烫的熨斗底，虽然还没发出咝咝声。

"噢，嗨！"我说，"我无意吓到你！我是塔西。"

"是。"她说，"我是丽萨。"我看出来她的当务之急是用熨斗将装着莎拉自己茶叶的新茶包封好。

"我照顾玛丽-艾玛。"

"我帮助洗衣服什么的。"她说。她看到我抱着些衣服。"来，这些我来拿吧——艾米的衣服都是我用卓夫特洗的。"

"哦，好的。"我说，"你会看到有一些痕迹——"这时，就在她身后，我看到，就在通往某个酒窖或食品储藏室的一扇矮门下，有双考究的褐色男鞋，以及裤脚管，藏在阴影处。对酒的研究已经有了新形式。有如看到多萝西的房子在奥兹国着陆时压到的那个人的鞋子。矮门下巫师的脚，这些鞋子会带你去任何地方，除了家。"你会看到一些在公园留下的痕迹。草和泥。"

"没问题。"她答道。

"那好。"我说道，随后便转身离开。

"我碰到丽萨了。"后来，那天下午莎拉从后门回来时我在楼上对她说，"那个洗衣姑娘。"

"噢，很好。"莎拉愉快地说着把一袋杂货放在操作台上。"现在你差不多什么人都见过了——除了那个铲土除草的。"

"那不是诺埃尔做吗？"

V 221

"诺埃尔？不。"

"也不是爱德华。"

"呃，不，不是爱德华。"她没有抬头，只是不停地把东西从袋子里拿出来。西兰花苗和新鲜鸡蛋。

"玛丽-艾玛在楼上睡觉，所以我想我现在可以走了。"

"噢，好，没关系。你周五能来吗，有可能的话？"

我骑着铃木飞回了家。战争电影原声音乐课有期末考试，尽管我已经日日夜夜听着《野战排》的弦乐行板，我还没看过要求我们看的《黄金时代》，最后我终于看了，在沙发上的毯子下。我喜欢那个钩子手的男人。他们不再替男人装钩子了。一切都是塑料、数码、伪装的。再也看不到一个正经的海盗。钩子手用来弹贝斯应该很好使，或者在家里够高处的架子，或是用来清洁脚趾甲，而要是他，年轻人，你的钩子丈夫用它来挠脑袋，他想出来的主意绝不会是无聊或是可以驳回的。爱情应该有所帮助。爱应该有所贡献。

星期五，莎拉又试着告诉我她的秘密——苏珊的秘密。玛丽-艾玛睡午觉的时候，她又一次让我坐下来，拿着更多的白苏维翁。

她从头发开始谈起，这缓解了我的不祥之感。"为了艾米的头发，我还在被人批评。"

"大家不喜欢她的非洲发型。"我会意地说。

"哈！你已经知道了。是的。他们觉得它应该长长然后编个辫子，哪怕是小孩子。我猜他们觉得她是莴苣姑娘，需要那样的头发从我身边逃走，我是那个领养她想把它剪断的巫婆。"

"没人会这么想。"

"我们已经因为自己的所作所为陷入了困境。"她说。她又倒了些白苏维翁。"很有欧石楠味。"她说,"这酒。"

"欧石楠。对。"我得记住它在期末考试时用。

这时她开始了她的故事。或者说,再度开始。

他们正沿着收费公路行驶,约翰、苏珊还有这个新的神秘孩子,他们的儿子,加布里埃尔,拥有天使的名字却根本不听管教,他四岁,坐在后排。他现在想要吃冰淇淋,哭闹着要。"安静,小伙子。"前排的约翰说,有点冒火。可加布里埃尔开始从儿童座椅里探出身来,用拳头重重地敲着约翰的脑袋,揪着他甩回的披肩发。约翰痛得大叫起来。

"住手,加布里埃尔。"苏珊说道,不管是哪个苏珊。"这样会出车祸的。"她被夹在两股男性力量当中,一个已经成熟,一个正在成长,像火一样不定型。不过,成熟的那个看来自己也着火了似的,带着触了电似的灼伤,冒着火星子。你必须得让这一物种的雄性们互相搏斗,有人曾对她说过。那是谁?是谁说的?

"不!"加布里埃尔喊道,开着车的约翰回头重重地打了一下孩子的膝盖。

"约翰。"苏珊低声提醒道。加布里埃尔自己则什么也没做。他没有哭,而是脱下自己的一只鞋,从后排俯身向前,用它砸约翰的脑袋。

"嘿,住手!我在开车!苏珊,让他住手!"她怎么就不能让他住手?一辆辆卡车碾着雪泥呼啸而过。

"住手,加布里埃尔。"苏珊说着,扭过身子让她的儿子平静下来,并试图没收鞋子,可孩子的注意力都集中在爸爸身上。他又俯身往前猛敲着约翰的脑袋。他是个难弄的孩子。他可以很乖,但也有这样撒野的时候,因近距离而变本加厉地闹起来。

"嗷,上帝。够了!"约翰说。他拧过方向盘,猛地转向把车驶上高速公路的路肩，打亮转向灯，朝前方一片风景优美的休息区驶去。后面的汽车响起了愤怒的喇叭声。他换到停车挡，转过身解开了加布里埃尔的车座安全带。"要是你在这辆车里不能乖乖的，那就不能待在车里。给我马上下车！"

"约翰，我们在高速公路上！"

"那里有一张野餐桌——他可以等在那里。我们早就受够了！我们的父母才不会忍受这些！"一代人的压抑被困惑地道出。

"我们的父母不会做很多事情。"

"好吧，可能他们是对的。下车！"他冲加布里埃尔喊道，后者看上去只是稍微有一点惊诧。突然，这个小男孩变得很顺从。他转动把手，很快下了车，用尽全力甩上了车门。他开始朝野餐区走去，只穿着一只鞋。那里一个人也没有，桌上覆盖着跟路上的雪泥一样的煤烟色春雪。

"噢，上帝，瞧瞧现在可怎么办。"苏珊说，"我和他一起下去。"她转身去拿她后座上的包。车开始微微晃动。

"真不敢相信只说了一遍他就照着做了！"

"约翰，他只穿了一只鞋。赶紧开到休息区去。"她在后座摸着找她的包，也许还有另外那只鞋。它在哪儿呢？

"我不能停在这里，很显然。我要么从路肩上完全开下去，要么……"

他身后的卡车愤怒地发出了大象般的叫声。

"你必须。停车。这儿。"

"我在努力。"他说道，可当他把车往前开时他开过了休息点的入口，只剩一条陡峭的沟渠可走，除非你重新回到路面。有人在他们身后大声按响了喇叭，此时，喇叭大作的车流的压力令他觉得他必须融入，当他把车往前开以避过沟渠时，他从后视镜里察看着车流,然后迅速地加了进去。

"你在干什么?!"苏珊的声音是倒抽着冷气的尖叫。

"我没法一边掉头一边开回车道。"

"减速靠边!我要下车了。"

"我在这里怎么停?一定会引起事故。等一等,"他说。"忍一忍。"他反而加快了车速。他似乎认为加速会更好,能更快地从这一切当中解脱出来。"我们得稍微有点创造性。虽然我曾听说过有人这么干过。"

"像是怎样?!让我出去!"她解开自己的安全带,再次转过身去。她的喉咙深处发出一声呜咽。

"别担心。这对加布里埃尔来说就好比是一种比赛暂停。"他说道,现在显得有点六神无主,他又察看了下后视镜。什么是暂停?时间真的能停止,而万物能不带着它继续前行?人们能从时间中抽离?不是爱因斯坦说的,而是跟爱因斯坦对立的人说的。"他得明白点事理了,这样兴许会有好处。我们可以在下个出口出去,然后掉头回来接上他。"男子气概的环形旅程。约翰的脸开始因为痛苦和懊悔而紧绷。"忍一忍。我们稍微发挥一下。"苏珊在她那侧的后视镜里看着加布里埃尔,他退缩成了小小的一点,直至道路的转弯将他完全带出她的视野。

就在这个节骨眼上,厨房里发出了枪击似的爆炸声——诺埃尔遗忘的可乐罐——我俩都跳了起来。丽萨带着一篮衣服从地下室跑了上来。虽然我之前只见过她一次,现在她似乎无处不在了。

"我打赌是诺埃尔那罐该死的可乐。"莎拉说着,打开冷冻室的门,只见里面四洒着褐色的小冰粒。

莎拉叹了口气。"丽萨,你想来点葡萄酒吗?"

"哦,好啊。"说着,她大声列出了洗衣机里的衣服、烘干机里的衣服、外面晾着的以及已经叠好的,哪些还是皱的又有哪些已经熨平了。我满怀敬意地听着。"塔西,"莎拉边说边给丽萨开支票,"我们下次再谈。"

"那好。"我说着飞快地离开了。就在这时,一个联邦快递的快递员拿着一个隔天包裹走上了门廊——大概是意式汤汁米饭!

我骑着铃木回到家,爬上床,试图进行我的文学课阅读:"占着茅坑不拉屎!"我说;因为我知道她私心是想要他……我已经深深卷入夫人的秘密之中——不知是如何开始……不知是何时开始……我拉过床单蒙住脑袋。"你没事吧?"墨芙从她电脑前的座位上喊道。

"不。"我答道,可在我们的公寓,这完全不会令人上心。

实际上只剩一次周三之夜了。往常活力四射的调子出现了衰败的迹象,犹如一个正在热身而又突然决定弃演的乐团参差不齐地解散。合唱被一个新的女人声音统领着,她吐字干脆利落,像拍卖师。

"你只认识那些上耶鲁的黑人。"

"是啊,而且她认识的白人也全都上耶鲁。"

"这世上最白的人是迪克·格普哈特——你们有没有注意过?他没有眉毛!他是透明的!"

"他不够生动,当不了总统!"

"要么养眼,要么露脸。"

"你是说,'从一个海岸到另一个海岸吗'?"

"我们现在是在扮演聋子吗?"

"什么?"

"假扮聋子的玩笑。我喜欢。"

"别让我起头讲伊斯兰教!"

又是那个别让我起头讲伊斯兰教的家伙。他是在刺探消息?他是间谍吗?隔着两层楼很难听清楚,此时我照看的孩子正缠着我唱"小-玩-意-儿-火-冒-三-丈-扔-根-骨-头-给-你-的-狗-狗"——是巴尼恋曲的另外一种歌词,他们觉得既新鲜又搞笑。

"我们都应该在施粥所工作。"

"哈,我的确是在施粥所工作。我是在二十一世纪领养的一个非裔儿童。"

"我们该做的还有这些:院子里装上小风车,屋顶装上太阳能板……"

"还有木屐!"

"我对新一代有信心。"

"我可不!他们全都在梦游!"

"你们有没有注意到双种族的孩子都能找到彼此?他们有自己的组织。"

"他们把自己叫做'混种的',而不是双种族的。"

"对孩子而言,有个黑人母亲更拉风。那么多的混种小孩都是白人母亲,于是乎连他们也形成了他们自己的组织。那是贾思敏告诉我的。"

"我们都忙着告诉年轻人这个世界是怎样的,我们忘了有些方面他们比我们懂得更多。"

"是啊,是,我同意。这些学生是集两个世界之精华。他们是严肃的成人,比起我们有原则懂世故,而且更圆融。还很招人喜欢,而十年后他们将不复如此。"

"我知道你的意思!你想把他们整个吃了。嘴唇贴上他们的胸。用刀或者用叉都不会有错。"

"大学城的危险。"

"有谁想来罐啤酒吗?还是都喝葡萄酒?"

"我在担心这些不知从哪里冒出来的宝贵文化:就是说,它们来自信托基金会童书作家。《芦笋巷历险记》,诸如此类。成人活得越来越像孩子:完全活在自己的想象之中。这个国家的每家报社都倒闭了,他们在读《哈利·波特》。他们对现实所知无几。"

"是,你以前提到过了。"

"对不起。我想我需要跟更多的人谈谈。"

"当一棵树在林中倒下,而那里并没有人听见它真的倒下了吗?我意识到这话不是这么说的……"

"要是一棵树在林中倒下而那里并没有人,那是运气。那句谚语应该这么说。"

"什么?"

"我们又开始假扮聋子了吗?"

"什么?"

耳聋,某个人的,无疑正是我得以听见这些人的原因。在两层楼之上,我经常不太知道自己听到的是什么,但这些声音还是会飘上来,以各种各样的调号和节拍。这幢房子的音响效果一向古怪。谈话声会突然很响,从通风管道、楼梯井和脏衣管道里冒出来,然后又会突然安静下来。这只是人的嘴,或者也是人的大脑?回到林中:要是森林里有两样东西同时落下发出相同的声音,哪个是树?

"最让人恼火的是学校的融合被用来当做教育白人而非黑人的手段,是给白人种族体验,而不是给黑人代数体验。"

"我们城里唯一的那个黑人校长已经禁帽了。"

"很快就该轮到露屁股生疝的牛仔裤了。某个方面?我希望如此。"

"如果你是白人,而又领养了一个黑人孩子,你难道没觉得自己的社会阶层被往下拉了一级吗?"

"所有这些我们一开始就已经讨论过了。每个人都有故事。"

八点父母们上楼来接他们的孩子,他们的牙齿因仙粉黛而发暗,嘴唇上也沾染着它的痕迹。大部分孩子都很热切地奔向父母,不过有些在角落里沉浸于拼图游戏的连头也不肯抬。我还是喜爱黑人母亲们上楼拎起自家小孩的样子,把大儿子的脑袋拉到胸前说"嘿,宝贝!"周三之夜中很少有黑人父亲,不过他们也一样有很多身体语言,把儿子拉近身旁拥抱一下。有些父母试图给我钱当做小费,尽管拿了感觉不舒服,我却不知道该怎么说拒绝的话。走出去时,其中一个女孩阿蒂利亚对她妹妹说:"要是不折磨某人一下,你就不觉得自己活着,不是吗?"她父亲转身对我说:"有时我们以为这些是孩子,可其实他们是侏儒。"

我挥着手,像个寡妇大妈在火车站给大家送别似的。我弯腰把玛丽-艾玛的脑袋贴在我胸前。我道了晚安。

我回家谷歌搜索了骂黑人的词语,打开了一条永无止境的排污管。

莎拉讲述她可怕故事的最后一段时,本该换红酒的。不单为颜色,也为了取暖。然而她拿了瓶绿莹莹的白苏维翁,说不仅有欧石楠味,还有泥土气息。"不得不告诉你这一切很痛苦,很糟糕,真的,但你会明白,事出有因。"她说,"并不是说我们表里不一。尽管我猜我们改名换姓可能会令你这么想。"

"是。"怎么不是呢?"不过嘿,名字有什么关系?"我说。你总能找到恰当的时候来上一句莎士比亚。

她放下酒杯,双手放在眉头,然后让手指向上穿过发丝。"我不记得上次说到哪了。"

她会跳进哪一段？有时你在湖里游泳，游向一处光亮，结果却发现那只是颜色明亮的浮渣。

"你们在车上。"我说。这时我想用手捂住耳朵，然而没能这么做。

"是的。这当然是一场噩梦。"莎拉说。她轻轻地摇了摇左腕，盯着她的手表，好像是在看杂志似的。"我刚把这只表从首饰盒里拿出来，拿得太快了，一只耳环缠在了上面。"她把表带上缠着的一团诡异金属给我看。这幢屋子里的超现实主义犹如一个爱恶作剧的鬼。

"我们在车上。"她同意，然后突然站了起来，一边讲，一边在房里踱着步。

苏珊抓住他的胳膊。"约翰！他才四岁！你在做什么？"当约翰加速，时间开始放慢了脚步。

约翰甩开胳膊。"让我开车！你这样我们会出车祸的！"他已经出了出口，正小心通过能让他回到反向高速公路上的四叶式立体交叉路口。"看，他还在那儿：我能看见他。"他说。

她是在这么一个家庭长大的：男人总是对别的男人很残忍——以看似传统的方式。她从来不知道在这些男性的仪式里面，女人该是什么角色，这些仪式尽是一种表面优雅的恶意。它们是经过痛苦打磨而成的优雅。你必须让这一物种的雄性互相搏斗。然而姑娘们直接就走向了优雅。优雅而成的优雅——这样你就不必经历内部改造。

不过，她为什么要伸手去四下找她的包呢？这花了她一分钟时间。它，就算是那只鞋子，真的有这么重要吗？

"他不在野餐桌旁。他正在路肩上，站在那里哭！车流那么吓人那么吵！"

"我会跟他挥手让他知道我们来了。"

速度是约翰的解决方案。他踩下油门。当他们加速经过对面那里时他按响了喇叭。加布里埃尔听到了,看到他的父母飞快地经过,试探性地往高速公路上飞快地走了一步,又缩了回去。他是要去中间的隔离带向他们做手势吗?看起来是这样,然而这一切进行得如此缓慢,时间推移得如此犹豫,没有什么是清晰明了的。时间的放缓、每一刻的谨慎展开,是一份可加利用的礼物,如果你能明白怎么利用的话。时间的礼物、这样的时机,是救援的时机。假若能够召集起救援行为的话。召集的能力是一种生存机制,而那些幸存下来的会将这种时间放缓的能力传给他们的子孙后代。可是车窗之内,在苏珊的位置,很难使用,很难采取恰当的行动,哪怕是对自己的孩子——她该把自己扔下车吗?——于是她把每一个瞬间都交给了诠释,而非行动。

加布里埃尔只是想跟他们打招呼吗?还是想跑向他们?他是想在这一切之后回到他们身边吗?孩子的原谅是上帝充满阳光的礼物之一。

这时苏珊又一次在座位上整个拧过了身,射击的座位,却没有真正霰弹枪的便利,她喊了起来:"掉头!掉头!掉头!"一切都有时节。

"我办不到!"

"穿过中间的隔离带!回到他身边!开过去!约翰,你得在他跑出来之前赶回去!"

"我们很快就到那了!"顺从规则与车流也许是科学之道。它当然是实验之道。

"马上掉头!"她抓过方向盘。汽车颠簸地转弯驶过了中央隔离带,远处有警笛在他们身后响起。仿佛是二重唱一般,莎拉耳中响起了高音的歌声,除了她没人能听到——一种没有形体

V 231

或噪音的喘气般的尖叫——脑中扫空一切的风声。随着一切为他们放缓速度，足以让他们思考并采取行动，在她看着前方奔跑的儿子时，她能看到，虽然一辆车已经减速让他飞跑着过路，另一辆没看到他的车已经贪婪地加速从左侧超车，于是在众人的眼前，加布里埃尔变成了那个他以之命名的飞翔的金色天使。

"我不确定到底发生了什么。"苏珊说，她不停地重复着这句话，车还没停就打开了车门。当他们重新来到右侧的休息点时，那个空空如也没有野餐也没有休息、其优美的风景将永远成为一个谜的休息点，加布里埃尔远远地躺在左侧，越过了马路，在泥泞的隔离带上。好几辆车已经停了下来，苏珊跌跌撞撞地从他们正在减速的车上跳了下来。她摔倒在地，又爬了起来。路过的车辆开始好奇地观看。她跑过车辆之间的通道来到他身旁：他的眼睛睁着，嘴巴痉挛；她把自己的外套盖在他身上，卷过去，像睡袋一样把他整个包裹起来。时间仍以慢动作进行，但不再是以可供利用的方式，哪怕仅仅是理论上。

随后是受审日，听证会，以及对他俩任何一个而言都不够长的刑期。他们对一切指控都认罪，一切的一切。法官侧着头，用双手揉着脸：他曾见过糟糕得多的。他的工作是个诅咒，他已经习惯了更糟的情形。于是，他令人吃惊地延缓了他们的刑期。法庭认为，他们丧失的已经足够多了。

他们改名换姓，往西行驶了一千英里。

"我们的律师好过头了。"苏珊说。

在讲述这一切时，感谢上帝，玛丽-艾玛一直在楼上熟睡。她的父母已经从一对将会有所不同、将会比任何人都好、决意比大部分人都棒的夫妇变成了一对不同之处只在于他们更糟的夫妇。

"那个会坐在那里任一个男人犯下那种错误的女人已经一去不复返。"莎拉说。

"她死了。"我说。

"加布里埃尔死了。"我的耳朵发烫。彼得·加布里埃尔某支曲调里的贝斯乐句诡谲地在我脑中轰然作响。

"可苏珊也是。"我说。

"苏珊。"莎拉重复道,有如梦呓。"苏珊永远也死不够。"太阳短暂地从云朵后面出现,给她笼上一层清透的光,然后又改了主意似的前行,将她再次留在阴暗之中。

我想要回家,看一辈子的电影。我想要看更大、更贪婪而没那么哀怜的怪兽。

"以我们被定了罪却没有受到法律惩罚的情形,我们再也没有勇气面对任何人。至少不是在我们住的地方。我们甚至连一个像样的葬礼都没办。我想不明白我们是怎么能够继续在一起的。"她又踱起步来,"不过,又怎能不在一起呢?我们是对方唯一的安慰。我们所需要的那种救赎只有我们能理解。"

"当然。"我喃喃道。尽管他俩在一起是好是坏似乎还有待争议。

"奇怪的是,若是你没有受到正式的惩罚,就会更容易继续生活下去,忘记自己所失去的和做错的。人们总是反过来想,可其实不然。恰当的公开惩罚造就了双重惩罚,赋予这种体验完整性以及持久的形状,否则它就会随时间消退,变得模糊、被否认。"

消退。事情能够回头、重新找回它们步履沉重的道路,回到它们偶然来临的地点吗?难道孩子竟能变得更模糊并且……消退?

"人们已经很了解遗忘的厄运了。然而记忆有它的局限性。

相信我，忘记是好事。"

"对。"我说。尽管我曾忘记过的一切日后总是会被重新记起，所以也许这不算。

"有时当我重新考虑这件事，我会重新编排，让苏珊成为那个开车的人，以此作为通往救赎之路。然而结果还是一样。有时候。"

我不知道这是否重要。我不知道该说什么。我感觉自己仿佛是在观看驯狮女郎被狮子吃掉。

"这是意外。"我说。

"法律术语是渎职。某一种，无论如何。"

我在脑中迅速翻了一遍：傲慢、软弱、对力量令人不安的推延。对无意识的瘫痪性钳制、选择性失忆、性格的阴暗扭曲以及过往的秘密？悲痛中的喋喋不休？临死的玩笑？我期中考试不是考过这些吗？

我的酒杯已经见底，不再有泥土或欧石楠气息提供帮助。

莎拉在说话。"……我一向反对女性随夫姓，但我改名时突然明白了这一行为带来的安慰。我猜这是种所有已婚女性从一开始就感受到的宽慰，完全投入新生活、新方式、新身份，而不是紧紧抓住那个过去的自己不放，它貌似坚固完整而非半调子饱受侵犯——其实它总是如此。"

我永远不会随男人姓。我在内心最深处知道这点，尽管我怀疑那些跟随夫姓的女人对于婚姻明白更多我所不懂的。我呢？我甚至不会让男人开车。

"那么我们当然没法再生育了。我太老了。"

"是吗。"我说。这些都不关我的事。我对于别人的生育能力之前因后果，对于我没有参加的野餐会上一只被掏空的瓜能够在乎什么？我在乎什么？我回到了外套下，与加布里埃尔、彼得·加布里埃尔、圣彼得以及他的大门在一起。

莎拉又往自己杯里倒了更多的白苏维翁,接着又给我倒了些,我吞了一大口。"我不得不告诉你这一切是因为中介机构现在已经全都发现了。而这已经危及了领养艾米的手续。"莎拉说,"也许应该如此。是我的错。我们不够完美。"

什么?这些是什么人,"苏珊"和"约翰","莎拉"和"爱德华"?他们什么也维系不了。

酒令我脖子发热。"你打算放弃玛丽-艾玛?"我的声音里有太多的情绪。

"这是对我们的正式惩罚,终于来了。"她说,"当有大麻烦出现的时候,你是处理麻烦还是用麻烦去处理?"

"我不清楚。"我说。我紧握着双手。

"好吧。"她说,"我会让你知道的。"

惊诧之下,对所有人都怒气冲冲的我再也无法相信自己听到的一切。欧石楠、泥土味的白苏维翁脱口而出。"你找到了她并把她带到这里。她爱你!原谅我这么说,但你现在的责任重于……重于……"比什么重?比从前?比别人的?比我的?这是我尝试着说:嘿,我在这里该怎么办?我毫无头绪,不过这些话,这就是我所选择的。"你必须争取!为她!"

"爱德华看来不愿意。"莎拉说。这时她脸上显出我这几个月里见过的最憔悴的模样。"你瞧,这并不完全取决于我们。如果我们输了,或者选择根本不去争取,也许这样倒是最好的。人们总会发现的。她的同学将来也可能知道。也许我们应该让艾米走。就算我们过去没有出过这么一件事,也许她也不该和我们在一起。你知道,这种情形下的领养很复杂。要说这些周三之夜教会了我什么的话,就是这个:光有爱是不够的。"

所有这些周三之夜的闲聊就教会了她光有爱是不够的?她

就是从那里得来的信息?那就是她所得到的?那个打算杀死卡尔·罗夫的女人是谁?不是她吗?我想要晃醒她。

"光有我是不够的。"她补充道。她是在固执地跟沮丧较量。这种情形我以前在哪里见过?邦妮。

我沉默着。她不是有我帮忙吗?我不就是为此才在这里吗?我是否也没做好?你有我,我想要咕哝但没说出口。

"爱德华不支持。我对此再强调也不过分。艾米值得拥有比我们更好的父母。理想的话,她应该和黑人父母一起。至少一位。在理想情形下。"

"可她是混种的!况且没有合适她的黑人父母。"

莎拉对我的话显得吃惊不小。"好吧,我知道,不过现在已经过了一段时间了:也许又有新的人选了。我们得看看好的那面。她该有更好的人为她指明道路。我和爱德华不擅长做这座煤矿里的金丝雀。我们就像两只面面相觑的金丝雀,说着,'我们去的是我们以为自己要去的地方吗?'对这个话题可以写上一整本悲伤的童书。飞往煤矿的聊着天的忧虑的金丝雀!"

"那两岁小女孩的感情该怎么办?"

莎拉开始加重了口气。"你知道,我可能不善于此。上周我压力很大,我对她说,'要是你不马上进去看电视,一个礼拜都没电视看了。'"

我试图微笑,或许是哀伤地。"这错得很离谱吗?"

莎拉变得僵硬起来。"也许女人被困在陷阱里了:我们不停地想要更卖力地工作,为了赚更多的钱来请更多的保姆。"我努力当它不是针对我的。"我差点把她所有的酸奶雪糕都拿出来放在微波炉里加热。作为惩罚。我想用微波炉加热糖果是不太好的征兆。"

"好吧,你也没有真的那么做。"我开始有些水没头顶的感觉。

"我没有吗?"她试探我道。

开始是水没过头顶,然后就是完全沉没。我的心脏撞击着胸膛,如同囚犯撞着牢笼。我以前肯定在哪里看到过这个说法,现在我明白那是什么意思了。当深水中的人开始溺水,体内某些部分会炸开。"没有。"我说。

"对。"她赞同,"我没有。她是个可爱至极的小女孩。她真的是。我爱死她了。"

我什么也没说。她说完脸色有点发白。

"我也是。"我说。我会救她一把。

"我知道你是。你知道吗?她刚开始进入我们的生活时,邻居们都带着小礼物过来,她们总是会看着她,微笑着说,'多幸运的小女孩。'她们觉得她有我们很幸运。可有一天我带着她去附近散步,这个街区最种族主义的人向我们走来,朝艾米微笑着,然后对我说,'你非常幸运。'她说的才对。"

"也许大家都很幸运。"我笨拙地说,又加了一句,"那是说,假如他们幸运的话。"

"又或许到了最后大家都很不幸。她不该有个爱惩罚人、无信仰的父亲,他对于种族平等的概念就是把彩虹联盟带上他的床。"现在情况又开始令我觉得苦恼了。"忘了那句!那只是因为酒!不过,那个,你知道爱德华爱四处调情。"

我没说什么。要是她不当心,所有的人都会从她生命中跑开的,就像离开一幢着火的大楼。

"他没法正常恋爱。连熟人关系都维持不了。他根本不会与人交往。事实上,他真的应该避免搭乘公共交通工具。"这时她又喝了一小口酒。"一切交通工具!"

"他老骑自行车。"我昏昏地说。

V 237

她苦涩、不自然地微微笑了笑。

"将婚姻看作闹剧的问题在于,"她继续说道,"所有用力摔上的门都在你的心里。好吧,那不是唯一的问题。"

"总会有闹剧爱好者互诫协会。"现在在我体内作祟的不仅是散发着泥土和欧石楠味的葡萄酒,还有泥土和欧石楠味的墨芙。"我真的听说过。"我补充道,说着谎。

"真的?"

"真的。"我又撒谎。也许我已经精神错乱了。

她的语气很尖刻。"天作之合——上哪儿能找到?这是我想知道的!"

此时我把酒放在茶几上,像小时候那样绞着手。"我想你得真的上了天堂才能找到。"

"是。"莎拉思索着,"我猜他们不负责寄送。或者说,他们的寄送服务不好。"

"是啊。你必须去源头,去原产地。那得走很多楼梯,还有台阶。既有楼梯又有台阶。总是会有障碍。"

"昨天在银行我意外地将免下车取款机那里的尿壶带走了。也许艾米真的不该有个太忙的母亲。"

这似乎又是在否定我。我是那个被雇来解决或者至少减轻她的忙碌的。可我没有成功,反而觉得自己被抵消、被削减了。

这时莎拉往前凑过身子,一只手放在我脸上,这让我想起了墨芙。为什么人们会突然之间这么做呢?"当然,艾米有你。那很好。"那只手放了下去,她的视线转移了。她似乎在自言自语。"那么我没叫她玛雅、卡蒂拉或是泰瓦拉——我叫她艾米。这有那么不对吗?"看得出她感觉被某只批判的眼睛盯着,正如她一开始那样。"你知道街对面的邻居对我说什么?'我总是看见保姆带着孩子,但我没看见过你。'日日夜夜,我在磨坊里干活。"

紧急有效的话语哪去了，当世界最需要它们的时候？我感觉自己需要坚持。但这就像所有噩梦一样：即便还在梦中，做梦者想：这里怎么了？我该怎么做？同样奇怪的是，在美梦中，你似乎总是知道答案。

她继续说着。"女人们试图从跟男人的糟糕调停中疗伤，由此破坏了自己的生活；这种疗伤毫无魅力，而且相当无趣。"这时她又补充道："任何不让一个年轻黑人陷入绝望的都是好的。遗憾的是，我不够格。我完全不够格。"

"没有什么是完美的。你现在是她真正的母亲。"我大胆地说道。

"你没弄明白！"她尖锐地说着，因恼火而涨红了脸。"我们在回炉时被逮了个正着。"

"回炉？"

她叹了口气。"那是饭店行话，表示把掉在地上的东西扔回锅里。欺骗。它意味着欺骗。就算有奇迹发生我们打官司赢了，我们的事同时会公之于众。那样的话，别人会对艾米避之唯恐不及的！"

"不，不，那不可能。"

"会！"她说道，好像我是个令人恼火的笨蛋一般。"我们都会被说三道四！等艾米够大了，她会恨我们的。"

也许我已经变得像那个麦考文家十几岁的女儿，我们在玛丽-艾玛的第一个照管家庭里都看到过的那个。也许我在死命抓住本不属于我去爱的东西，也许我是在珍惜不该由我去珍惜的爱。我的双手拧来拧去，像小时候我妈老是为此呵斥我的那样。那时候，她会凑过来用力拍它们。

莎拉抓起了酒杯，我跟着她回到了厨房。

我感到，这幢屋子里的人们，也包括我自己，仿佛是从阴暗骇人的不同童话故事里走出的角色。我们全都不在同一个故事里面。我们全都是丑八怪，而且以自我为中心，然而又是在不同的叙述之中，我们的互动显得古怪而又相当无意义，就好似田纳西·威廉姆斯[1]的戏剧中的角色，以及他们呼之欲出、无足轻重而又令人着迷的疯狂言语。似乎只有玛丽-艾玛不受干扰、没有异常、不是其中的一部分，不过她也是，而且肯定也有她自己的独白，并且日后还会在生活中碰到它们——怎么不会呢？

莎拉打开冰箱，再次被照亮。"这整件事让我充满了糟糕可怕的念头。我猜我得采取一个更好的哲学立场。法国人当然会！他们会有恰当的喜剧视角。"这时她停顿了一下。"当然，他们也有以'然后宝宝从楼梯上摔了下去'结尾的笑话。"她已经把她的球茎糊放进了乐柏美密封碗里，是我看到她好几天以前剁的。她觉得它不该再放在那儿了。

"拜托，"她说着把它递给我。"别吃这个。把它放在你家冰箱里面，我还会问你要的，不过眼下我不想让它在这里逗留。星期三孩子们还要过来。"

"这是什么？"我问。不会再有周三之夜了。我已经感觉到了。

"是，呃，一种有毒的膏，嗯，可以去除污渍。可别把它跟防风根菜搞混了。"

"是用什么做的？"

"是……没什么。不过别跟吃的混在一起。"

这时我意识到这就是我刚才看到她用奶酪切片刀和研杵将球茎绞碎捣烂而成的雪白的酱。

---

[1] 田纳西·威廉姆斯（Tennessee Williams，1911—1983），美国著名剧作家，其剧作《欲望号街车》和《热铁皮屋顶上的猫》均曾获过普利策奖。

"管用吗？洗脏衣服？"我问。温顺又回来笼罩了我，如同一层薄纱遮挡着我的视线。

"应该是。"她神秘而闪躲地说，"也许哪一天我会让丽萨用它在某些污渍上试试。要是你把它存放在阴凉潮湿的地方，拿刷子用它刷，应该管用。请把它带回去，只是暂时的。我以后会问你要回来的。不过给，拿着。"她把密封的塑料盒塞给我。我接了过来，放进背包。这让我想起以前读到的关于人们用湿手帕从欧洲带回酵母的故事——与一个世界的决裂以及另一个的开始，在那里你可以培育从旧世界带来的东西。又或许你也可以用这个来利落地杀人，或是治愈一个疣。我不知道它的用途，真的，然而还是顺从地把它带走，带回自己的屋子，也许我可以用它种出一个全新的生活，或是清洁一块地毯，或者什么也不做。

悲剧，我开始在课堂内外的每日文科学习中意识到，是一种奢侈。它们是富裕社会的构筑，充满忧伤和真理，然而没有道德功能。精神胜利的故事表达并强调了某种宽容的社会精神。灵魂的薄弱、关于落败以及未能征服的故事——错过的列车、未能收到的信件、傲慢发作、摧毁自己的后代并且把他们做成炖菜上桌——这曲曲折折令人惊叹的娱乐故事是无用而惬意地在充盈着爱情与金钱的桌旁讲述的。在生活更为贫乏的地方，在桌子座位只有半满的地方，穷人的喜剧性胜利才是有用的半谎言。笑话是必需的。然后宝宝摔下了楼梯。这可能会很有趣！尤其是在更糟糕的事常有发生的时间和地点。受苦并非是赌金全赢制，不过它当然是相对的。为了视角和理解之便，受苦需要屠夫的权衡。而为了让听众少吃苦头，故事最好有趣些，尽管它们并不总是如此。而有时候，这就是故事令我们失望之处：不那么有趣。或者更糟，一点儿也不有趣。

我忘了冰箱里的罐子。跟圣诞节的芥末一样，我对外带食品很不在意。冰箱和水槽里的东西越堆越高，因为我和墨芙让春雨、变暖的空气、浪漫的瓦解、毫无意义的写作进一步粉碎了居家生活。我变得恐慌，试图将几门课的功课结合起来："勃朗特抽丝剥茧叙述法之苏非主义视角"或"会聚于设拉子：关于黑皮诺的苏非主义观点"。我有了许多貌似苏非主义的观点。《十二金刚》之苏非主义赞美诗"。"西线无苏非主义战事"。"苏非主义的忠勇之家"。我背出了《桂河大桥》的口哨主题曲，但这于我毫无用处，因为从来没人要我吹。脏腻的盘子在水槽里堆积起来，还有浅浅一层排不下去的脏水。书架上搁着喝了一半的咖啡，里面浮着苍蝇。当我的论文被退回时，所有的空白处都出现了问号。

不工作的时候，墨芙会上网，并渐渐地迷上了占星。想看到自己由闪烁的星星勾勒出轮廓，或是希望天堂最终在地上成功运行，反正在我听来是这样，她会说太阳星座是独自在山顶的人们。他们热情、有金钱运，应该用木头的颜色围绕自己。她的谈话里，众行星嗖嗖地飞进飞出。星星是火象、水象、土象或者风象的，包含着忠告和秘密，足以令一整盒签语饼黯然失色。当我说"但这些恒星和行星的位置跟我们在这里的生活能有什么关系呢？"她会就这么看着我，受伤然而煞有介事。"怎么不能呢？"她会说。

我和墨芙都有很多功课，我们的音乐时段随着我频繁地骑着铃木摩托奔向图书馆而缩减。我收到了辅导员的电话留言，我被迫退出了品酒课，因为他们终于发现了我还不够年龄。电脑搞错了二十个学生。我父母将得到部分学费退款。马路对面的体育馆里，橄榄球队正展开春季混战，身穿绿黄两色的球迷们挤在一起为他们加油，哪怕这些比赛都无足轻重。生活可以用各种方式来过。我看了《红色警戒》。我看了《现代启示录》。

以我有限的知识，真正的问题仍然留在索恩伍德-布林克家，而将磨成齑粉的水仙球茎暂时搬出他们的家并不能解决问题。

"我退了一门课，因此现在有额外的时间了。"一天下午离开时我对莎拉说，以为她可能想要更多帮助。当我看着她时，我已经吃不准。

我感觉她看出来了，因为她说："好吧，我们到时看。我发现我对你不够公平，考虑到你的时间表和预算。不过我会设法补偿你的。"红包，我对此有所耳闻。他们总是忧心忡忡。我回忆起很多月以前，一月，在医院停车场等待时她充满希望地捏我的手。然后，记起了更多，她说过的话开始变得明晰：不是一起乘雪橇，而是一起杀戮①。

这样的一句话是出于什么目的？要是我能在上学期的《麦克白》论文中用上就好了！

讽刺：有些东西真的是没法教的。但可以借，可以碰见，它能像树皮一样剐蹭你。

有一次，我独自和玛丽-艾玛一起在那儿时，电话响了，我接听时只有沉默。"邦妮！"我严肃地说，"是你吗？"有些事我要告诉她。她该知道的事！她应该知道并且是应该立刻知道的事！"邦妮？"这时传来一个熟悉的嗓音。不知怎的我知道这是那个有美丽发辫的女人，是那个假扮聋子的女人的声音。她说："对不起。我想我拨错号码了。"

然后，一个星期一，我和莎拉都在，电话又响了。我在楼上

---

① 杀戮（slay）与雪橇（sleigh）谐音。

接了起来,听到一个人说:"我是苏珊娜,罗贝塔的助手,领养之选的……"不过莎拉已经在楼下接听了,于是我挂断电话回到了玛丽-艾玛身边。史蒂夫仍旧在他的碗里游着,我们把它挪到了玛丽-艾玛房间里一个高的搁架上。我和她正跟着戴安娜·罗斯的《山不足高》载歌载舞。有哦和啊,以及罗斯自己在开头的气声诵唱,我模仿着,教着玛丽-艾玛。我很小的时候,这是我会的唯一一首黑人女性唱的歌,要么是我母亲只会这一首,因为是她教我的。我伸出我细细的胳膊往上抬。"如果你需要我,给我电话。"我用手指贴着脸做出讲电话的手势。"不管你在何处。"我再次伸出胳膊,微笑着晃着脑袋。玛丽-艾玛如法炮制。楼下的电话铃响了又响。"'不管有多远。'"我能听到楼下莎拉的说话声。"不。是。是真的。"

我和毫不知情神采飞扬的玛丽-艾玛继续着。"'不管你在何处,只需喊我的名字,我会立刻赶到。'"

楼下传来一声大声的呻吟,这跟音乐倒颇为吻合。"'你可以信赖,不必忧虑。'"我调大了音量。"'没有风,'"我唱道,几乎是大喊着。于是玛丽-艾玛也大喊,"'没有风!'""'没有雨,'"我唱。"'没有雨!'"她重复。然后我举起她,像往常一样,猛地将她放在我胯部,在镜子前,我们看着自己。"'也没有冬日的寒冷能阻止我,宝贝,若你是我的目标。'"

然后,有短短的一分钟,楼下是跟我们的歌完全无关的痛苦号啕,不过我继续跟随着音乐,里面也有一声相应的激动喊叫,我把音量调得更大,这样就听不到楼下的声音了。我让玛丽-艾玛忙了几乎半个钟头。她加入了所有游移的呻吟和梦幻的喊叫,还应邀重复了所有我唱的语句。"'生活给你一个保证,你永远都会有我。'"我们几乎是在叫嚷。

"'你永远都会有我!'"

"'若你会怀念我的爱，那些旧日时光……'"

"'那些旧日时光！'"

"'若你会怀念那曾紧挽你的双臂……只需记住——'"

"'只需记住！'"

"'——我曾对你说过的话，那日我给你自由！'"

"'给你自由！'"

这时，在歌曲中间的停顿处，大门门铃响了。就在副歌之前。莎拉冲上来进了婴儿房。我调低了音量。莎拉用了我的香水，同样的味道，她跑上楼时也熏香了空气。阿拉伯女神。

"妈妈！"艾玛唱道。

莎拉把她拉到胸前，拼命地揉着她的背，艾米则玩着莎拉的头发，把它拉直，看它是保持不动还是会掉下去。

"快，塔西。"莎拉无比恐慌地嗫嗫耳语道，"你替我应一下门，好吗？"

"当然。"然后我又加了一句，"呃，我的作案方式该是什么？"

"拖延。"她说。

我慢吞吞地下了楼。我假装自己是在领地里漫步。

门口是个女人，让我想起某个我认识的人，要么就是认识我的人，或者兼而有之。

兼而有之：花了一会儿才水落石出，不过很快。她不自然地笑了笑，说："你好，塔西——你大概不记得我了。罗贝塔·马歇尔。"

是领养机构的。我记得她。至少不是邦妮本人。那样的话我可能会受不了。

"对，我记得。嗨。"我跟她握了握手。我感觉一阵鲁莽劲儿涌了上来，仿佛我不是邦妮或那个羞涩的麦考文女孩，而是克罗

V 245

楠基珀金斯家庭餐厅的琥珀·鲍尔斯。不管罗贝塔的出现意味着什么，在我看来这不可能是好事。她就像警察，不过是穿戴着灰褐色和米色的警察。戴耳环的州警。奇怪的是，我感觉自己对这幢屋子产生了保护欲。我在这里工作的时间仿佛已经很漫长了，我猜，我对它的门和墙产生的依恋比我意识到的更强烈。

罗贝塔从没见过琥珀，因此要是我假装一会儿是她也没什么大不了。我的牙更好——感谢你们，贝丝和盖丝！——但要是我一直闭着嘴她可能永远也看不见它们。我也许能藏起五花八门的獠牙、化石和其他能吐出来的小东西。这个秘密会给我粗鲁的力量。

"小玛丽怎么样？她好吗？"罗贝塔直勾勾地看着我的眼睛。要是我戴着顶帽檐能遮住眼睛的帽子就好了！要是我搭配的饰品更漫不经心一些——或者至少有搭配饰品——我可能就会感觉自己是她的真正对手。

我现在才注意到，出于某种原因，每个人都用不尽相同的名字叫玛丽-艾玛，好像她根本不是什么人似的。"她很好。"我说，像在跟一个间谍谈话似的。我仍旧站在门口，胯一沉，举起一只胳膊倚着门框。我看着罗贝塔，没请她进门。我不知道怎么假笑——至少，我自以为不会。不会刻意地去笑。我也没有口香糖可嚼。但我可以稍微动一下嘴，好像牙齿里嵌了东西一样，于是我那么干了，然后我撇起嘴唇，以一种游移在粗鲁边缘的方式。这对我来说很新鲜，不是没有乐趣的。

罗贝塔的职务和来意令她态度坚决。"莎拉在吗？"她询问，希望能打发走我这个无用之辈。

"让我想一想。"我说。我确实需要想一下，好知道接下来该说什么。我不确定莎拉会希望我怎么做。罗贝塔开始被我弄烦了，恼怒的冰冷的小火苗出现在她眼中。"让我去看看。"我补充道。

楼上，莎拉已经站在过道里，有些不知所措，不过已经替玛丽-艾玛穿上了粉红色的灯芯绒上衣，在她的非洲发型上绑了根粉色丝绒发带。玛丽-艾玛的头埋在莎拉的肩上，似乎这么精心打扮令她疲倦了；已经接近午睡时间。

"罗贝塔·马歇尔在楼下。"我说。

"上帝，真不敢相信她来得这么快。甚至不敢相信她今天就来了。"莎拉显得很惊愕。不过她接着深呼吸了一下，带着玛丽-艾玛从我身边走过，去迎接门口的罗贝塔。

莎拉也没有请她进门，因而从我站着的楼梯平台上，靠近一只装着动物布偶、布莱奥火车和叠好的婴儿毯的开口黑色垃圾袋旁，我能看到自己的直觉是正确的。她甚至连外面的那扇门都没打开，只是站着，微微倚着里面那扇开着的门。

"嗨，你好，莎拉。还有你好，玛丽女主人。"罗贝塔隔着纱门轻快地说道。

玛丽-艾玛不出声地看看她，然后又把脸埋在莎拉的衣袖里。

"并没有大不同。"罗贝塔说道，迅速抖去了俏皮话。

"你没有讲明你今天来。"莎拉说。

"对不起。我以为你明白。法律上讲，你们作为寄养父母的时间已经结束了，而要是领养手续不能完成，我们会转向下一对排队等候的夫妇。这意味着——"

"这意味着什么？"

"我正要说到。这意味着玛丽必须搬到我们的常规寄养家庭。当然，只是眼下。"

"为什么我们不能做寄养家庭？"哀伤溢满了莎拉的脸。

"因为你们不是。我们的机构有专门的调查，你们有隐瞒信息的问题，这我们已经讨论过了。我现在不想谈那个。"

"好吧,我们这几个月都是她的养父母。我是说,我们此刻仍然是,我这么觉得。"

"正如我解释过的,在领养手续最终完成之前,你们在技术性细节上还不是她的养父母。既然你们不能继续下去,我们必须做别的安排。"

"基于一个技术性细节,你就要刻不容缓地把她带走?"

"恐怕法律就是这样的。"

"我需要跟我的丈夫进一步讨论,我想。"

"你们已经有过很多时间了。"

"好吧,是,但我们还需要更多时间。过渡。最最起码的。只是过渡。消化这个决定,做好过渡。"

"法律不提供那样的舒适地带。很抱歉。我倒是希望它能为了你这么做。"这时她慢慢地打开外面的纱门,身体悄悄地越过门槛。

"嘿,玛丽!想出去兜兜风吗?"罗贝塔蹲下来看着玛丽-艾玛的眼睛,装出一个大大的笑容。

"你在干吗?"莎拉退回屋里。

罗贝塔伸出双臂去抱玛丽-艾玛。看来会有一场好戏了。莎拉将玛丽-艾玛抱开。

"别碰她!"莎拉喊道,玛丽-艾玛抽泣起来。

"你可以做得让孩子好受些,"罗贝塔说,"或者也可以让她难受。"她又挪近了一些,填满了门口,现在将纱门完全推到了她的屁股后面。她再次伸出手,手指慢慢移到玛丽-艾玛身上。

莎拉立刻把她拉开了。

"莎拉,"罗贝塔责备道,"别把这变成拔河。"

莎拉的脸变成了面具。"你有儿童汽车座椅吗?"她静静地问。失败笼罩了她。也许有一种发光的鸟或多刺的鱼也这么做,舍弃自己的宝宝,殴打自己的家人,而且这么做的时候伪装成一块石头,以免被吃掉。

"有,当然。"罗贝塔说。最私人的事也受着官僚主义的监督,这样人道主义就没法出来干涉阻拦。每个人都可以耸耸肩拿生活的小法律当借口。

"行。好吧,我会带她去车上。我不会让你就这样在门口把她夺走。"

莎拉带着她走到罗贝塔的车前,把她放在后排。"等一等。还有她的东西。"她说完,脸色苍白地跑回屋里,抓起楼梯平台上的垃圾袋。原来的白色塑料垃圾袋已经换成了一个更新更大的黑色垃圾袋,装满了玛丽-艾玛原先的嫁妆,还多了几样别的——衣服、冈德版维尼熊、布莱奥火车、一只银杯,还有戴安娜·罗斯的CD,是我在把所有的东西用黄色塑料绳扎起来之前放进去的。我还放上了金鱼史蒂夫,把他装在一个装了水的塑料袋里,紧紧封上口,扑通一声放在一个塑料外带餐盒里,放在最上面。就带着这些垃圾袋在世上旅行,这看起来并不怎么样。我本来希望能将玛丽-艾玛从这首西部乡村歌曲里拯救出来——"这些塑料袋装着我的生活,我的亲爱"——至少是这一句,但我不够强大,无法拒绝任何如音乐般强大的东西,遑论严峻的真相。我曾试图成为琥珀,反叛、对峙,然而却也像莎拉一样,最终变得被动、透明,像邦妮一样被摧垮,眼睁睁看着孩子离开。

"给。"莎拉说着把袋子往罗贝塔的方向递去。她的另一只手里拿着一只吸管杯,她越过开着的车窗把它交给玛丽-艾玛。

"妈妈?"玛丽-艾玛显得很害怕。

"我不能和你一起去。"莎拉说道,只是给了孩子一个飞吻。"不过没事的。我保证。"

"Ciao[①]，妈妈！"玛丽-艾玛哭了起来，从后座伸出双臂。莎拉站在人行道旁，什么也没说。"Ciao，妈妈！Ciao，妈妈！"她的告别甚至不是用她母亲或保姆的语言，而是保姆的前男友的。随着汽车快速驶向街道，在第一个路口向右转去，玛丽-艾玛的哭声从开着的车窗往后飘送着。

我无法相信莎拉所做的一切。

所罗门国王当然是正确的。那个把有争议的宝宝带到他面前，同意将婴儿一切为二的女人，不是孩子真正的母亲。

但她是真正的妻子。

莎拉迅速转身跑进屋里。我跟在后面。我从未听过如是这般的哭泣，满满一屋。屋里，诺埃尔已经带着他的吸尘器和桶从后门进来了。"怎么了？"他问，又把一罐健怡可乐放进冷冻室。

"我没法告诉你。"我说。然后我尽快离去。

整个礼拜我都让自己像机器人似的忙着事情，一半在等着电话铃声响起——希望那头是莎拉或雷纳尔多，甚或是更令人高兴的玛丽-艾玛，因为我想她。我想听到说所有这些噩梦都不见了——是弄错了！——说做了很多修补、打开和贴回的工作，你能不能眼下这一刻就过来，我们需要你！然而一个春日接着一个春日翻滚而过，雷同而乏味，学期对我无动于衷，看来就要关门打烊了。我参加了两次地理实地考察，两次都仿佛准僵尸。我完成了与岩石约会课的期末研究论文：《巨石阵的似然苏菲主义地理》。我变得消瘦。我总是心不在焉。我现在能感到，当不幸开始堆积，它将你痛扁到睡衣那么薄，修剪成衬裙那么透。光线似乎直接透过你的双手照耀，你的血不复是红色：你的皮肤在微风

[①] 法语，意为再见。

中展开，有如水母。你日间的漂浮具有恍惚的实质，触发遥远的回忆，尽管并不算多。时间的流逝是最轻的拂拭。生活难以捉摸，因为它不会静止不动。它疾行，呼吸急促。它是一堆随心所欲的垃圾，即便你行尸走肉般，如同一个受邀去海滩享受精彩纷呈的一天的鬼魅。

一晚我从图书馆回家时，墨芙躺在沙发上。我跟她说话却没有回音。我摇晃着她，但叫不醒她。她的嘴唇湿冷发蓝。我再摇晃，她时有呻吟声。她身边的茶几上是那只早被我忘得一干二净的装着多花水仙糊的塑料碗，旁边还有一盒饼干，已经被踢到了地板上。

"噢，我的上帝！"我冲自己大喊，然后拨打了911。等待的时候我把手指塞进她嘴里，看看能不能抠出残余的糊糊。她腮帮子那儿正好有一团，我把它冲洗掉，然后用湿纸巾擦她嘴里剩下的东西。我想我听到了她的呻吟，只有一次。

救护车和消防车很快就赶到了，凯从楼上下来，站在门廊上收集情报。"我们会用得上犯罪现场隔离带吗？"她问。"我楼上有一大卷黄色的！"救护人员是三个迷人的小伙子，我是后来回想到他们时才发现他们迷人的。他们拎着装有药棉、针、针筒和血压计的工具箱。他们检查了她的生命迹象，然后把她弄上了担架。

她的呼吸很浅，但还不至于令人担忧。不过他们还是把她鼻子上的银钉取了下来，给她上了氧气面罩。我跟她一起待在救护车后部，握着她的手，先是一只，然后是另一只。"花的球茎？"其中一名救护人员说，"好吧，什么都有第一次。"

"是啊，不是吗？"我说道，心情突然明朗起来，因为我知道她会活下去，一切都会好起来的。

她的确如此。她是杀不死的——她像是一头公牛跟一头马跟一头熊跟一辆卡车的结合,她像是金鱼史蒂夫!——后来她恢复如常了,但在我给警方做笔录时,我对莎拉自我挫败的杀人潜力有了新的认识——除了爱德华和她自己还有谁,除非她还想捎带上丽萨和别的人——对这些东西的成分分析犹如灯光下的刀刃,藐视任何武器。我在愧疚和怠惰之中变得茫然,令自己难以相认。或者不如说,是新鲜的陌生。

本地的湖面已经满是绿色的浮萍。我没有通过《端正盆骨》课的期末考试。我只是忘了参加。我去找我的老师说:"可我的室友在吐血!"她说:"这台词跟山一样老了。"我交上了所有的论文和测验卷。里面没有一句有识之词。我不知道自己在说什么,尽管会时不时地冒出一句自以为是令人窘迫的结论。我得了很多 B。

"你替她打工的那个巫婆是谁?"墨芙回迪比克的家过暑假之前问道,她的胃已经洗过,脉搏恢复正常,课业都已完成。

"她不是个巫婆。"我叹了口气,"至少,我不这么看。"我又想了想。"至少,不是个很好的巫婆。"

"算是好巫婆吗?"

"是啊,大概。"

"不过,我还是想揍她一顿。"墨芙说。

我淡淡地笑着。"老天,我也是。"

她碰碰我的胳膊。"别把你自己的生活当做你生活中的工程:完全是浪费时间。我不是针对你,我是对所有人而言。我是在从那片巨大的白色死亡之光中退出时领悟到的。"

我对她只有仰慕。我感觉她是个治疗师,我感觉她会读心。

"你有没有觉得有些人是能通灵的?"我问,"就好比说你认识某人私下觉得他们会通灵而他们自己却不知道?"

"是。"她说。

"真的?有人曾让你这么觉得?"

"你让我这么觉得。"

这听起来太像是玩笑,于是我笑了起来。

"真的。"她微笑着拥抱我,"暑期愉快。"我们已经中止了租约,谁也不知道我们这个秋天会怎样,但反正不会在一起了。我们把所有的东西都储存了起来,这是年满二十的象征,正如诸多其他事情。

我父亲打电话问我想不想去农场帮他的忙。他最近展开了"三季春蔬"的新业务,需要人手:我可以在他最新式的收割机前奔跑,把老鼠吓跑。我弟弟正在为极乐要塞的新兵训练营收拾行李,整个夏天和收割季节都不在。我有别的工作吗?我有兴趣吗?

我说我觉得那会是很好的锻炼,我很高兴得到这份工作。我告诉他,凑巧的是,我的另一份工作突然结束了。我礼拜一坐大巴回家,我们可以具体谈谈。我得清理公寓,把押金要回来。

"要是你不早点回来,会错过罗伯特的毕业典礼。是星期天。"

"好吧,我星期天一早乘大巴回来。"我说。

到目前为止,我在大学里学到了些什么?你可以排除排中律[①],不过当你一路前行至一个冷清、更为确定的地点,你会看到

---

① 排中律,一种逻辑定式,指同一思维过程中,两个互相矛盾的思想必有一种为真。

窗外住着所有你认识的人。

我还学到，在文学中——也许生活中亦然——你要讲的不是作者的意图，而是故事本身的意图。创造者相当不便——上帝死了。然而造物本身也具有了人格和希望，有它自己的欲望、计划、眼色、舞步以及拼贴而成的意图。雅克·德里达正是以这种方式与沃尔特·迪斯尼相叠。故事本身有脚有嘴，能走会说，能说出它自己的渴望！

我学到曾有过许多冰河时代。它们来了又去。我学到新西兰没有原生的哺乳动物。我学到太空不仅漂流着冰冷易燃的岩石。随时就会有人骑着一块，尽管石头在做苏非主义式旋转。生命不发光的孢子比比皆是。我想我学到了这些。

VI

弟弟和父亲来车站接我,以为我有很多东西。罗伯特穿着他的毕业长袍,不过帽子拿在手上。

"啊,你东西不多呀。"父亲纳闷地说。

"很多都存掉了。"我着拉拉罗伯特的袍子,"嘿,恭喜你。"

"这是项超乎你想象的成就。"他有点难为情地说。

"典礼什么时候开始?"

"要两点过后了。"

"那你已经穿上袍子了?"

"当然。"

"我们已经拍了一千张照片了。"老爸沉思起来。

"你没回我的邮件。"弟弟说。

"什么邮件?"我问。

"我最后发给你的那封!"

"你让我不用理的。"

"不,不是那封。之后的那封!"

我慢慢记起来我把它归档为日后再读了。

"你的地址还是 bassface@isp.com 吗?[①]"他接着说道。

我一向觉得自己的邮箱巧妙又时髦,直到我听到它被大声说出来。"是的。哎呀,对不起。我不知道怎么回事。"我要换个话题,"你好吗?"

[①] bassface 直译是"贝斯脸"。

"很棒!"

"真的?没人是伟大的!"

"嗯,不是 G 大写的那个 great。其实是 g-r-a-t-e①。那可能不太妙。"

"是,可能不妙。怎么回事?"

"我在人行道上剐蹭了一下。"

"哈!他有吗?"我爸说。

"你是现编的?"我问我弟。

"不,"他说,微笑着爬上卡车,"我琢磨了好几个礼拜了。"

"好几个礼拜?"

"好吧,不是礼拜。好几个月,实际上。"他努力表现得欢快活跃,结果欢快得有点古怪。

"你把你那辆铃木留在特洛伊了?"车开后,父亲插话道。

"对,是这样。"

"太糟了!"我弟说。丢失的邮件这个话题带有太多遗憾和延误,一点也不好玩。不像摩托车。"我还想看你下午骑着它在典礼上转悠呢。那样会引起轰动的!"

"那正是我想做的。"我看着卡车窗外。喷灌装置犹如雷龙的骨骼在田野上蔓延。

到家后我得帮着母亲打扮,在她称为"商店"的那间屋里。她会在这里堆放一盒盒邮购来而又没有试穿没有决定到底是留着还是寄回去的衣服。等她准备好了她会一件件打开它们,不过在此之前它们都待在商店里——那其实根本就是一个包裹室。

"盖尔?"我爸叫着找我妈。

"我们在商店!"她回喊。我帮她试穿一些我觉得不错的,

---

① grate,意为令人气恼、难受。也有刮擦的意思。

然后替她扯掉标签。"把剩下的都寄回去。"我说。"不过等等——这是什么?"有一顶漂亮的黑帽子,上面贴着一根直立的羽毛,一边垂下一根饰带。

"这不是毕业典礼戴的。"

"对,不是。除非是你毕业:那样你就可以在走过舞台时轻轻弹一下飘带,拇指捻着羽毛吹个口哨。"

"不过,这是给某个场合准备的。"她说道,怜爱过头地拿着它。"我还不知道那是什么。"

"五十年前的聚会,大概是。"

"嘿,在这里?多的是。但你还是不能戴这样一顶帽子。"

"你从哪弄来的?"

"噢,网上。盒子上怎么说?"

我自己试戴了一下。

"非常好。"母亲说,"也许我该把它送给你。"

"对,也许你应该!"我笑了起来,"我可以戴着它去上课!"我把它放回帽盒,它散发着雪松和杀虫剂的味道。

毕业典礼在体育馆里面举行,因为预报有雨,中间还响起了龙卷风警报,我们全都原地待命。我个人觉得这音效很适合这个场合。女生们都在黑色毕业长袍下穿着高跟鞋,摇摇晃晃很不稳定地走过舞台,除了一个大步流星的,她滑了一下,差点摔倒。我一个也不认识。她们胸前别着大朵的白色牡丹,如同安哥拉猫的脑袋。男生们听到最微妙的内部笑话都会在空中挥舞拳头。罗伯特走过舞台去拿他的学位证书时,校长打趣假装把它收回去,不过罗伯特微笑着,校长也笑了,拍拍他的背,把东西给了他,送他走下去。他受人喜欢,我能看出来。大家真的喜欢罗伯特。人群中他的那帮朋友大喊着"机关枪!"以及"机关枪,拿到枪了吗?"正是此时,他要离开参军的全部含义真正击中了我。为

VI 257

什么我之前没有给予充分考虑呢？好吧，这很容易回答，但依然。这不是借口。

龙卷风警报停止后，我们走了出去，到处都是阳光。正是白色花朵的季节。为了搭配女生的牡丹，学校的操场四周布置着新娘花冠和雏菊。空中只剩下一朵深色雨云，像个邪恶的妖怪，它正在微风中匆匆退场。

第二天我弟就动身去那个名字富有讽刺意味的极乐要塞了。我们把他送到汽车站，跟他道别。我们给了他一些小礼物。一条兔子脚的钥匙链，一把玳瑁牙刷。我给了他一本鲁米诗集，还有一张三乘五英寸的卡片，上面写着：这是对你被遗忘的邮件的回复：别忘了写信！我生怕这听起来像是当姐姐的蛮横无理，便搂住他紧紧拥抱着他。"你让士兵这个词有了兵味。"我低声对他说，"不过别弄那种国旗文身。"

他挣脱了我的拥抱。"为什么不行？"他问道，我看得出他对任何事情背后的知识和道理都很渴求了解。我看得出他感觉有点缺兵少将、准备不足，方方面面都是如此。就在前一晚他还说："阿富汗有省份？跟加拿大一样？"

"噢，我不知道。"此刻我说道，耸耸肩。他还是灿烂地笑了。他不再是小男孩了，他已经变成了小伙子。他是怎么变成那样的？我自己说过或知道的事全都由来不久，因此根系纤弱而站立不稳，一切都无法分享。"当兵别紧张，"我说。这是我从哪里听来的一句歌词。"你会没事的。哦，还有这个。"我更快、更有把握地说着，偷偷把一盒卫生棉条塞进他的行李袋侧兜里。

"老天，这是干什么用的？"

"只是——用于紧急情况。最糟糕的情形：它能给伤口止血。"

"你从哪里学来的?"我弟问。

"从电影里。"我说,"我以前告诉过你的。"

我们还带上了布罗特,罗伯特跪下来抓着它的头。"再见,布罗特,你这个懒鬼。"他说着,把狗狗拉近些,揉了它一通。

父亲在罗伯特的上衣前兜里塞了一沓钞票。母亲最是眼泪汪汪的,而我弟,似乎是为了让她平静下来让她高兴,一直显得生气勃勃,已经到了虚假和慷慨的程度,你看得出他不知道自己在干什么。即便提着他的行李袋,他还是显得心里没底。母亲凑过去亲了亲他,手迅速地拂过他卷曲的头发。"噢,他们会把它全剃掉的。"

"我们就别为头发伤感了。"老爸提醒道。

"卖给做假发的!"我说着,轻轻拍了拍他胳膊,"拿现金!"那一刻我忍不住想起罗伯特曾把可丽斯牌起酥油抹在他额前翘起的头发上想让它服帖。它在上学路上就冻住了,我们甚至还没走到街角的公车站。可上午过半,油脂便融化了,从他额头滴落下来。我尽量不去想他更小的时候,他会心不在焉地从鼻子里挖出结了痂的大麦。现在不是把他当做可怜的孩子的时候。

当大巴嘶嘶两下隆隆开走,弟弟的脸仍旧紧贴在有色窗玻璃上。母亲抹着眼睛,只说得出:"我要掐死那个招募官。"

"好了,盖尔。"我爸说道。然后他又加了一句:"要是你把他掐死了,我踢他的时候怎么听得到他尖叫呻吟呢?"这让我母亲高兴了起来。

那一周我就开始在父亲的嫩苗菜地里干活了。我的工作是在收割机前面奔跑,这是装在打谷机上的一个特殊装置,他自己发明的,他觉得那很有趣,很自豪地驾驶着,像开汽车似的,尽管我们的地那么少,转个弯都很困难。我胳膊上戴着假羽毛和塑料老鹰翅膀，在蔬菜上方拍打着吓唬老鼠，这样它们就不会被卷进去。(要是我们得为蔬菜动用三重清洗设备，利润就会变薄。)我的装备其实是父亲专门设计的，一部分来自我们带到德拉克罗斯冰上风筝节的一只风筝。这套服装有一个鹰钩喙状的面具和可以套上胳膊的长长翅膀，奔跑的时候我垂着翅膀，拂过地面上方，拍打着叶子，模仿着真正的捕食者，催促着啮齿类动物从收割机前跑开：没人想在沙拉里吃到老鼠肉。至少不是在这个年代。

我小跑着，飞扑着，发出嘘声驱赶着。我是我爸创造的带翅膀的造物，像伊卡洛斯。我能感觉自己几乎飞了起来，像我梦见的那样：并不很高，只是一路跑着，然后时而稍微腾空一下，于是我的胃挪到了心口。只是一瞬。感觉很像我的铃木冲上减速带。

我还会清理田里的石块。有时地里的石头多得像海滩，石头从像采石场似的地下世界冒出地面。我把它们收集起来，要么用来修补鱼塘，要么卖给种子店。种子店里卖的石头是从中国运来的。大老远的中国！什么都是从中国来的，哪怕是石头！这还没成为俗语，无异于往纽卡斯尔运煤——无异于往德拉克罗斯运石头——不过也快了，我爸说，因为这是令人困惑的真理。

我就是如此度过了夏天，时常戴着面具和翅膀，在我爸前方二十英尺处奔跑。他驾驶着改造过的打谷机，我则垂打着翅膀嗖嗖跑着，理论上把兔子也吓跑了。老鼠四处奔窜，蛇不动声色地做着起伏运动。晨间跟父亲一起时，我还写了首歌："松鼠老鼠鼹鼠最好躲开 / 我是只老鹰匆匆赶来 / 我是只老鹰头顶流苏匆匆赶来。"就算迈尔斯·戴维斯也喜欢这个调调。

父亲担心我这活儿干得太好了，会把能控制啮齿类动物数量的真正捕食者吓跑。

"嘿，这是剧院里的生活！"我说道，脑中响起了《俄克拉荷马》的全部电影配乐。太阳炽热。所有的草地上都有一片亮金色薄雾。天空蓝得有如一口池塘，上面往往还残留着清晨月亮的模糊印记。中午前的空气是柔软的，带着泥土铜一般的气息。我们基本上都起早干活，还有傍晚，等一切（我、生菜）都凉快下来的时候。午间我用来休息，阅读，用掉了盖子的波尔牌玻璃罐喝冰镇的柠檬水和可乐。有时下午有雷雨，惊天动地，仿佛是另一个星球上的生活。这些雷雨似乎和我小时候的不同。它们布满天空，撼倒树木，带着掠夺者的愤怒横扫全州——倾盆的大雨和狂风能改变溪流的流向——而后，一切归复平静，水面闪闪发亮，微风吹拂，好像压根什么也没发生过。

虽然大部分的社区野餐我都躲开了——我向来不喜欢拿着纸碟坐在地上，更别说还有蚊子叮你的腿；不喜欢得跟人挤在一张旧野餐桌旁，还被长凳上的木刺扎——七月四号，我还是和父母去了县棒球场看烟火。由于这是"9·11"之后的第一场烟火表演，县里租了台金属检测仪，我们都得从中间走过，两侧都盛开着包装工队的绿色和金色的萱草。

"好像基地组织听说过德拉克罗斯似的。"我们坐下后父亲说，"我想毫无疑问每个人都想出现在地图上，不管是什么地图。"

"不炸掉这座城市才是恐怖主义的表现。"我说。父亲瞪了我一眼。

"小声点，你们俩。"母亲说。她带了点心，柠檬糖霜夹心全麦饼干，我童年时的最爱，我们坐下后她在我和父亲之间来回传递着特百惠小盒子。

太阳一下山，太妃糖般的暗玫瑰红就布满了地平线，空气变得凉爽，演出开始了。如同火箭发射的操作一样，烟花是在事先设计好的节点在天空绽放的。芍药和菊花在一阵阵抽搐和爆炸中盛开。我们觉得好玩吗？落下的火花嗞嗞散开，然后又继续；每次爆炸前死一般的沉寂开始令我充满恐惧。尖叫声、口哨声、隆隆声：这钡绿和铜蓝与战争有太多相似之处。我和我的父母，我们是个忧郁的三人组，不过我们的脖子还是仰了起来，头往后枕着被压平的运动衫帽兜，观看着这闪亮的细雨。我们的点心没了，一整盒都吃完了。

继续作为英国的殖民地有这么糟吗？每砰一下，我就狠狠地想。每种甜点，哪怕它是一块蛋糕，都叫做布丁，这有这么糟吗？说着"in hospital"[①]长大、省略掉一些定冠词、把灰色拼写成grey[②]、将r's重新分布、有一个闲置的国王和闲置的女王、所有的汽车方向盘都装在右侧，就有那么糟吗？好吧，也许方向盘是值得为之一战的；也许我们的国父们曾对此有过暗示。

"十八世纪天花很多。"回家的路上我说道，我在卡车前排挤坐在父母中间。

"肯定是。"我爸说，"不过他们在战争时期开始接种疫苗了，我想。"

"好吧，我们至少可以庆祝这个。"母亲说道，"有时候我想做个英国人也没那么可怕。"

"噢，我的天——我刚才正在想同样的事！"

"卡车上的托利党！"我爸喊道。

"好吧，这能有多糟？照片上的英国看起来很棒。你们蜜月就去了那里！"

"我们本可以当殖民者。"我爸说。

"那么？我们的脖子上是不是得挂个大大的红字C？"

父亲越过我对母亲说："你把孩子送进大学，看看你得到了

---

① in hospital，英式英语，意为住院。美式英语用 in the hospital。
② "灰色"在英语中应为 gray。

什么。"

"科琳·卡尔顿很乐意地戴着一个大大的金 C 到处晃。"我说。

"科琳最近好吗?"我妈问。

"我真的不想知道。"我说,然后陷入沉默。跟父母的每次交流最后总是会落到某个我不想谈的无聊话题上。

"那克里斯托·邦贝莉怎么样了,打她爸爸生病之后?"

"不晓得。"我说,"不过她好心肠地送来卫生纸!"

"要是我们还是英国人,"父亲说,"我们会喝得更多,开在马路错误的那侧——反正大家在七月四号也大抵如此。"

"我不喜欢我们国歌里的歌词。"母亲说。她已经放弃了拿我和我的朋友作话题。"'炮弹在空中炸响。'那是什么样的歌啊?一大群人唱的时候,每个人都深呼吸一口,听起来像是'炸弹在发际炸响。①'"

"嘘。"父亲说。

于是我们都看向路面。耶稣十字架似的电话线杆和电线杆在两侧排着队,向远处繁衍、退缩,几乎在某一点消失,让我想起《斯巴达克斯》的最后一幕。

"觉得玉米有膝盖高了不?"母亲问道,很快我们的卡车车灯转向打在了自家车道上,我们到家了。

我看着从法姆弗利特卖场借来的影片,不是很好。法姆弗利特刚开始这业务,可选择的很少,不过在我们家我们其实从来不用寥寥无几这样的词,会倒霉的,就跟把皮夹子放在地上或把帽子放在床上一样。不过我看了很多詹妮弗·安妮斯顿的片子,还

---

① 母亲在这里将国歌中的 Bumbs bursting in the air 听成了 bursting in the hair。

VI 263

有关于巴西和阿根廷的纪录片。第二天我就会还回去。有时我会开车转悠,开很长的路回去。正是宜人的夏日天气,县干道的路肩被菊苣染蓝了,而后又被雪珠花染得雪白,有一阵在路边交织成了野草格纹布。草原上的草花被移植到别处了,有些则从未离开:草原蔷薇、头巾百合、兜兰、月桂。

母亲已经有些恋床了。她可不是米尼弗夫人。她装着镜子的花坛里,植物已经悄悄爬进了草坪,里面很快就长满了毛茸茸、湿漉漉的齐腰杂草,在七月中旬的十天里,呈现眼前的不只有堆心菊,还有龙葵和福禄考。一地的紫色。简直是紫色的暴动——桔梗、毛地黄还有鼠尾草。她的花园从来没有这么美过,这是个古怪而美丽的玩笑。蜀葵鲜艳挺拔,有窗户那么高,只是稍微有些倾斜。成群的紫锥花出现了,还有紫红色的烟叶和欧蓍草,仿佛全是特意决定这么做似的。只有未经修剪的绣球错过了她,早早地自残成淡绿色;褶子里都充盈着叶绿素的它们既贫瘠又新鲜,枝条垂落泥里,带着粗壮的青柠奶油色脓疱。母亲的缺席只在它们垂头丧气地吃泥巴时才有所显现,通常她是绝对不会允许这种情形发生的。

有时候,下午,在我楼上的房间,我仍然穿着我的鹰服。我会取出老鲍伯,掸去上面的灰,它琴马下系着的弓囊如同阴囊,我们会整出个曲调来。让这四根低音弦奏出并非挽歌的乐曲是件愉快的事。低音提琴,这是个要求很高的乐器——相形之下,我那指法油滑感伤的吉他不过是个玩具——有时我会空弦拉奏,迈尔斯的 *Nardis* 是基本曲目,是用拉丁文倒着拼写星光闪耀,或是别的什么,我很喜欢,这于我并不费力。有一次,在全州音乐选拔赛上,我演奏了一段谢尔盖·库赛维斯基的低音提琴协奏曲独奏,他在 1930 年曾登上《时代》封面。我对他所知道的就这么多。不过要么我拉得不够好,要么一个女孩子站在这么个木制庞然大物边，抓着它的脖子撸着它的肚子使劲从弦上拉出音乐的场景令他们不安，我没有入选。评委聆听时的脸根本就是怀疑主义附体，好像都在说：听听这个！我之前从没经历过这样的表情兵器。因此，我完全游离了古典音乐，我需要把那件事的回忆甩掉。当大人们鼓励自己的孩子尝试新事物时，通常忘了考虑到这一方面。

母亲来过我门口一次，看到我披着翅膀抱着提琴，一只手乌贼似的滑下他的琴颈，另一只断断续续地拉着琴弓，她说："难怪我睡不着。看看你，真滑稽。"我猜，我是一只表情扭曲的突兀的鸟，拥抱着另一只鸟奄拉的肩膀，它那长颈木质带羽冠的头，有如象棋里的骑士，在我头顶盘旋，仿佛是给我建议的同伴。不过她还是微笑着。我正在弹《再见黑鸟》。她以为那是我自己编的曲，其实是我抄的，或者说试图抄袭克里斯丁·麦克布莱德——要是我的手更强壮些，要是我有更多的手就好了。

"你祖母过去老唱那歌！"她大叫，然后又回房间休息去了。

有时我会拍打琴的背面打节奏。我的弹奏总是会走神，复而回头找回旋律，或许只找回了它的一些音符，而后又开始神游万里。我弹了首前年刚学会的巴赫的大提琴序曲。有时这样很有趣，用低音提琴演奏大提琴曲，好比让一个老头唱小伙子的歌。老鲍伯会抱怨、低吼，不过还是慢吞吞蹒跚着完成了，他偶尔发作的老头子的精灵古怪是对逝去青春的诀别拥抱。这打动了我。我从来不认识我的祖父们，但要是他们活得更久些，我猜他们看起来听起来会很像鲍伯。毕竟，这是我们的姓氏。

我开始想念我的铃木，于是经父母的同意，我乘大巴回特洛伊把它取了出来。我租来的小储存柜——很多年前隔着两个柜子曾发现一具腐烂的尸体，经理说——就在汽车站边上。不过乘过了大巴我需要找个地方走走来活动一下筋骨。在储存柜里，除了我的车还有个盒子，我在里面找到了去年的书，还有母亲圣诞节给我的珍珠项链，我飞快地把它拿出来塞进手袋。等我再锁上门，把车停在一个公共停车棚后，我开始出发，充满决心地迈着大步。一边走着，一边把手伸进包里找出项链戴上。

我朝市中心走去。没有了往日喧闹的学生，特洛伊显得安静而空荡。它似乎昏昏欲睡，很不合拍。它似乎来自糊涂可爱的过去。

我不由自主地朝小磨坊的方向走去。正是星期六的五点，鸡尾酒时间，夏季的阳光将眼前的一切——树叶和玻璃橱窗——都蒙上光彩，就连人行道上的巴拉布花岗石方砖也闪着光。这个钟点，阴影被投下，在一块透明、意念中的页岩上。当微风吹动树梢，就晃动起了网印版画。

我要去餐厅里看看莎拉在不在那儿。我不仅感觉需要见她，还颇为奇怪地想看看能不能再替她工作，不管怎样，可以等秋天返校的时候在餐厅里打工，因此我去了那里找她申请工作。他们可能要到六点才营业，因此那里现在应该只有员工。

我经过前面的橱窗，里面用老式玻璃奶酪保存柜陈列着奶酪，像底部有醋的蛋糕盒。我爬上餐厅门口的水泥台阶，残疾人通道到此为止。我从没来过这里，从未，因此不确定自己的气喘吁吁是为哪般。楼梯尽头是一盆马缨丹树盆栽，不过当时我并不知道它的名字，也不知道它价值九百美元。我知道的只是它看起来像是某本童话书里的树，它那粉色跟黄色的花朵……它怎能生出两种不同的颜色来——既有序又缥缈，还是活生生的？一定是嫁接或杂交而成的。它是种美得反常的东西。

"需要帮忙吗？"一名年轻男子从领班台后走了出来。里面还没有客人，不过吧台旁坐着一个白衣厨子，吧台后一名酒保正在用毛巾擦拭玻璃杯。他们头顶上方挂着从乡间收来的磨坊的旧木轮，装饰性地拴在天花板上的横梁上。

"我想找份工作。"

"我们不接受求职了。"领班台的男子说。

"能随便给我个空缺吗？什么工作都可以。我会洗盘子——我能赶跑沙拉里的老鼠！随便什么！"我被自己的话逗乐了，自己发笑起来，可那个年轻人显得很困惑。

"这是我们最后一晚了。"

"什么意思？"我问。

"饭店明天要关门了。"

"噢，上帝。"

"我知道。"

"莎拉·布林克在吗？"

"莎拉？"他被吓了一跳，研究着我的脸——想知道我知道些什么，或是我怎么认识她的。"不。"他缓缓说道，"莎拉不在。"

我环顾四周。桌上优雅地摆放着编织餐垫和白色餐巾，每张桌上的玻璃花瓶里都插着秘鲁百合，透进的一束阳光只显出一星半点浮尘。很快，等大家都忙乎起来，它就会消失。"那——你们有空位吗？"

"什么？"

"我想要个空位。晚餐。一个人。就我自己。"

"我们五点半才开始营业，不过我很乐意让你先落座，如果你喜欢的话。"

"好。那样很好。"我说。

"谢谢。"我说。他领我走到一张远远的桌旁，递给我一张唱片封套，里面有打印的菜单。莎拉将她所有的老唱片封套都循环利用了起来，在里面贴上相片角贴，这样就能将影印新菜单插进或取出。我拿到的是尼尔·杨的《收割》——也许她的唱片收藏有个农业主题——酒单和菜单都放在里面，不过我想看看这张唱片上贝斯手是谁——是蒂姆·德拉蒙德？斯坦利·克拉克？明格斯本人？我得在酒单下面瞄一眼确定一下。德拉蒙德。

我重新研究菜单——它莫不是一种诗歌？我抿了半个小时的酒，研究着每个字的意象和发音的适当性。有北美野韭和卷须嫩叶、醋调味汁和乳酪面疙瘩——夏天还没有将它们带走。不过我现在才发现 roux 并不拼作 rue[①]，虽然它应该如此，也即将如此，至少对莎拉而言。有许多叫人吃惊的东西：蟹肉奶油冻配贝类卡布奇诺。还有茴香熏三文鱼排淋香槟泡沫。店里没有查布玛丽。有野牛肉薄片伴春季时蔬——那会是我爸种的吗？有羊腿肉薄荷叶醅浆草甜菜豌豆苗西红柿沙拉，都是古老品种的，就像胸针一样，还有跟狗一样在大展中得过奖的奶酪。汤和沙拉都装饰着南瓜花和豌豆花。最后，当我往下阅读完平生所见最令人惊叹的文笔，一切都修剪过、炖过、经块菌调味过，并且"经过最后的润饰"——脆皮油封鸭！心里美萝卜！蒜泥蛋黄酱辣根！——我爸的土豆出现了：伯·柯尔津农场烤黄油球土豆和手指土豆。还有那儿，配着烤羊脊肉的是被盗来的珍馐："柯尔津鸭蛋土豆"——有蛋的形状蛋的尺寸，如罐装的新土豆一般完美无瑕，却有甜黄油、苹果和欧石楠味葡萄酒的风味。不过没有泥土气息。它的口味是没有泥土气，不带泥土。

鉴于之前菜单上的描述，我尽量不觉得自家的土豆似乎被轻描淡写了——没有用上诸如春天、奶油味、肉香、奶香、金色、或松脆这样的字眼，甚至连偷运而来、或种植于肥沃的硬土以加

[①] roux（乳酪面疙瘩）与 rue 发音相同，rue 为懊悔的意思。

强风味也没说。不过，它们在那里，显然就足以说明一切。那很了不起。我父亲的名字一直在这里的菜单上，也许已经很多年，而我并不知晓。这只是一张打印纸，因此我问道："我能留着这菜单吗？"

"当然。"侍者说道，他不仅替我重新斟上了"草原气息"，还给了我一条黑色餐巾。"我注意到你穿着黑色。"他说。

我不太明白。"这样可以搭配？"我的牛仔裤是黑色的，不过我的衬衣其实是藏青色。

"呃，你可能不想在衣服上留下白色绒毛。"他稍微退后几步，"由你决定。"

"噢，当然。"我说。吃饭在这里是件正儿八经的事情，我知道。"我正好还带了黑色牙线！"也许我疯了；他看着我的样子好像我是那样。

"本来就是黑色的牙线？还是它变黑了？"也许他讨厌我。

"我不确定。"我说。我又看回菜单。"土豆怎么样？"我头也没抬地问道。

"非常好。"他微笑着。"还有两样东西菜单上没有，你想知道的话我可以介绍一下。一个是杏仁脆壳湖鳟，三十五美金。"三十五美金似乎可以买一条可能是从德拉克罗斯高中马路对面的池塘里抓来的鱼，呃，贵了。（在那里，傻气的我们，我们叫它嗨中，因为每个人看来都那么神情恍惚！）噢，红酒：红酒圆润得如同果汁。那么，这里有做过真正的红酒功课！

"谢谢。"我点点头，把黑餐巾放在大腿上，把白的那条放在座位旁，万一需要擤鼻涕。"另一个是什么？"

"噢。对不起。是牛腹肉配香菇和它自己的木耳。"

"它自己的木耳？"

那个男生看上去吓了一跳。"是的，"他说，"我想是。"他迅速看了看塞在口袋里的记事本上匆匆记下的字。

"是的。"他说。

"谢谢。"我努力微笑。德尔顿县的声音永远不会非常遥远。"刚才有一刻我还以为你会说'牛腹肉和它自己的腹。'"

"不是。"他说着转身匆匆跑开。

阳光的角度慢慢变低,温暖了屋子,接着又降得更低,于是屋内开始陷入阴影之中。

侍者端来一个婴儿杯,里面是防风根酱配水田芥叶和酸奶油。"这是什么?"我问道,他做了解释。一道开胃小菜。

我会像墨芙一样中毒吗?谁在乎呢?

"对。"我说着端起小小的把手杯,放到嘴前吧唧吧唧吃了起来。我像一个袭击玩具屋的巨人。小不点小熊中间的一个大块头金发姑娘。我觉得自己很巨无霸。水田芥的茎跑上了我的鼻子。

这时又上了一份给洋娃娃吃的小东西:无花果配焦糖卷饼与松果。献给诸神的巧克力排。

我以前从没吃过这么精致的食物,而在这种忧郁、祈祷般的孤独状态下这么吃着,在一个公众场合,此刻只有我一人独自坐着,每一口都在我嘴里鸣唱吼叫着。不过,对我来说,味觉得到如此照顾而精神却毫未顾及,是一种奇怪的体验。这是一种没有祈祷的崇拜。无休止的圣餐仪式。没有福音书的教堂。

好像高脚盘是什么专车司机似的,似乎每道菜都有一个。我点了自制意式芦笋水饺——意大利水饺!——配百里香、芦笋和药草末,本身就是一场植物车轮大战。渐渐地,我觉得自己开始进入了某种低层的天堂。进食这种口味的食物叫人震惊。这个星球上以前有过像现在的人吃得这么好的时光吗?人们肯定是在以一种进化毫无准备亦毫无道理的方式在吃。这是一种奇迹,没有来由,叫人晕眩,却也可爱。一道"块根芹酱"无疑能愈合所有裂缝、消除一切污渍，可"饰带花边"是什么？"甘纳许"[①]呢？"苏夫里托"[②]呢？"熟肉酱"呢？就连嫩煎宽菊苣叶也贡献了一种貌似新鲜的语言，熟悉的单词在高分好运的拼字游戏中重新组合着。

我点了柯尔津农场土豆作配菜。

"配意式水饺？"侍者冷冷地问。

"我和它们有亲缘关系。"我说。

"和意式水饺？"

"和土豆。"我就放过他，不跟他聊我有时和莎拉谈的那些了——关于水土，关键元素在于沙，它们会移动，可以让它们长出来，但不太过头。

"噢唷！"他说，好像这甚至更好笑似的。

我点了一种名叫科纳·坎帕奇的鱼。那不是二十世纪四十年代某个异国童星的名字吗？她难道不是穿着一件连体带裙摆泳衣，胸部跟尖尖的派对帽一样吗？她与半只裹着饰缎带小网纱的柠檬一起端了上来。我挤了挤、洒了洒、滴了滴，不必把籽挑出来。我以前从没见过戴缎带网纱的柠檬，一只穿得像童话里的公主一样的柠檬。把这个带到流浪者收容所去，我听到某个周三之夜的话音在喊。上桌的土豆完美地煮至半熟，完全可以串成项链给芭芭拉·布什戴。

我发现自己吃得很慢，加了菜，待到很晚。服务人员已经开始清扫了，而我仍坐在几乎被遗弃的餐厅里。"别担心。虽说我们提早关门，今天是最后一晚，不必着急。"我点了雪莉酒和甜点奶酪，它们带氨气和胶布绷带味的腐烂气味挥之不去。有带斑

---

① 甘纳许（Ganache），一种奶油巧克力酱。
② 苏夫里托（Soffrito），将洋葱、大蒜、番茄等剁碎油煎而成的调味菜。

点的松露奶酪、带盐糖结晶体的十二年陈切达奶酪、有风干的牙膏质感的银白色山羊奶酪。奶牛奶酪、绵羊奶酪、山羊奶酪——所有童年时代的动物都齐了。除了猪。猪奶酪在哪？我没问，尽管喝了酒。

我吃了一碗新鲜草莓淋芳香陈醋，它浓郁得有蜂蜜般的黏度。果子用我在莎拉家厨房品尝过的那种焦糖鼠尾草装饰着。然而我吃过的每道菜都那么小而精致，以至于它不像晚餐，更像一个晚餐的隐喻。我开始点得更多。我点了第二道甜品，饰有薄荷巧克力、薰衣草和山莓的自制雪芭，它们小小的鞘在盘子里探出横行，有如血腥的虫子。我听莎拉讲过这些雪芭：上周二她说她会把它们做成各种颜色和风味，放在外面的消防通道冷却，它们会坐在小碟子里，在冬月下整夜闪烁。当我向侍者提起，说我听说这些雪芭是自制的，天冷时放在消防通道在月光下冰镇时，他的脸拧了起来，好像屋里有臭味似的。"那是谁告诉你的？"他问。

我的小摩托其实不适于夜间六十英里的行程，但它必须行。我踩着油门超过了一辆慢吞吞的城市大巴，它喘着气前行，喷放着尾气。一出特洛伊，大粪的味道便在两旁升起，暮色渐浓。天空本已开始呈现出梅子的深色，现在某些地方绽开，露出了梅子黄绿色的果肉，吓人兮兮的。风吹得我有些紧张。雨啪嗒啪嗒下了起来，有如行走的动物。这个样子骑回家——我这么干是不是太蠢了？

教皇是信天主教的吗？

水是湿的吗？

叶子翻卷起它们银色的背面。天空有暴风雨的金色征兆。有些云朵已被城里的光打亮，我能看到它们在翻滚。我全速骑行。

有时感觉轮胎打滑，便不得不稍稍减速，及时矫正它们。有那么一长段，在两片无垠的玉米地之间，我似乎只是原地打转，哪里也去不了，景致雷同得令人疲倦。接着道路开始绵延起伏，有树，但空气仍凝滞着，只突然刮起阵阵狂风。黑暗中，你不得不猛然转向避开被撞死的动物——负鼠被碾得溜滑，浣熊个很大，通常已经僵直；它们即便死了也能够让你摔跟头。一头不幸的箭猪躺在中线，像株装饰性而又危险的仙人掌。

我用语言让自己分神：好得像雨一样——那到底、究竟是什么意思？我是个农夫的女儿，没法告诉你。雨是湿的吗？——这我明白：讽刺性的废话这种修辞一向是乡下人的做法，甚至因为个人的鲁莽而更具效果。教皇是信天主教的吗？熊是住在树林里的吗？教皇是不是森林居民，而他要是饿了（要是和熊一起被困在林子里，费力地挪动着各自的庞然躯体，折断树枝压平草地）会不会吃它？要是那样的话教皇会不会死去？

雨开始倾盆而下，有如冰雹——也许它就是冰雹：既冷又痛。冰冷的水刺痛了我的鼻子和脸颊。它们仿佛金属般打在车的挡泥板上。我没戴头盔。我孤零零的头灯似乎只能照亮前方几英尺，而我不停疾驶向它，像一只灰狗奔向一头戏弄它的野兔。风在我耳边盘旋，如同旋风，真正的狂风，我母亲的名字①：我将是风暴的女儿。况且，我还吃了莎拉的菜肴，毫无疑问将会发狂变成丑八怪！我的头发被吹得缠成了硬邦邦的麦管。关键是不要灰心，对一切，大概都是如此。哪怕是丑八怪。因此我决意不气馁。

"骑着那辆小车在夜里开几个小时不安全。"我的双亲大人都

---

① 主人公母亲的名字盖尔（Gail）与狂风（gale）谐音。

在等着我。我像个被水淹的东西进了家门,头发成了拖把布条。

"你戴着珍珠项链。"母亲说。

我已经忘了。又摸了摸检查了一下。我湿透了。

"它们会被弄湿的。"她说道,努力掩饰她的惊讶与赞许,"没关系。实际上对它们有好处。"接着她又加了一句,"我们今天收到了罗伯特的明信片。"

"真的?"她把它递给了我。

"下不为例。"父亲强硬地说道,试图抓住我的注意力。"你只能在白天骑那辆小摩托。"

我看着弟弟的明信片。上面写的是嘿各位,而不是"亲爱的家人"。反正,谁会说"亲爱的家人"呢?没有人。来自德克萨斯赘肉深处的问候。这里吃的东西介于《异形5》跟《铁血战士3》之间。我们明天乘船出发。爱你们的,R。这什么都不是,什么都没说。正面是一张埃尔帕索的照片,天蓝得像半边莲,死后进入天堂蔓延开来。我从来不知道会有看上去这么破的蓝天。

"你听到我说摩托车的话了吗?"父亲紧张地问。

"是。"我说,"好的。"然后我抽出一份菜单给他。"我找到你的土豆了。"我说。

"是吗?"他答道。

我听从吩咐。我只在白天骑摩托,开到市区买苏打汽水、借影碟。有时和我爸在生菜田里干完活后,我穿着我的鸟服骑着它,在乡间以字母——F、M、PD——命名的道路上曲折前行,不知道它们代表什么。它们的空旷,以及在弯道和山坡上的加速旋转,是另一种飞行。有时我又产生这种念头,觉得自己是试图返回外太空的外星生物。不过,鉴于我是半个犹太人,或者我只是部分外星生物,一个杂交品种,一出科幻片中的悲情黑白混血；正如各位所见，我其实根本不知道怎么返回外太空。我显然搞砸了。微风令我凉爽，即便是作为一种鸟类捕食者，不过若是正有风暴酝酿，昆虫会恐慌地感觉到；飞得很慢有大黄蜂那么大的马蝇，以及蠓和蜻蜓都被吹到我脸上，撞在我翅膀上，有时甚至钻进我的齿间和喉咙，假如我正好在唱歌的话。我不得不掉头骑回家。

有些日子，干完了活，我会在自家地里漫步。沙质的土壤不仅适宜种土豆，也宜种杨树和椴树，它们在我们的土地上长得巨大，投下树荫。我会在我们小小的废弃果园里漫无目的地游走，那里的樱桃树已经连续三季没修剪了，如今长着穗、节节疤疤的，基本没有果实，也许是在等待着一把圆锯、一个桌匠——或是一部俄罗斯戏剧！有时我真能找到一簇颜色变深的樱桃，我喜欢找已经有些毛糙的水果，就像在相邻的三棵树的苹果园里找苹果那样。我很久以前就有个母亲没能矫正的习惯：在苹果和樱桃被碰伤的地方咬下去，表皮下面是它们自己酿的酒，褐色、甘甜。

走过现在用作凉棚的泉水房，走过林地旁造得跟小山似的根茎蔬菜储藏地窖，我经常会和布罗特一起走向鱼塘，只是随便看看。布罗特最感兴趣的莫过于找到他去年夏天的陈便，那已经变得既干且白，像太空食品。"布罗特！到这儿来！"我不得不大声喊他，生怕他匆匆踏上某条臭烘烘的寻找自我的朝圣之路，从此杳无音讯。我们的老山羊露西这个夏天新套上了绳拴，因为她老是跑到隔壁的房子去咬用胶合板建成的凉亭。

我脚下的土地有时会湿软地坍陷：鼹鼠的地道。沿路老橡树的根有时会盘绕回合围起一丛野花。有的则穿过路面，不仅像楼梯边，也像遭侵蚀的墓里某种古代动物的脊椎骨。有些树的气场令人称奇，即使光正从它们身上离去，树叶呈手指形的橡树是大草原荒芜的遗留物，还有那星形叶子的枫树：我和弟弟曾爬上树在它们强壮的枝丫上看书。有些有中空的树洞，可以钻进去，类似某种隐藏疗法，你可以等感觉好些了才出来；或者你可以只是爬进去跳出来，为了它那马力十足的惊奇。它们的生命之火似乎从来不会完全熄灭。这些年来，在父亲经常无心的鼓励下（也许是为了让我们从树里出来），我们还用从田里捡拾收集来的石头加固了鱼塘堤岸。池塘似乎总是有待加固的样子。我们把拳头大小的圆石头堆成堆，然后安放在堤上。有时它们瞅着跟我们自家的土豆一样亲切，有时它们则像是一堆堆没有尾巴的啮齿类动物，在某些光线下能吓你一跳。

我有个主意，田里那些没带到饲料店卖给园丁的石头我要留给鱼塘。它的岸壁能够挺住，大半是因为我们当时是孩子，我们的修补工作很热心，把石头搭得像乐高积木一样紧密。我们还用了各种砂粒组成的砂浆：芝麻籽、牙膏、口香糖和胶水。尽管砂浆早就被冲走了，由于我们原先的设计和勤力摆放，石头仍保持完好。况且，水流也不急。鱼还是找到了路去那里，留了下来。夏天的某些礼拜，我们的早餐由大眼鲥和吐司组成。

网球坪，我们这么叫它，它也是我的一桩心事，需要拯救——但是为了什么呢？莎草和箭猪草已经使得沥青表面开裂；野豌豆和山黧豆、薪蓂和珍珠菜沿着边缘长了进来；各种形式的茄属植物、沙须芒草和胶草乘虚而入。球场某些地方已经风化成干土，另一些地方则已被锈迹似的易碎软土侵占。残留的发球线已经无法辨识，青苔断裂的边缘将水泥一片片侵蚀。沉积的碎石路面。"澳洲坚果！"[①] 父亲老爱开玩笑说。他不需要网球：它让他想起自己的童年，他已抛在身后的英国童年，在那里，乡间就

---

① 澳洲坚果树（Macadamia）与碎石路面（macadam）词形接近。

意味着网球。它还能意味别的什么呢？他早已决定去发现那些别的。

我决定在草坪上搞个工程出来。一开始我拿来父亲的大剪子，剪下雏菊和一丛丛粉色的马利筋；我想我会把它们插进花瓶摆在家里，不过很快就看到上面爬着蚂蚁。然后我用割草机和耙把蓟、苋和所有开花的东西都给清理了。我用父亲的焊枪把两根木桩之间本该有网的地方全都烧了一遍清理出了空间。经年的风吹日晒已经令网柱开裂、膨胀。连钱草缠绕其上，像一瓶用做圣诞礼物的红酒瓶上的缎带。我把出了中间碎裂的球场。开出一条两英尺宽的烧焦的小路。然后铺上一条从谷仓找来的二十英尺长的室内室外两用地毯。我在柱子中间系了条粗粗的旧绳，拿出我的鲁米诗集，小心地将它展平，取下装订线，这样就能把折着的书页沿折痕挂起来，用图钉将它们固定在绳子上，然后躺在下面阅读。我一直想要这么一个装置，它能挂在天花板上，可以放上一本被灯光照亮的书——为什么还没有人发明呢？——这是我体验过的最接近于这种发明的了。

我每天都抽出时间去那里，它是远离山猫和凉亭工地上仍在运行的平土机的避难所。如果有虫子，我会带上驱虫剂在空中喷一喷，然后走进喷雾，好像喷的是古龙水似的。我躺下来，凝视上方：这些词句的阴影造就了一张神奇的帐篷。这片地吹不到什么风，纸页不怎么在风中摆动，只要我想，我可以随意重新组织或改变它们的位置。读的时候，蝴蝶偶尔落下，仿佛要查看一下这些新的表亲们，而后又飞走。我会阅读鲁米，思索爱、它的狂喜以及自我在神圣本体中的消亡，直到发现自己在短裤口袋里摸索着找一条口香糖。我会拆去包装纸，吹去可能在口袋里沾上的灰，边读边嚼。当我厌倦了鲁米，我放上了普拉斯，她轻快优雅的尖叫永远不会令我生厌，直至我终于生厌，又想要一些不同的东西，我开始挂上从我母亲不要的旧烹饪书里小心拆下的菜谱。我会研究它们的符号、它们自信满满的巫术、它们有益的忙碌。它们是诗歌的反面，除非你像我一样很少下厨，那么两者又是一样的。看完了我会把书页拿进去，以防下雨时被淋湿。

我确实去游过泳——一次，在德拉克罗斯的市游泳池。八月最热的一天，我穿着日常装束骑着铃木来到那里，然后脱得只剩一件母亲的老式连体泳衣，里面的泡沫胸衣衬垫能帮我浮起来，我在绿松石色的水里不停地来回游着，直到筋疲力尽。

我在那里没看到什么认识的人，除了一个高中女同学——瓦莱丽·伯赫曼，她已经有个圆滚滚粉嘟嘟的宝宝了，他穿着尿不湿在隔壁浅水池的洒水装置间奔跑着，瓦莱丽则坐在浴巾上看着。奇怪的是宝宝并不那么可爱，他显得苍白、肥胖、目光空洞。我知道瓦莱丽已经结婚了，不过忘了是跟谁，因此不知道她现在姓什么。她已经埋葬了自己的旧名字，得到了一个新的，有如联邦证人保护项目里的目击证人。我们女生等人到中年再回来想要在电话簿里找到彼此名字时怎么能找到对方呢？我们都会错过，因为那里有个为你而设的保护项目。我隔着泳池朝瓦莱丽微微挥了挥手，回到铺着松木板条的更衣室把氯冲洗干净，冷冷地看着积着水垢的淋浴头，它那葡萄干似的橡胶喷嘴像蓝莓斯蒂尔顿干酪的模样。不过她没朝我挥手，只是茫然地看着我，不太热心地微笑着，没有丝毫认出我的样子。于是我走了。也许她在回家路上会突然记起我来。

每晚我都躺在床上看书看到十点多。我的灯光引来了虫子，从某扇纱窗上的洞眼里进来。等十一点我抬头看天花板时，上面会爬满虫子，小的、中等的、大的，浅色的、深色的，全都在一起聚成乌压压的一片片,仿佛是在等待蒂比·海德伦似的。有一次,一个有腿有翅膀得了白化病似的东西落在我书上,它的古怪样子令我着迷,不过我很快就啪地合上书把它夹在了里面。有一次夜半醒来,我看到走廊的光从门和松垮的门框之间的缝隙里透进来,形成一道长长的光条;而且萤火虫可以飞进房间,它们如仙子一般忽明忽暗地进出,视门为无物,仿佛这间房间与其他空间之间毫无阻隔似的。它们有如幻象,真的,不过我小时候并没有见过,那时我夜里睡得又死又沉,如今再也不复如此了。

每次穿上我的鸟服,我都会感觉自己成了伊卡洛斯——接招,基瑟·洛教授——虽然我意识到,就神话而言,这既不幸运也不恰当。可这已成为我本年度最大的乐子。有时在傍晚,夏月如同橘红色的碎片——好似一片橘子皮,是上帝的午餐垃圾!我会全副武装准备出门,而父亲说:"噢,不好意思,不是今晚,今晚我们不收割。"我会说:"噢,行。"可我接着还是会出去。也许我已经对成为一只鹰或隼或不管什么上了瘾,也许我只是需要傍晚的跑步。布罗特通常会和我一道,在我身后一路小跑。露西会在绳索之下向往地看着。画眉鸟鸣啭着长笛般的乡村歌谣:听着跑回家去/你为何不来我身旁?它们听起来虚伪而快乐。

渐渐昏暗的光线将云朵变得像峰峦般粗粝,青铜色。待暮色席卷一切,我在一排排三季春蔬间飞奔,而我关于飞翔的梦境再次重现。一如往常,在飞翔的梦里,我从不会离地面太远,而此刻,要是我跃起,我感觉我的翅膀会撑起我,如同风筝,短短一瞬就能离开地面。当翅膀找到一丝气流,我会悬停、漂浮,着地后又立刻再次跃起,一只脚掌蹬离地面——那一瞬间几乎能够起航的感觉足够刺激。真正持续的飞行不是重点,要启动也过于吓人。这是我的梦想适度成真:毫无野心的飞翔,高度都不够看景观的那种。

独自在暮色中,我很安静,我什么也不唱。在田边,靠近谷仓和根类蔬菜储藏地窖的地方,黄花那令人眼花缭乱的黄色仍散发着光亮。待太阳一落山,燕子就从它们的泥窠中飞出觅食。接着是谷仓里的蝙蝠——小的疾冲而出,随后是大的,好似带翅膀的美洲狮在空中缓缓前行,无视蚊子,飞向萤火虫。有时我仔细观察着它们的飞行,我永远不可能那样飞,其实我也不想,不过,这芭蕾舞蹈似的动作,既彻底又敏捷,还是值得仰慕的。

每晚,随着天空渐渐沉入夜色,我完善着我的翱翔与跳跃。附近工地上昼间的机器声已经平息,而蟋蟀奏着诙谐曲的腿又开始了它们的夏季复奏——如同菲利普·格拉斯某部作品里的生动弦乐。蝉鼓动着,随着铃鼓的节奏摇摆,啾啾的小鸟发出颤音——它们全都在合唱。有时远处会有一只孤单的鹅发出叫声。我会朝远处的林地走去,走向一块蓝草上覆着黑麦草的地方,那会是块完美的足球场地。我跑向那片草地后又折返,感受翅膀的轻微起飞,一种突然而短暂的失重。林地那头转红的漆树今年早早结了果,我有时也会朝它们的方向跑去。要是布罗特叫得太激动或咬我的鞋跟扑我的翅膀,我就把他带回去,然后自己回到田里,不偏离幼嫩蔬菜和甘蓝之间的狭窄泥路。我奔跑着、倾斜着绕过转弯处,再继续奔跑,感觉自己微微飘离地面。

然后,某个傍晚,空气醇和,回响着树蛙的叫声,池塘里求偶的公牛不时低吟,令歌声更浑厚,浩浩苍穹之上,夏日星辰无穷无尽——多么适合许愿!假如你想许愿的话;多么能指引船只!假如你正驾驶着一艘的话!——他俩都在那里:雷纳尔多和罗伯特。我停下,皮肤因为奔跑而发烫。他俩并肩站在田地尽头,罗伯特带着他的瑜伽垫,雷纳尔多带着他的祈祷垫。两人都有一部手机和一册鲁米诗集。他们的静寂是一种凶兆,作为幻影他们似乎在后退，一直与我保持着同样的距离，不管我有多努力缩短它，而他们总是一言不发就转身走开融入黑暗，尽管天空依然浮现着天体图，密布着亮闪闪的星座。第二晚他们又来了，以一模一样的方式，既不缥缈模糊也不枯槁憔悴，只是静默地转身走开，这一次他们和一个满身瘀伤的小男孩在一起，幻境之中我立刻意识到那是加布里埃尔·索恩伍德-布林克：这令我明白，他们，全都，已经死去，再也无法找回；这令我明白，如今生命真正有用之事，如同星辰，会成为令人费解的装饰。

那两名军官驾着军用车来到父母家门口宣布弟弟的死讯时，我并不在场，不过多年以后我遇见了一个靠那种工作吃饭的人。"这相当艰难，非常诡异。"他说，"这是我干过的最怪的工作。虽说完全包裹在责任这件外衣之中，这是一种彻底茫然的演习，作为一个服役已有时日的人，这很能说明问题。"

不清楚罗伯特的死亡是如何以及为何如此突然、迅速、瞬间发生的——八周的新兵训练匆匆结束，他们很快就被运往海外，这支全部由志愿者组成的军队已显示出过于分散的迹象。他们刚来到某个靠近赫尔曼德省的地方；他们到那儿还未满三个星期；有一起自杀式爆炸袭击但是没有快速救援部署，他们都和便携军粮一道在坦克里或哈西德教派活动中；他们装备有 AK 枪支，但就连常规的排雷也会出错。信上写的和电话里讲的有出入。为了弥补我们的损失，政府很快用特快专递寄来了一张一万两千美元的支票，上面的柯尔津拼错了。

母亲的号啕不必复述。整个夏天的卧床休息都没能让她变得坚强些来接受他的死亡，他的死亡似乎为她的悲痛哀号凿了一条沟槽。有一晚她下楼来，单为了朝父亲大喊："我们根本不该让他用你的名字！犹太人明白这个。这会带来厄运！你为什么非要那样？"

"我以为你说的是我会有厄运！"父亲回喊，"而我不介意。我不在乎什么旧世界的咒语。"

"好吧，现在看看那个旧世界的咒语！"她大喊，然后冲上楼去。军官到来时，父亲并不在家，他也一样陷入了目瞪口呆的状态，不过他还是激动地说："我要去打电话。"尽管我不清楚他的电话是否能打得令自己满意。一次排雷行动。一次遭遇伏击的步行巡逻。被挖土机反铲猛击头部会如何？叉车导致的骨折呢？这些小伙子在夜间的山里待得太久了，哪怕猴子尖叫着发出了警告，都没引起他们的注意。排长还是指挥官这么说的。人肉炸弹。显然有了全新的死法：被手机谋杀。本该有 OEF[①] 队伍部署的快速救援，但是决策小组的电子通讯设备尚未开通运行。实际上没有人提出是罗伯特自己出于恐惧和愚蠢或"友好开火"的可能性，然而那些混乱的非常规解释令人生疑。父亲，这位 NOK[②]，不停地听他们讲着缩略语和吓人的委婉语。"遭遇塔利班火箭推进榴弹袭击而阵亡。"他们说。

"好了，我需要一个真正的解释——尽快！"父亲用冰火交融的口气喊道。"你是说他的腿在某棵树上？"又一个警官来到我们家的客厅坐下，做进一步解释。

"实际上，"这个穿制服的男人说，"他的腿消失了。他的手在树上。非常高。我们只好让它留在那儿。"

早上，父亲不像母亲那样躺在床上，而是一个人在田里忙

---

① OEF（Operation Enduring Freedom），永久自由行动，是美国政府对阿富汗战争的称呼。
② NOK，next of kin 的缩略语，指最近亲属。

着,不带我。"你该歇歇。"我对他说。

可他说:"我不能躺在那儿胡思乱想。躺着胡思乱想太可怕了。"有时他一整天一整天地砍木头。

母亲把屋里所有的镜子都用枕套和围巾遮了起来。花坛里的镜子她也用床单盖上了。

罗伯特的遗体被飞机运回芝加哥,那里,两个男人驾着悍马,向北驱车五小时将他送至殡仪馆,好像在德拉克罗斯连死人也需要这种车辆保护似的,不过尸体确实需要冷藏设备,也许这就是原因。司机跟我父亲打招呼时把我弟弟的身份识别牌给了他,父亲当它们是一把零钱似的单手接了过去,看也没看。

葬礼在一座罗伯特自己从没去过的前路德教堂举行——现在是一神论派教堂了,为那些认为上帝应该为经由民主选举产生的人服务——里面似乎被他的朋友们占据了。查克·布茨洛基。肯·科恩布拉克。库珀·顿卡。他们站了起来,一个个都是机械迷,而你不得不佩服他们:他们有一个又一个关于机关枪的乏味故事,将自己感动得又哭又笑。而我们,他的家人,则瞠目结舌地坐着,仿佛他们我们一个也不认识似的,包括他们所讲的那个人。可我们难道不是才在毕业典礼上见过这些男生吗?听着他们讲话,我明白罗伯特的成绩为什么这么差了。

神父只是极其隐晦地提到了上帝,他的用语令上帝显得像是一种已规范好的力量,对我们的命运却有些无动于衷,因而不值得敬奉。如同铁路系统,它能让你去任何要去的地方,无论何处。——运输权威!但它不会用爱来应对你的奉献。在这座教堂庇护所,时不时有人在祈祷,但在我的耳朵听来荒谬可笑。

我们异教徒的天父

你空有其名

你的国王愚蠢

你的旨意

在地上纠缠

如同出生之时。

我对祈祷没什么意见。那些感觉它是一厢情愿的喃喃自语,也许没有那么多的愿望。不需要任何大学课程的帮忙,现在我已明白,宗教是为那些承受自己乖巧的孩子丧生之痛的人们设计的。当孩子们日渐强壮,愈少死亡,而且事实上也没那么乖巧了,宗教就淡出了。当孩子们又开始变得乖巧、死去,它就回来了。

然而坐在那里,我开始意识到自己并不完全相信罗伯特死了。我有点觉得也许这一切只是个恶作剧。像大伙一样,罗伯特也会喜欢参加自己的葬礼。当然,你总是会参加自己的葬礼。但通常你作为死者入戏太深,以至于你没空注意那些站起来的人所讲的关于你的好话。

神父继续请别人上前讲话,又有几个:一个眼泪汪汪的女生和一名几何老师。"我爱机关枪,"她俩都说。女生朗诵了一首叫《机关枪最终有了枪》的诗,令人难以忍受。

最终,我父亲起立,蹒跚着走到前面。他紧紧抓住讲台,望着所有的来宾,只是凝视着。这不是特别令人不安的沉默,因为这个场合本身已太令人不安,他沉默的凝视实际上不算什么。然而他的神情在我看来似乎是在说:你们自己那些荒唐讨厌的儿子怎么还活着,而我的却没了?

他用一个故事开场。"罗伯特很小的时候,喜欢偷偷地在干草堆里荡绳子玩。我的两个孩子好像都喜欢飞翔的感觉,于是有时我也不管他。也许这是我的错。知道什么时候该管什么时候不该管从来不是我的强项。有一次,他大概六岁,从绳子上摔了下来,摔下了草堆,下巴磕在一只生锈的旧桶上。他捧着那只铁桶跑到我跟前说:'爸,别嚷嚷:我知道我需要缝针打针,但这很过瘾。'"

这个故事就此结束,父亲就这么站在那里,似乎是在寻找另一个可能更吸引听众、更有启示性和娱乐性的故事,因为即便在葬礼上,人们也毫不难为情地希望能时不时地被逗乐一下。但我明白这个故事已经替他总结了一切。我继续和母亲坐在一起,她状态欠佳。她戴着那顶羽毛直立的黑帽,她将面纱拉到颤抖的唇前。我的头发往后梳着,用一个乌鸦形状的黑色长条发夹夹着。"一个男人对失去自己的儿子能说些什么?"终于,我父亲喊道。他提高了音量,仿佛是在呼唤。"他唯一的儿子?好吧!我想念他,超出任何言语所能表达的。他不只是个好儿子,一个好人。他是最最好的那种。"在他脸变得扭曲发紫,不得不转身下来之前,就说了这些。母亲刚才给过他一条手帕,他没用来抹眼睛,而是整个地蒙在脸上,如同剃头匠的热毛巾。父亲从讲坛走回我们身边,拉起母亲的手,把她带到外面,把我留了下来。管风琴的乐声响起,大家开始离开,走入九月的阳光下安慰我父母。我只是坐在那里。很快,管风琴手也起身离开了,一边朝我微笑着点点头。

我独自待在教堂里,很长时间没有动。然后我探头四下看看,一个人也没看到,于是我离开座位,来到棺材前,它放在一个罩着厚厚的丝绒毯子的轮床上。上面是干邑色的棺材,一个上过清漆的庞然大物,一台罩着旗帜的闪亮客厅钢琴。我抚摸着它的盖子。一个黄色的护封,就是野餐点垃圾箱上罩着的那种,在边沿移动着。我脱下鞋,拍打着它。然后用节目单折页将它掸掉，折页正面有罗伯特的照片，里面是圣经朗诵片段，背面是荒谬得令人震惊的数字：1984—2002——它们究竟能意味着什么呢，尤其是现在——这时我想到棺材可能没锁。我将手指塞进边角的缝隙。能打开——于是我便打开了。我抬起盖子时，国旗滑落在地上。这不是那种他们后来大量制造的合身的国旗棺材罩。

里面，好似被放在一个带软垫吉他盒里一般，躺着一把破碎的吉他：带点松木色、带点褐菇色、带点欧芹色的绿色制服，里面是一个破碎的人。我穿回鞋子，把节目单放进手袋。"嘿，你好，罗伯特。"我说，有点担心自己会哭出来。我知道关于触碰死人的迷信说法。不过有一种说法是要是你碰过一个，你就再也不会孤单。我爬上轮床，爬进棺材，在里面调整着姿势依偎在他身旁。在沙拉菜地里做了几个礼拜的鹰，我变得很瘦，我贴着他蜷曲着，仍拿着我的手袋，浅浅地喘着气，因为我几乎不敢呼吸，害怕有这样那样的恶臭。不过你必须呼吸。他的味道一开始似乎是化学的，像农企用的农田肥料。农田肥料！你没法编造这样的东西！尽管棺材内部垫着白色的衬里，像个漂亮的行李箱，我所能看到的弟弟像是扔进去的垃圾。他似乎没有腿，所以才有我待的地方。他的制服下穿着连帽卫衣，反向穿着，这样帽兜能拉上去盖住他的脸。我小心翼翼地把它拉下看看。帽兜下有人用透明浴帽罩住了他的五官。浴帽下面的，我不敢碰，我能看到他的鼻子和下巴不见了，不过我无比熟悉的饱满下唇还在，现在成了薰衣草的颜色，起着泡，还有上嘴唇，似乎新鲜的刚长出的黑胡椒一般黑色胡须茬下有几块姜黄色的雀斑。他的皮肤，我能看到的少得可怜，它有来了就不肯走的坏天气似的黄疸模样。他不再口吃的静默似乎是最孤单最叫人目瞪口呆的。

"罗伯特，"我低语，"是我。"我们又将成为孩子，躺在林中某处，只是气味开始变得可怖，我这么蜷缩在他身旁，发现他已经被什么东西填充起来了，泡沫聚苯乙烯或是别的什么，因为他的许多部分都缺失了。一条袖子里塞着报纸，一根纸香肠，我把头枕在上面时发出了窸窣声。从制服袖口里伸出的手是人体模型的手，像鱼一般没有关节。我看到死亡已经将他打倒，压扁，就像沙拉那样——比如说，三季春蔬沙拉——最初新鲜饱满地在碗里高高堆起，然后变得扁塌塌了无生气。他曾经是多么新鲜饱满地在碗里高高堆起的啊！

怕自己会哭出来，我把盖子重新在我俩头上盖好，一个锦缎的天花板，里面变得很暗，不过我能看到盖子的铰链处与别的地方并不齐平，漏进一线日光，我能闭上眼令它消失。里面变得又热又挤。

我能听到罗伯特的朋友们回到教堂里来。突然之间他们又成了抬棺人。"嘿，旗子滑下来了。"其中一个说，他们又把它放回去。"倒霉。"另一个说。"快他妈闭嘴。"第三个说。很快，我们就被沉沉地推出教堂，推向灵车。我寻找着父亲的声音，但是没听到。我们被抬起推入车内，这时我听到了父亲的声音："塔西在哪儿？"接着是母亲的："我不知道。我想她大概和朋友们先去公墓了。"

我将永远与弟弟躺在一起。我会将他从湮灭的这个垃圾堆中解救出来，也许我们老早用口香糖、胶水和芝麻籽做成的修补砂浆会管用；好好喝点水；吃点奶酪点心。我们可以叫披萨和可乐外卖。灵车开动，我们来到了镇子边缘的德拉克罗斯村公墓附近。这个名字似乎表明所有埋葬于此的人都活在某个村子里。好吧，等我们到了那里，我们或许会进行一种野蛮的野餐；我们要折断鼓手的鼓棒，看看谁的愿望能成真。我抚摸着罗伯特，他的支离破碎以及那可怕的气味——有如塑料铅笔盒里腐烂的大便——令我不再感觉与他亲近。那晚在生菜地里我曾与他更亲近。待在这个恶臭地方的其实不是他,真的。

我的鼻子开始流血。我本以为是自己在流泪,不过接着我尝到了它的金属味。我对流鼻血没什么经验,我的嘴巴里满是凝固的凝块,像小块的肝。我抹了抹鼻子,能感觉到鼻涕和血液之中的凝块。可我还是躺在他的残骸边——对于我身旁这个七拼八凑的东西再没有更恰当的词了——我会躺在那里,用记忆来保护他。我会用闲聊将他重新组装。我会在早上说早安。我会在晚上说晚安。不再那么做是无法想象的。我会躺在那里给他讲我看过的每部电影。我不会是没有弟弟的姐姐。我会躺在那里直到——直到我开始权衡我的选择。

我们抵达停车场时,殡葬人员支起了轮床,抬棺人又过来把遗体抬出灵车,我决定让大家知道我的存在。这并不是最好的出场时机,但至少是在最少的人面前。罗伯特的朋友把棺材抬上轮床时,我推开棺盖,探出头,现了身。我爬了出去。外面的光亮刺痛了我的眼睛。

"见鬼啦?"罗伯特的朋友之一喊道。

"是机关枪的姐姐。"另一个说。

"你在那里面干吗?"

这时母亲跑了过来,满脸是泪,她只是替我掸了掸身上的衣服,抱着我,示意男孩子们关上棺盖。

公墓里,步枪在空中射击以示致敬。更多的枪声给机关枪。我记起了那个。有一个混凝土公园,里面是天使般的怪物或野兽般的孩童——谁能分得清呢?有白色的十字架、加盖的天竺葵盆栽和锥形完美的紫杉。如我所料,有一名鼓手,不过没有人折断他的鼓棒许愿。有《晚祷》,哀伤而熟悉:

日已尽，
子亦逝。
心惊恸，
乐永辞，
未若食。

随后是军号手拼命吹响的过渡乐句：

夜漫漫。
道别离。
人已逝。

有一面叠得相当工整的大国旗，叠成令人叹服的三角形，被交给我母亲，她既没有把它贴近胸口，也没有感谢技巧精湛的叠旗者。她匆匆地将它塞进手袋，随后驱车回家。有人们带来的盖着锡纸的砂锅菜，在厨房餐桌上高高堆起。看着像是有人死了。既然确实有人死了，这至少没有为谎言添砖加瓦。我上楼回到自己的粉色房间，在那里待了差不多一个月。

父母替我向学校请了病假，告诉我应该休息，等感觉好些了再说。我们的屋子已经成了某种病人之家①。本地报纸被送到我房间，我尽量阅读。我得知，在我们县，所有的潜鸟都被困住了：我也成为它们中的一员好了。不过事实上广为流传的是，本县所有的潜鸟不会飞是因为某种肉毒中毒——因为它们吃的鱼喝的水都是坏的。这污水是诊所径流造成还是睡莲叶的天然毒素使然？

---

① 原文为德文 krankes Haus。

谁知道？各方都有论据。不过这些鸟的翅膀已经冻住了，因此它们不单不能飞翔，而且直接在水里溺毙了。其他文章报道了因汞而错乱的鸭子，不断离开自己的窝，不停地去造新的，忘了回到最先的巢。我病怏怏地躺在床上，不吃东西，在被单下像只鹳，我的思绪散漫飘忽，如同透过一扇窗户的光线。我每日的生活步伐不只是迟疑放缓，而是完全停止了。

天气转凉了，多年前引进控制土壤虫害的日本瓢虫如今已占领了所有的农舍，包括我们的。它们在门窗上形成橙色闪亮的一层，要是你去掸它，它会咬你。夜晚，那些已经进了屋的则乐此不疲地朝灯罩上猛撞着。

鸣鸟们吃发了酵的桑葚吃得醉了，在枝头和栅栏上留下一摊摊紫色的粪便，再一次将自己搞得稀里糊涂，没有飞往南方，而是在光秃秃的树上逗留着。

胡彭路上，三头奶牛在一场暴风雨中被雷电劈死了。

生活难以忍受，然而处处得以苟且。我重新温习了大一上的神话课的旧功课。哀伤治疗只能取得不稳定的进展，它一开始似乎是赫拉克勒斯式的，随即是西西弗式的，而后像珀修斯，再后是厄科式的，最后你终于被仓促地变成一朵花或一棵树，有花的曲线和树满怀渴望的伸展。瘫痪。不过穿着鞋。还有晚餐。还有杂事。用医学术语来说，我确有好转，却没有感觉真正好起来，随着秋日渐渐推移，我离开自己的房间，开始帮父亲收割，有时甚至和他一起开车去芝加哥，走的是鼓丘与冰碛之间的小路，为一些餐厅送土豆和我们的三季春蔬，有时也会在那里的菜场摆摊。不管去哪，父亲都带着弟弟的身份识别牌。某些时刻，整个地球似乎是座坟墓。有些时候，更有希望一些，是座花园。

我们会迎着初升的太阳早早出发，大地将露水蒸腾成雾，如此浓密神奇,你在洼地公路上连前方一英尺以外都看不见,而田野似乎像着了火一般冒着烟,为升天或下凡的众神降临准备着。会是哪种呢?也许人们对于本县的说法是对的:对外太空感兴趣。不过接着,空气会变得澄明,日光如洗。我研究着割了三茬的干草在田里卷成的紧实草垛,彼此间距完美地摆放着,仿佛某个艺术系的作品。

你必须将生活继续下去,哪怕仅仅出于礼貌。我和我爸会漫无边际地闲聊几句。"海马会生育。"我会开口说,"可他们是雄性。要是它们能生育,我们为什么要称它们为雄性呢?"

我爸则会沉默着一边开车一边思索。然后他会说:"因为它们坚持。他们不想让瓢虫的遭遇发生在自己身上。这些瓢虫有压倒一切的男子气概问题!"

我努力笑着。我感激他努力理会我、陪伴我,尽管这对他来说很难。我们前方,气球状的云朵古怪地漂浮着,似乎是为一个尚未开始的派对助兴。成群的鹅缓缓飞过空中,它们金属般的鸣叫宣告着南行的开始。

我们会在某处停车吃点东西,仅此而已:停车吃饭。我们买了培根生菜西红柿三明治和汤,然后继续上路。灿烂的金色树叶和草、路边干枯的猫尾草和须芒草,在好天气里全都如同一首对阳光的赞美诗,可其实要是你真的认真思考一下这情形,它们与太阳的对话机制被彻底清除了。皂荚树是打头阵的,在镇上街道的阴沟里洒下幼苗闪亮的足迹。接着是番薯-火腿色调的枫树。我们走的每条路两旁都有薄如蝉翼的焦糖色叶子,或是一列玉米,或两者兼而有之。多像爱情的结束,仅留下一具美丽的尸体。橡树不再皇家范儿地以金色映衬蓝天时,而是变成了血橙那灰暗的暗红色,我和父亲会一路透过挡风玻璃凝视着它们,各怀心事。有一晚,向着月亮飞行的迁徙的鸣鸟误将一座亮着红灯的移动电信塔当成了目的地,我们看着它们全都被塔的不锈钢支座撕裂。还有更多灾难性之爱的象征性演示。经过它们时,父亲减了速,而后又加速。沉默并不是最糟的,尽管它仍包含着悲伤与勉强。时不时有一只兔子匆匆穿过路面。

"兔子是夜间活动的吗?"我问。

"对。"

"那,为什么白天也能看到它们呢?"

父亲沉默了很久。"它们倒班儿。"最后他说道。

臀部日趋肥胖,腼腆、狭隘、只有坐卡车才不晕车,也许我比自己所以为的要更适合乡间生活。晚上我们回去后,父亲重重地甩上卡车门,看着不眠的广袤天空。"那上面有好一片天堂。"他会说。进屋后他会坐着看夜间新闻,里面半月一次的美国军人光荣榜刚刚开始,是在中东丧生的脸孔稚嫩的士兵们。他们的照片被沉默地播放着,一次几张,下面印着他们的名字、军衔和家乡。那是婴儿的脸,戴着帽子的婴儿们,极其偶尔出现个把年长的军官时,我爸会大喊:"啊哈!好吧!他们弄了个中校!"一只轻量级的鸟。有次一只重量级的——一个上校——引发了我爸的苦涩叫嚷。一张张士兵的脸从电视的荧屏向外注视着,如同一个个可爱、面带责备的孩子的脸贴在恶劣透顶的寄宿学校的告别窗口上一般般。父亲抽起了母亲的烟,轻淡型骆驼烟;这从没怎么影响她的健康,却让他变得嗓音嘶哑干咳不断,至少在夜间;白兰地在他椅子旁堆积起来,一开始是烈酒杯,接着是威士忌酒杯,再接着是咖啡杯。看到弟弟光荣榜照片的那晚,我们碰巧都在一块儿,我和父母都在,我们震惊得无法动弹。罗伯特的脸也是被扣上帽子的婴儿脸。帽子很荒诞,除了黑色装饰什么也不是,仿佛只是为了照片的构图稳重似的。他的目光被什么吸引了——外交政策?照相师的一句无聊话语?闪光灯煞有介事的一闪?——他没有笑容。"罗伯特在照片上显得很疲倦。"最后母亲说道。

"是这样。"父亲表示赞同,接着关掉电视离开了房间。

时钟被往后调了,四点太阳开始落山。我打开笔记本电脑,开始给墨芙写邮件。她请了一年多的假,去给巴吞鲁日的学生上课。我跟她讲了弟弟的事,她回了一封惊诧而同情的邮件,附着一首写给我的歌。它善意而愚蠢,里头尽是押韵的词:死与呼吸、兄弟与他人、战争与核心、哭泣与何必。

我在文件夹里无意中发现了罗伯特发给我的最后一封邮件,那似乎已是很遥远的事了——才不过是上一个春天——看到信时我僵住了。我怎么会没有看这封?为什么我那么不在意地把它放一边了?我是怎么了?我不是谁的姐姐。我的眼睛刺痛收缩,但我还是打开看了,在模糊之中看它到底写了什么。

亲爱的老姐:

我不知道你有没有发现我一直在看着你在生活中一路领先,你在我眼里好像总是知道自己在做什么,我有多羡慕啊。大概对你来说一切都不一样,也许这只是个小弟弟的言论,不过你在我眼里总是那么聪明、独立、有主见,什么都能弄明白。或者看起来像是那样。对我来说。也许这有点女孩子气,不过我们还是面对吧:你和妈妈很不一样。也许我更像她,因为,我必须承认,我现在有点迷茫,这正是我写信给你的原因。眼下我感觉只有你的话能阻止我去做我感觉可能最终会做的事情——如果这不是个好主意,而只是出于绝望和困惑,那么懊悔是难免的。不过我觉得这事是对的,不管有些人会怎么说。大部分人说的对我都不起作用。但你说"是"或"不是"可能会很管用。别人的话我好像都听不进去。我该不该参军？军队生活会是好的体验吗？要是他们把我运送到阿富汗，我会不会后悔？还是会因最终有了帮助爸爸送我上大学的额外学费而高兴？或者哪怕是 DDD[①]！（只是个玩笑。）记得霍尔顿先生在科学课上老是讲：只有在物理课上，重力加惯性才等于轨道。我知道有时男人在军队里能遇见别的男人，等退役后能一起做生意。你听说过什么没有？请用你全部的智慧和忠告回复我，尽快！说服我打消这个念头，要是你能的话！

爱你的你最亲爱当然也最钟爱的弟弟，
罗伯特·机关枪·柯尔津

又：没了我的弦乐收藏我大概会发疯的。
又及：那是个玩笑。

　　我再一次被他的笔触打动，里面完全没有他说话时的踌躇或犹豫不决。我从屏幕前抬起头，转身看向窗外，看到了红头美洲兀鹰的秋季迁徙，它们有嗅到死亡的神秘能力，能赶来替你清理它，尽管今年它们有点迟了。它们成百只地在空中滑翔，并不扑动翅膀，手指似的羽毛尖几乎动也没动就完成了转弯。
　　我想让时光倒流。不过发一封邮件——那要求很过分吗？当超人回到过去时，当他全速倒退飞行时，尽管他看起来很累，应该还是能再搭一名乘客，就像那些让孩子骑行的海豚。我想要超人带着我和他一起嗖地沿地球倒飞回去。只是发一封邮件。仅此

---

① 一种杀虫剂。

而已。不是很过分。但我会说什么呢？在这趟飕飕的飞行中，什么样的语法和句法能拼凑成句？我的两个孩子似乎总是喜欢飞翔的感觉。我该带上什么样的标点符号才能像航空针线活一般结实？用我们的口香糖和籽粘起来的don't（"不要"）里面的那个撇号？应该能行。能管上那么一阵子。

罗伯特的邮件像条牙医诊所垂死的鱼一般在我电脑屏幕上漂浮了一阵之后，我把它锁回了文件夹，再也没去看。有时形而上学的定理要比物理定律更严酷：你永远无法倒退，尽管科学家们告诉你你可以。没有信息能逃离黑洞，尽管科学家们坚持有些可以。

科学家和漫画书沆瀣一气！

与此同时，别人都知道事物是简单笔直地向前的：一条生命如同窗上的虫子般跌跌撞撞，然后有一天就这么终结了。

我从大一的物理课上学到，有一条量子力学理论允许某物死去并且同时活着：如果一个粒子也可以是波，如果它能变形并与自己分离，那么由这些粒子构成的整个物体也会变成波状并且同时身在两处，天堂与地狱、酒吧与棒球场、生与死。平行宇宙存在着，任你选择。在理论上。而对一个宇宙的观察是唯一剥夺其他宇宙之真实性的东西。

只有少数时候，罗伯特会露面。第一次我半夜醒来时发现他在黑暗中我的房间里来回踱步。他在说话。他说："我一直等着痛，可还没痛，也许以后会痛。"然后他补充道："显然对冥界的居民来说，问自己在哪儿是一种侮辱，这暗示着你不清楚自己最终会在哪个地方结束。你应该知道！你只要看看就应该知道！无需询问！可是该死！这很难分辨！"另一次我发现自己无法入睡，坐起来喝水时我看到他站在我的梳妆台旁，举着一块标语,上面写着是的我是男人。还有一次我醒来发现他无言地坐在床尾。他跟活着时一模一样,只不过戴着顶浴帽,一顶不一样的浴帽扣在他头上,他手里拿着那只人体模型的假手,不停地将它翻来覆去,好像这是块他刚找到的石头似的。他把它举到眼前,用它朝天上看着,好像这是架望远镜似的。"罗伯特,你想要什么?"我问他,可他什么也没说,也许因为一向如此——他从来不知道自己想要什么,哪怕是在死后。我眨眨眼睛,闭上,再睁开,他还在那儿。"罗伯特,你在这里做什么?"更多的沉默。我又努力闭上眼,再睁开时我说:"你千万别为自己难过!"他仍旧用假肢四下打量着房间。这时我把眼睛闭了好几分钟,等我再睁开,他已经彻底、永久地消失了。

我猜只有在最后一刻,灵魂才会决然离开垂死的肉体。谁能责怪它的依依不舍呢?我们比自己所知的更热爱自己的生活,并在最终感觉到它们的慷慨,就如你会在教堂里说的那样,甚至能感觉其间错失的机会之丰富,或者只是明白它们比我们活着的时候所意识到的更多,我们放弃的很多。有时我想象,在湮灭之前,当你临终而卧,你得和朋友们开一个简短的告别会:最后一次的梦幻之饮,在脑海的某个舒适之处。就连爆裂的硬件在最后一次烧毁之前也竭尽所能回馈着它的愉悦。有一首歌!这难道不是强制性交易吗,以感官换精神,或以精神换感官?这交易是一辈子的,也许在临终时得以加强:干渴的人围着饮水口等待滴水。这些就是在我所有的课上被提出的理念,而我们如同为自己的尾巴发狂的狗一般一圈圈地追逐着它们。

当我和母亲走入罗伯特的旧卧室,帮她把他的衣物装箱捐掉时,我把他的冬季外套从衣架上取下,这时一只蝙蝠从袖口飞了出来,飞出房间,飞到我们找不到的地方。那是他的衣服在我们的屋子里所拥有的最后的生命。

秋季的节日像个郊区特大城市一样全都合并了起来。万圣节渗入了感恩节,而那时又已经临近圣诞了,正如克诺沙变成了拉辛又变成了密尔沃基。南瓜也有花环!狩猎季节从老兵纪念日开始,从没参过军的男人们把自己打扮得像马戏团棒棒糖一样花枝招展,在休耕的农场里潜行猎鹿。性工作者们的旺季就是狩猎季节,在县公路旁借来的名为"跳舞喝酒以及晚餐"的店面搭起了临时的店,就在家用商店隔壁。我的生日到了,我终于到了喝酒的年龄,因此父亲买了香槟,他和母亲向我祝酒。"敬我们甜美可爱的塔西。"爸爸说。"二十一了!时间飞得真快,我得躺下来好好想想。"

我曾读到过一名法国地理学家将自己关在一个黑暗的洞穴六十一天,不过当他出来时,他以为只过了四十五天。时间飞逝!不管如何。

"至少我们把一个带大了。"母亲补充道。

"盖尔。"父亲提醒她。

"对不起。"她说。她的脸已经变得又圆又肿。哀痛没有使她变瘦,反而更胖了。也许这是她最近配的那些镇静药物所致。现在,在她大大的眼镜后面,已经有了一张中年人的双重-三重脸,她最前端的脸,她过去的那张,被镶在另一块椭圆形的肉里,一个肉质的浮雕。事实上,脂肪已经在她的全身沉积下来。她说她不会去节食,而要在肚子上插一根灯芯,为光明节燃烧它。

我又在谷歌上搜索了另外那个塔西·柯尔津,看看有没有什么动静来纪念她日益遥远的往事,若是没有,看看人们对于她的死是否有一丁半点的难过。也许他们会。也许他们应该如此。"如果宇宙足够大，一切能发生的都会发生，那么要是我们能看得足够远，最终会发现一个跟自己完全一样的复制品。"我曾在报纸上看到过。在《科学时报》上。这像是那个无限量的猴子有无限多的时间最终能写出《李尔王》之宇宙版。就进化论的角度而言这是个科学事实。当你思考它的时候。

另一位塔西·柯尔津依然亡故，对谁来说都不是什么大事。没有人在做下蹲运动。

感恩节后，我回到了特洛伊。父亲已经开始试验在一个丙烷加热的暖棚里种冬季菠菜。这种菠菜——厚而嫩，生长缓慢——在埃文斯顿和芝加哥有需求，他希望能赶在圣诞节卖。他微笑着说他不怎么需要我，我该在变成一个该死的傻瓜之前返回学校。

有些日子我感觉难熬、苦乐参半、坚强。人死了，但要是你忘记他们已经死了，哪怕只是一分钟，他们就能得到某种永生；那是说，他们继续活着，尽管他们死了。我的铃木又放回了储藏柜，我去哪都步行。校园里的哥特式尖顶如同对上帝挑衅的刺戮，又或者是给脱衣圣徒的钢管。高级疲倦！我们心里称为"河马校园"的动物学院的方院子现在正开挖建造着什么，有起重机、反铲挖土机和水泥路障，需绕行。我时常在学生会附近的售货亭驻足观看电影社团的海报。

我找到了一处公寓，跟一个叫阿曼达·布拉格的女生合住，她在帕迪维尔、瓦兹卡和马阔纳戈长大，而仿佛为了避开这些，她声称自己是四分之一非裔、四分之一奥内达族、四分之一捷克人、四分之一爱尔兰人。

"好多的四分之一。"我说。

"当然。"她点点头，耸着肩说。她需要一个室友，因为开头跟她一起住的那个得了单核细胞增多症因此在学期中途回家了。

"你看上去挺安静。"她说,"如果你愿意,这就是你的了。"于是我同意加入,记下她的电话号码作为自己的,搬了几件东西到她的空房间里,里面本来有一张床、梳妆台和一盏灯。我加了条被子、一支笔和一块写字板:我还需要什么呢?我会等稍后再让她慢慢接受我的贝斯。我那在一英里之外的储藏柜里不仅有铃木,还有木琴。对此我眼下也会闭口不提,不过也许到了三月我就又会驾起我的摩托车了,像我见过的其他姑娘一样:不戴头盔,带着死者天使般被催眠的神情在各个方向的车流中怡然自得。

又一个十二月,我发现自己再一次找起了工作。低垂黯淡的天空如同一帧黑白照片,这让它显得怪诞而非熟悉;它的诡异并没有因为与照片的相似而变得亲切。一片广阔、没有深度的天空该更像一张地毯,而不是一张照片。这种胡思乱想只是偶尔的,在此之外呢?我坚持着。我打印了一份新的简历,除了家乡的舒尔茨和皮特斯凯,我在推荐人一栏加上了索恩伍德-布林克一家。我没有排除某些可疑的就业选择:有条招聘广告写着:深入了解集体智慧,凭预测未来赚钱;另一条为某家制药公司的药物试验寻找试验对象;还有某个新"坏女孩"的职位,一个男人可以雇来给他写情书,他会把它们留在家里让他的女友吃醋。我还应征了一份需要假装有某种身体症状的工作,为有医学生和实习医生的实验室和诊所服务。"描述某种模糊的腹部疼痛。"一个穿实验室白大褂的男人要求我。

"有几秒疼得很厉害,接着有点像啪嗒声,在我的右肋后面停留了一会儿——然后它慢慢地扩散性地滑向南边。"

那个男人很安静。"有反胃吗?"

我被他的提问吓了一跳。也许我干得很出色。"不。呃,是。有时。"

"你有表演的经验吗?"

"我感觉现在有了。"我说。不过他们没有再给我电话。

有一天,苦闷不已,我溜达去了市中心。湖边,黑色头皮似的光滑水面预示着一场风暴的到来。我经过莎拉的旧餐馆,看到它虽然关门了,还没有人接手。门上有一把挂锁。写着小磨坊的招牌还在老地方,不过 Petit[①] 的最后三个字母已经被撬走了——无疑是被挂在某个寝室的墙上了。橱窗里莎拉用来展示的玻璃罩下的奶酪还在,不过现在已经卷曲、发蓝、变褐:格拉纳奶酪、戈瓦蒂奶酪、可可味卡多纳奶酪。没人把它们收起来。十二年陈的切达芝士,在好天气里如同洒了糖的金子,如今开裂了,长着雪白的霉菌。白色的山羊奶酪已经变黄发绿。餐厅匆匆关张,没有人,整个秋天没有一个人清理橱窗。我盯着这些腐坏的奶酪看着,仿佛它们是活物,在动物园里没人喂养即将死去,从某种意义上来说,它们确是如此。它们丑陋不堪却被展示着,一个人的崩溃和悲伤在玻璃后得以具形。餐馆业的玩忽职守啊!我似乎在某块山羊奶酪上看到了老鼠的齿印。毫无疑问,本城已有人就此向编者写了信。

到了十二月中,我已经报好了春季的课程,找了份在星巴克当侍应的兼职,准备好回家过圣诞节,然后等一月份再彻底搬回这里。找工作并没有那么难,因为后备军人已经应召入伍备战;商店、餐馆和电脑店突然人手短缺。在星巴克门内的公告栏里我看到一张手写的招贴,写着:乐队需要贝斯手,我把底部裁成一条条流苏似的写着电话号码的纸片撕了一片下来,塞进口袋。

同时,我喜欢往杯里调热牛奶、压糖浆、听从没听过的国际

[①] 法语,意为小的。

音乐。我学会了在卡布奇诺泡沫上搞艺术——和平标志、蕨叶、像蒙克《尖叫》的外星人头。友好亲切是我们的工作,人们也回报以友好。我的钟点并不无聊。偶尔会有这样或那样的魔法,仿佛是一个慈悲的小丑上帝施加的。一天早上,一个排队的女人为她身后的男人付了咖啡钱,接着他转身替他后面的顾客付了钱。然后那个男人又替他后面的女人付了钱,这种情形一直持续了四十五分钟,直到没有人排队出现空档。没有顾客的安静时段打破了这个连环,但依然:它持续的时候是一种魔法。

商店的窗外,学生已开始抗议布什增兵,他的秘密计划是和新保守派知识分子一起策划的,他们如同某高中象棋俱乐部年老的前成员一样,想要一个他们能赢的锦标赛。他们会扫卒带车突袭。不要轰炸伊拉克,学生的标语上写着。"战争不是答案。"抗议者齐喊,"不要以我们的名义。"不管那是什么意思。我休息时会走出去跟他们一起游行,谴责醉汉似的情报人员,或者我们是在为正义的情报人员欢呼?我的听力可能因为咖啡研磨机和咝咝汩汩作响的蒸汽棒而有所下降,我对我们喊的并不能百分之百地肯定。管它是哪个。我站在异议和绝望这边。人们在休息时间进来点假日拿铁。我们用姜饼和共同的事业来抵消焦虑、寒冷以及政治怀疑。至少我们如此想象。我给大家做自由肮脏混合茶和红眼,这么叫是因为它们是加份的浓缩咖啡。或者黑眼——双份浓缩咖啡的咖啡,我们私下称之为"鸡巴惠勒",不单是因为我们猜想这样的饮料有这种功效,也因为某个叫理查德·惠勒的人曾进来用信用卡买了三杯。

布什的士兵们都会来自哪呢?我们大声猜测着。"进入战斗位置意味着抛弃所有的工作玩乐。"我们说。星巴克店之前的经理已经被征走了,她本身是国民警卫队的周末民兵。"我听说他们在打中学的主意。"某男阴郁地开着玩笑。"嘿——八年级学生全都生龙活虎，而且他们喜欢赢！"阿富汗战争已经被看做是正义之战，几个为和平而游行的人得知后甚至对我说，我死去的弟弟是个英雄。

"真的？"我问。

"好吧，"当大家甩掉咖啡因戴上手套，他们提醒我："没有英雄能经得起太多的真的吗。"

一天晚上电话响了，阿曼达说："是找你的。"她几乎是温柔地把听筒递给我。

我拖着长长的电话线进了自己卧室，只半掩上门，免得像是有什么扰人的秘密似的。"喂？"

"嘿，塔西·柯尔津，我是阿德·索恩伍德！"

"噢！"我惊讶得都忘了说声嗨。

"我知道这对你来说可能很意外。就像从过去吹来的一阵风。"

"是啊。"我说。

"不过不算太遥远的过去。"

"是，不太远。"过去吹来的风如同你在梦里进入又再次进入的房间：它们不会保持确定。当你回到里面时，它们已经改变——它们突然有了更多空间或是有点倾斜，要么出现一扇本来不在那里的门。新的人成群乱转，地板波状起伏、太阳新鲜、诡异地照在窗户上，或是透过此刻已经被炸开的天花板晒进来，或者根本不照耀，仿佛已经逃离天空似的。

"你好吗？"他问。

我永远也不会真正知道那个问题的答案。我相信我的生活再也不会被确知。"挺好，我想。"

"唔，很好。我自己也挺好，我想。"我没有问。我不懂该不该问,或是怎样问。有一长段停顿,"我打电话来不是为了说这个,不过我想应该让你知道我和莎拉分手了。"

在我生命中稍微再晚些时日,当这一次已经显得遥远皱缩,当其中的每种友情都已经消退,我会遇见许多生活比莎拉更悲哀的女人。然而,不需怎么用心,我总是会回想起她的奇怪故事——尽管它如梦一般被存放在我大脑最高的架子上——而我能让它显得是所有故事里面最可悲的那个。它如同《蝴蝶夫人》,只不过莎拉也是平克尔顿和凯特。我注意到,歌剧与生活的差异在于,生活中一个人饰演所有的角色。然而,严格来说,它并不是莎拉的故事。最终我感觉它也属于,或者更属于玛丽-艾玛,我意识到我从未停止过下意识地寻找她,总是被商店、卖场和公园里该是和她一般年纪的小女孩吸引。每次看到某个深色皮肤的活泼小女孩,三岁、四岁、五岁或六岁——年纪渐渐增长——我都会细看一眼。我会靠近她仔细瞧,我意识到莎拉在某处必定也在做同样的事情。还有邦妮。假如她还活着。甚至琳内特·麦考文。艾米!一个小女孩被四个女人挂念着、寻找着,某种意义上,她自己却毫不知情。这是最无用的那种爱,除非你相信爱的力量能从着火的天空飘向它指定为自己爱人的无形的草,除非你相信遥远的修女们的祷告,除非你相信奇迹与魔法、狂喜与骰子、苏菲主义的吟唱、帘幕后的咒语以及隔着烟雾缭绕高深莫测距离的灵巧云朵。爱与善——它们的自我信念是件令人讶异的事:一出关于愿望的哑剧,一个可令实实在在可察觉可以做的梦显得岩石般真实的赝梦。当我想着所有这些心中寻寻觅觅在空中朝玛丽-艾玛绽放徒劳无用的微笑的女人时,我想象她们全体站成一排,有点像搜索救援组,也有点像难民营,我在脑海里将她们放在一条翻山越岭甚至穿越草地和树林的小路上。当然我和她们在一起。而因为我在,因为这反正全都在我的脑海里,我又在队伍中加上了小猪海伦,只是为了画面好看。还有露西,我们的山羊奶奶,因为该有某种真正的奶奶。而只是因为我喜欢,我又加上了罗伯特。为了和他待一会儿,因为我想念他,而在我脑中我可以随心所欲。

"我非常难过。"我说。莎拉曾经替我录过一张 CD 合辑,全是她年轻时听的歌,歌词是关于这个日渐完善的世界之奇妙。新的一天露出曙光。我的朋友们,我们在改变。这多么有力……一个国家的日出。歌词仿佛来自其他星球的中世纪。

爱是答案,那些歌说,那样挺好。我想,作为答案,那挺好。但仅此而已。它不是解决方案;它甚至不算是答案,只是个回答。

"无可避免之事,我想。"爱德华说。我没法把他当做阿德。"而且可能真的是对大家最好的。她已经回东部了——这次是纽约。"

不知怎的,我对她的这次搬迁难以置信。我记得莎拉有一次曾说,"在纽约生活你必须得中张彩票而且你的父母也得中彩票而且每个人都必须聪明地投资。"她还会很神秘地看着我说:"在纽约所有的白人宝宝都有褐色皮肤的保姆。我们恰恰相反。嘿,击个掌。"

"纽约?"我本以为她会去哪里——普雷里德欣?(一座只有命运暗淡的我会为之着迷的小镇,因为它不仅意味着"草原狗",也意味着"狗草原"。)随即我突然觉得纽约似乎是半犹太人必须去的地方,某天我也会去。尽管,正如莎拉曾说过的,那里每个角落都在卖椒盐饼,上面洒着这里用来替车道除冰的那种盐。

"是啊,好吧,别让我说起头。"他说。

我知道离婚现在很普遍,而以前只见于影星。婚姻中每个人都成了影星。你想要电视真人秀?那里就有。父母安排的婚姻能有多不对？那里冷淡被预先装在了父母的心里，而非日后如此令人不快地渐渐滋生于恋人的心里。

"听着，我从星巴克的人那里要到了你的号码，他们打电话来问对你的评价。我想让你知道我说了你很多好话。极尽溢美之词。因此我想我要给你打个电话。因为我发现自己在想着你。"

难道没有什么悲伤能阻止他进行这种投机活动吗？

"呃，是，谢谢你。"我说。对我来说，爱德华的声音似乎带着那么多他人的哭泣，而他自己却不自知。当我努力在脑海中浮现他的脸时，那是一只老鼠的脸，而在它匆匆而过时却留下了蛇的足迹。

"给我打电话的星巴克经理想知道你是否干净可靠！那让我笑了起来。我说你当然是，而且还有更多成千上万的优点。"我沉默着，于是他继续道："我不知道没有你的话我们会怎么样。"

能有什么可说的呢？"可看看还是发生了什么？"我们已经进入了一片黑暗之林。

他盲目地继续着。"去年春天你和我们在一起的时候，我对我的心有了很多了解。"

他的研究难道没有帮助他搞懂人眼的功能吗？明白视力的基本原理？也许实验室里的情况不太妙！

我没说什么客气的话。我什么都没说。

他继续推进。"很奇怪，当你变老了你能从年轻人身上学到很多事情。年轻人似乎确实懂得更多。作为一名科学家，你最终会想，好家伙，进化确有其事！"

我忍住了没有发出鼓励的呵呵笑声，我猜那是他想要的。

"在你，还有别人的帮助下，我开始意识到生命可以是一切，也可以不算什么，很奇怪。除了灯光以不同的方式打在它身上的时候，这时你意识到它毕竟还是很重要的！不过，最终，我猜我们总是会回首想：太少了，所含寥寥。因为在最后，灯光在变暗，当然。没有所谓的智慧——那就是唯一的智慧。倒是有智慧的缺乏。我努力记住那点。"

这种对缺乏和贫瘠的论断是他从我身上收集来的？这场灯光表演？这关于没有智慧的啦啦啦？而我从他身上学到了什么，除了他相信或曾一度相信男孩该对世界的残酷有所了解？

"是啊，好吧，"我说，"这真相会让你自由——那又怎样？"

"那又怎样，确乎如此。"他清了清嗓子。他大概已经不用那些如果你愿意了，不过现在是确乎如此。这看来更糟。"好吧，我在想你是否愿意什么时候与我共进晚餐。"他说。

把孩子当成祭品来取悦某个古老的神。有很多神，他们都想要点什么。

"晚餐？"我问。这些日子我吃得很少：几乎总是一碗煮成一群又滑又肥的虱子样的红麦饭。我会在整堆东西上化点黄油，在电视机前吃。

"是的，晚餐。"

"晚餐？"我又难以置信地问道。我祖母，在她九十大寿的生日派对上曾被问起，以她在生命尽头的特殊视角，对年轻人有什么忠告，她一开始皱起脸，没听清似的急躁地说："什么？"可她不过是在拖延时间。当问题被复述之后，她环顾自己的全部家人，她的子女和孙辈们，大声说："不要结婚！"我们目瞪口呆。仿佛她说的是："一枪击毙。"仿佛她说的是："如果你只是开枪打伤对方，他们会起来继续对付你。"我一直都以为那些以婚礼为大结局的本质上幸福浪漫的小说都是错的，它们略去了故事里最有趣的部分。可现在我回头想，不，婚礼就是结尾。它是喜剧的结尾。因此你才知道这是喜剧。喜剧的结束是其他一切的开始。

"是的。"爱德华说。

哥特式丧钟般的婚礼钟声,刽子手的绳索直接从胸口长出,而后流苏似地绕着一张张桌子打了结。老鼠的牙齿啃啮着蛋糕。美人无法回应你的爱。人不可以貌相之,当然也不可以以言度之。疯狂会传染。记忆服务于悲伤。中世纪没那么差。重力是乡愁的一种形式。对善的讽刺可能也是善。德怀特·艾森豪威尔跟沃纳·冯·布劳恩有一模一样的嘴巴。没有人爱失败者,除非他一败涂地。缅甸的首都是仰光。

我的签语饼也失去了它们的风趣:埋葬你不切实际的梦,不然它们会埋葬你。

但不是在床上。

"晚餐?"我又说道。做自己并不是什么伟大的成就。不做自己才比较难。

这时他停顿了一下。"也许我的电话太突然了。"他的口气已经变得疲倦而酸楚,"对你来说太意外了,大概。"

阿曼达来到房间门口,探头用口型说:"想分一份披萨吗?"

我点点头。好。她消失了。

地球并非完美的圆形,而是梨形。而根据黑洞专家的说法,宇宙的百分之九十不知去向。

不过,哪里都会有马戏团。

"晚餐?"我在电话里重复着。我的指关节白得像蛋白石。噢不管哪门子上帝,拖拖拉拉各种步伐的妈妈,还是没有转发地址吗?

爱德华保持着沉默,我也是。我活着是为了什么?我并不总是知道,也不会为之困扰。现在我只是注意到自己响亮的呼吸声。有人曾告诉我,风一般的呼气声在电话里会显得比实际更响。无可避免的是,风有难以预测的戏剧性。盛行西风带并非总是盛行:有时会有风从南方来,制造些小埃迪似的——小埃迪!——闷热天气。我将听筒从脸旁缓缓移开,它似乎一直移动着,在我手的模糊指引下,向听筒搁架飘去。风吹凉了我的脸。外面,刚刚降临的夜色里,已经下起了雪。

读者们,我连咖啡也没跟他喝。
我在大学里就学到了那么多。